あと十五秒で死ぬ

榊林　銘

与えられた余命十五秒をどう使えば、「私」は自分を撃った犯人を告発し、かつ反撃できるのか？　被害者と犯人の一風変わった攻防を描く、第12回ミステリーズ！新人賞佳作「十五秒」。犯人当てドラマの最終回、エンディング間際で登場人物が前触れもなく急死した。テレビの前を離れていた十五秒間に、一体何が起こったのか？　過去のエピソードを手掛かりに当ててみろと、姉から挑まれた弟の推理を描く「このあと衝撃の結末が」。トリッキーな状況設定で起きる四つの事件の真相を、あなたは見破れるか？　衝撃のデビュー作品集、文庫化。

あと十五秒で死ぬ

榊林　銘

創元推理文庫

DEATH IN FIFTEEN SECONDS

by

Mei Sakakibayashi

2021

目次

あと十五秒で死ぬ

十五秒

私の目の前に、銃弾が浮いている。

手を伸ばせば届きそうな距離に、こちらに尻を向けて。

……何これ。どういうこと？　残業の疲れで幻覚が見えているのか？

空中で静止した銃弾という光景は、まるでマグリットの描き出す奇妙な世界のようだった。

あの、最も見てはいけない瞬間に時間が静止したかのような、無機質な静寂と得体の知れない不安感。そういえば、辺りがやけに静かだ。先ほどまで秋の夜に鳴り響いていた虫の声が、今はぱたりと途絶えている。

そして不安感。そうだ、何に不安を感じているのかと思ったら、この銃弾の周りには小さな赤黒い飛沫《しぶき》がまとわりついているのだ。まるで血飛沫のようなそれは、空中に点々と一直線の軌跡を描いている。肉体を撃ち抜いた直後にシャッターを切った写真のように。

ということは、と私は軌跡をたどり、

『う……!?』

そこでようやく、赤い飛沫が私の胸の黒い穴から銃弾へと連なっていることに気付いた。

何だ、この胸の穴は……いや、穴なんて呼び方でごまかすのはやめるんだ。どう見てもこれは銃創じゃないか、だってそこから銃弾が飛び出してきたんだから。飛び出してきて、そして……目の前で止まった？　何だそれ、どうなっているんだ⁉

この弾丸や血飛沫だけじゃない、私自身も静止している。手足を動かすこともできなければ、呼吸もしていないようだ。世界の時間が停止して、ただ私の思考だけが駆け巡っている。

何が起こったんだ。ついさっきまで、自分が何事もなく平凡な日常を送っていた記憶はちゃんとある。いつものように仕事に行って、いつものように残業し、作業も片付いたところで、そろそろ帰ろうかと立ち上がった。その矢先、目の前に銃弾が出現し、そして時間が止まった――。

と、私がこの奇妙な状況を飲み込もうと必死に頭を働かせていたそのとき。

どこからか、こつ、こつ、こつ、という冷たい靴音が聞こえてきた。それに重なって、しわがれた男の低い声も。

「いやいやいや……どうも、この度はご愁傷《しゅうしょう》様でしたなァ。ご胸中お察しします。あ、今のはその穴の開いた胸を揶揄《やゆ》したわけではありませんよ、エェ。さて」

布がはためく音が聞こえたかと思うと、あらゆるものが静止していた私の視界に、黒い何かが躍《おど》るように分け入ってきた。それは、たん、と革靴の踵《かかと》を鳴らすと、いかにも怪しげな黒いマントを翻《ひるがえ》して、目深《まぶか》に被っていたフードを片手で引き上げた。

そのフードの下から出てきたのは、暗褐色《あんかっしょく》の毛並みを持つ、灰色の目をした猫の顔だった。

猫。そう、人の背丈ほどもある大きな猫が、私の前に二足で立っているのだった。その猫が口吻《こうふん》を動かし、

「お迎えに上がりました」

と言ってにやりと笑った。

……おい、おいおいおい。ただでさえこっちは何が何だかわからなくて混乱しているっていうのに、何だこのふざけた展開は。

混乱の極みに陥《おちい》った私に、猫は、ん？　と首をかしげる。

「あ、もしかしてお気付きでない？　お姉さんも話せますよ。声を出してごらんなさい、いつも喋《しゃべ》っていたような感じで。そのご様子じゃ、色々とお聞きになりたいことも多いんじゃありませんか」

『あ……あ、え……』

本当だ。口を動かしている感覚はないが、どこからか自分の声が聞こえる。猫は「その調子です」と頷《うなず》く。

『……あ、あの。何がどうなってるの？　これ、どういう状況？　というか、お迎えって？』

声を手に入れたのと同時に、数々の疑問が溢《あふ》れ出てくる。猫は両手――いや、両前足か――を前に突き出して質問の波を押しとどめた。

「落ち着いて落ち着いて。いけませんなァ、物事の見通しをよくするのには順序立てが肝要だ。ま、混乱なさるのも当然ですが……何しろお姉さんは、一切何の前触れも予兆もなく、いきな

り死んじまったんですから」

『し、死んだ？　私が⁉』

「エェ。ご覧の通り」

猫は私の目の前に腰を屈め、つまり猫背になり、空中に停止した銃弾をこつこつと爪の先で小突いた。

「銃で撃たれたんです。背後からね」

当然のように猫はそう言うが、私の順応性はそこまで高くない。

『撃たれたって……何で？　どうして？』

「さァてね。そこについては、あたしの与《あずか》り知るところじゃァありませんや。お姉さん、一体何をやらかしたんです？　どんな敵を作ったらこんな死に方をするんですかねェ」

『敵なんているわけないでしょ！　こんな片田舎《かたいなか》の平凡な薬剤師なんかに』

猫は肩を震わせてくつくつと笑った。実に人間味のある仕草だった。

「いやァ、殺意なんてものはね、人と人が集まればどこにでも芽生えうるもんです。手元に銃があることは稀《まれ》ですがね。それにしても銃殺とは。あたしが見てきた中でも相当に珍しい死に方ですよ、お姉さんは」

『見てきたって……。一体あなたは何なの？』

猫は、私の正面の机にひょいと飛び乗って座り、自らの胸をとんとんと叩いた。

「ほら、人が亡くなったとき『お迎えが来た』って言うでしょう？　あれがあたしです。亡くなられた方に、この世から去るためのご案内をして差し上げる。まァそんな存在でして」

『し、死神ってこと？　いや、でも、猫なのに』

「姿は重要じゃありません。天使だったり死神だったり、まァ実に色々とありますが、とどのつまり文化圏や各人のイメージによって『死』のとらえ方が違うというだけです。フム、お姉さんはなかなかどうしてメルヘンなご趣味をお持ちでいらっしゃる」

猫はしげしげと自身を見下ろす。そういえば、どこかで見たことがあると思ったらこの猫、幼い頃に読んだ絵本に出てくるキャラクターに似ている気がする。飄々《ひょうひょう》とした物言いの割に、風体は陰気臭い猫男。絵本の寂寞《せきばく》とした雰囲気も手伝って、幼心に妙な薄気味悪さを感じたものだ。私の中の死のイメージがあの猫だ、と言われれば、なるほど確かにそうかもしれない
……。

って、そんなことはどうでもいい。今の私にとって重要なのは、目の前に浮いているこの銃弾だ。

確か、この銃弾を使う猟銃には、戦場などで使われる銃器ほどの威力はなかったはずだ。以前、この診療所の医師から聞いたことがある。これはもともと害獣駆除用のもので、狙った獲物を一発で仕留めずとも、その場から動けなくするには用が足りるのだという。

けれど、今私はすぐ背後から撃たれ、弾丸は私の鳩尾《みぞおち》を貫通している。医療に従事する身としては、胸にこんな傷を負った人に「大丈夫です、すぐ治ります」とは気軽に声をかけられないだろう。

やはり私は死んだのか……。い、いや、だとしても、だ。

『じゃあ今は何？　死んだのに、何で猫なんかと話してるの？』

「あァ、今はその、世に言う走馬灯《そうまとう》タイムというやつです。よく言うでしょう、死ぬ間際になると頭の中を色んな思い出が駆け巡るって。ただお姉さんの場合、ちょいとその時間を長めにとってあります。何しろいきなり後ろからズドンでハイ昇天、と来たもんだ。人生の余韻《よいん》もへったくれもあったもんじゃないでしょう。そこで一つ、彼岸へとお連れする前に、まずご自分の状況をよォく理解して、現世へお別れの挨拶《あいさつ》をしていただく時間をご提供しようと。まァ言ってみれば、死神からのちょっとしたサービスですな」

『サービスって、そんな滅茶苦茶な話……』

驚きを通り越して呆《あき》れてしまう。体が動くなら、大きくため息をついただろう。

大体、走馬灯と言われたところで、しみじみと振り返るほど長い人生を歩いてきたわけじゃない。大学で薬学を修めた後、大手製薬会社への就職に失敗した私は、教授の紹介でとある地方の診療所に職を得た。縁もゆかりもない山間の田舎町への移住には正直抵抗があったが、文句を言っていられる立場ではなかった。

近隣地域の医療を一手に引き受けるこの診療所は、人材が不足しがちな薬剤師を快《こころよ》く迎えてくれた。待遇もそれなりにいいし、地元の人たちともまあまあ上手《うま》く関係を築けていると思う。刺激の少ない生活だが、このまま食うに困ることもなく平穏に暮らしていけるだろう。

……そう思っていたのに。

それなのに。

なんだってまた、これほど穏やかな人生を送ってきた私が、殺されなければならないんだ。

『……誰？』

「ン？」

『私を撃ったのは誰だって聞いてるの』

「そんなこと、わかりゃしません。あ、事故や超常現象の類《たぐい》ではありませんよ。今あんたの後ろにはちゃんといます。あんたを殺した犯人がね」

『じゃあ教えてよ！　誰に殺されたかもわからないなんて、死んでも死に切れない。殺されるどころか、人に恨まれるようなことをした覚えだって』

言いかけて、私はふと言葉を切った。確かにこれまで平穏な人生を歩んできた。敵を作った覚えなんてない。だが。

この私が、殺される理由があるとするならば。

もし——あの一件で、あの人が、私を深く恨んでいるとすれば。

私はその恐ろしい想像に行き着いた。そう、一人だけいたのだ。私を殺すほど憎んでいる可能性のある人物が、一人だけ。

「いやァ、早くも怨霊の風格が出てますなァ」

猫はやれやれと首を振った。

「参った参った。お気持ちはごもっともですが、あたしからはお教えできません。それは摂理に反するというものです。背後から一撃でやられた人間は、誰にやられたかも知らないまま世を辞去しなければ」

『でも、一撃って言っても即死ってわけじゃないでしょう。頭を吹き飛ばされたのならともかく。せめて、振り向いて犯人を確かめるくらいの余裕はあるはず』

「そうは仰《おつしや》いましても、お姉さんの寿命はもう尽きてるんですよ。ほら、えーと、どこへやったかな」

と、猫はマントの下で何やらごそごそとやった後、

「ありました、これです。命の蠟燭《ろうそく》！」

小さなカンテラのような器具を取り出した。

「えー、正式名を余命時計といいまして。ほら、この国では落語で有名になったやつですよ。この蠟燭の灯《ひ》があんたの命を表すわけですが、ご覧の通りもう――」

そこで猫ははたと口を閉ざし、カンテラの中を覗き込む。カンテラの窓からは、まだ微《かす》かに明かりを灯《とも》している短い蠟燭が見えた。

「ありゃ。まだ十五秒残ってら」

猫は慌てて命の蠟燭をマントの下にしまい込むと、気恥ずかしそうに肉球で額を叩いた。

「へへへ、まーたやっちまった。いやァお恥ずかしい、あたし一流の早とちりってやつでしたなァ。でもま、誤差の範囲でしょう、この程度。それじゃまた、十五秒後に……」

『ちょ、ちょっと待って！　待ちなさいよっ！』

肩をひょこひょこ揺らしながら視界の外へ消えようとする猫を、私は慌てて呼び止める。

「何ですか何ですか。そう焦らずとも、あたしはまたすぐ戻ってきますって」

『待って、確認させてよ。つまり、私はあと十五秒間は生きているっていうこと？』

猫は頷く。

「左様《さよう》で。上手い具合に臓器を避《よ》けたんですかねェ、弾が」

『じ……じゃあ、その間は行動できるのね？　振り向くとか』

「エエ、やろうと思えば。しかし、即死と言って差し支えないほどの致命傷ですからな。飛んだり跳ねたり走ったりと、あまり無茶な運動をすれば血がドバッと出て、五秒ともたずに意識を失ってしまうでしょうや」

『それなら――』

十五秒。私はもう十五秒間生きていられると、この猫は言っている。ということは。

『何かを書き残す程度のことはできる？』

猫は、ン？と眉《まゆ》（人でいうと眉にあたる部分）を上げた。

『例えば、今から振り向いて、犯人の顔を確認して、その名前をどこかに書き残す。このくらいなら、なんとかやり遂げられる？』

「ほう。これはこれは……いやはや、なんとも」

いかにも愉快そうに猫は言う。

「あんたは、ご自分の恐ろしく短い余生を、犯人の名を指摘することに費やすというんですか？　なんとまぁ骨のあるお姉さんだ。御見逸《おみそ》れしました、エェ」

『例えばって言ったでしょう。実際やるかどうかは別。で、どうなの？』

「無論」と猫は大仰に頷く。「可能でしょうな。お姉さんが犯人の名前を都合よくご存じで、それを短時間で的確に書き残し、後に警察がそれを見つけられれば、お姉さんの無念は晴らされる、という筋書きですかな？　しかし、そう上手くいきますかねェ」

『まず犯人を確かめてみないと、何とも言えないけど』

「おやァ？　もしかしてお姉さん、心当たりがおありで？」

猫は興味をそそられたような顔をする。ヒゲがひくひく揺れる。

「ふんふん、なかなか面白そうですなァ。いいでしょう、早く迎えに来ちまってお姉さんを混乱させたお詫《わ》びに、ちょいと手助けをして差し上げましょう。といっても、あたしにできるのはこの世の摂理に抵触しない程度の手助けですが。なにしろお姉さんはまだこの世の住人ですからねェ」

猫は先ほどの余命時計を取り出し、

「もうちょいわかりやすくしましょう」

その蓋を外した。カンテラの中からひゅんと何かが飛び出たかと思うと、猫のすぐ隣の空中に、デジタル時計の文字盤のようなオレンジ色の数字が浮かび上がる。そこに示された「一五・〇八」という数値は、今の話からすると――。

「そう、この数値がお姉さんの正確な余命です。十五秒と少し。さて、今からお姉さんの意志でこの走馬灯タイムを抜けてください。抜けようと念じるだけで結構です。その瞬間から現世での時間が動き出し、この余命時計が減り始めます。時間が流れている間、つまりカウントが進んでいる間にお姉さんが望めば、いつでもまた走馬灯を再開できるでしょう」

『それって、いつでも時間を止められる、ってこと？』

「そうですとも。例えば、一時停止を細かく繰り返しながら、少しずつ行動を進めることもできましょう。どうです、なかなか粋《いき》な計らいでしょう？」

『はぁ』

確かに、そんなことが可能なら願ってもないことだ。だが、好きなときに時間を止められるだなんて、それこそ猫の言う摂理に反しているような気がする。

猫はそんな私の思考を感じ取ったらしい。

「フム、納得いきませんか？　現実的な解釈をお望みなら、こう言ってもいい。人は生命の危機に晒《さら》されると脳の思考速度が極限まで高められて、まるで世界が止まったかのような感覚を抱く。そして、通常であれば考えられないほど思考力が高まる。確か、昔の偉い役者さんがそんなようなことを仰っておりましたな。お姉さんの場合は、ご自分がもう間もなく死ぬと本能的に悟っていて、残りの命で何ができるのか今まさに脳が猛烈な速度で弾き出している、といった塩梅《あんばい》ですな。それで言うと、ここにいるあたしや余命時計は、お姉さんが死に際に見た幻覚、ということになりますか」

ちょっと待てよ。それなら。

『もし、この短い間に上手く応急処置ができれば、もしかしたら――』

だが、猫は首を横に振る。

「それはできません。お姉さんがご自分にどんなに適切な処置を施《ほどこ》したところで、余命が延びることはないし、ましてや生き長らえることなんてありえないんですよ。お姉さんの寿命は既に運命として決定づけられているんですから」

『わ……わかったから、少し考えさせてよ』

話が妙なことになってきた。余命が十五秒しかないと言われただけでもとんでもない話なのに、その十五秒を最も有効に活用する方法をじっくり考える時間はある、というのだ。全て夢であってほしいという思いも未だにあったが、私の目の前の銃弾が不思議な説得力でそれを打ち消す。

よし、自分が殺されたという事実を一旦は受け入れることにしよう。荒唐無稽《こうとうむけい》で信じがたいが、受け入れなければこの場は話が進まない。となると、まずは振り返って犯人を確かめるべきか。人が振り返るのには何秒かかるのだろう。どんなに素早く立ち回っても一秒は要するのではないか?

「さ、どうされますか?」

『と、とりあえず、まず振り返って、相手の顔を確かめないと』

「本当にそれでよろしいんですか?」

猫は窓際の机に腰かけたまま、にやにやと癪《しゃく》に障る笑みを浮かべて私を眺めている。

「よくお考えください。決して後戻りはできないのですから」

『いいって言ってるでしょう。私はとにかく、犯人を知りたいの』

「よろしい。では……幸運を、お祈り申し上げます」

と言うと、猫は机から飛び降り、私の視界の外へと消えた。その場には一五・〇八という数字だけが残される。これで私が時間を動かしたいと願えば、その瞬間から余命が減り始める、ということか。

いよいよ、私の残りの時間を消費する段階がやってきたわけだ。

背後から近寄られた気配は全くなかったから、恐らく犯人は開けっ放しになっていた扉の外から狙撃したのだろう。私は右足を踏み出そうとした状態で停止している。この右足をすぐ地面につき、左足を軸に体を半回転させれば振り返れる。

できるだろうか。よろめいて転んだりしたら、大幅なロスになる。それにたった今狙撃されたのだから、私の体は強い衝撃を受けているはずだ。とはいえ、狙撃されたことなどないためどうなるかはわからない。やってみなければ。

そう、ここでうだうだ考えていても何も進まないのだ。猫は言っていた。またいつでも時間を止めることができると。なら、慎重に少しずつ進めていけばいい。

覚悟を決め、

『動き出せ』

と心の中で念じた。

——その直後。

多くのことがほんの一瞬の間に同時に起きた。

まず、この世のものとは思えないほどの爆音が私の全身を打ちのめした。それは銃声に違いなかったが、爆撃機に激突されたかのように感じた。それに重なり、体を貫通した弾丸が窓ガラスを割るけたたましい音が耳を劈《つんざ》く。

音の渦で意識は遠のきかけたが、振り返ろう、という意志を完遂すべく体は半ば無意識に動き出す。右足を床につき、重心を移動させ、そして上体を捻《ひね》り——そこで、胸に激痛が走った。

その激痛こそ、私から意識を引き離そうとする最大の障壁だった。痛い、という感覚は最初の一瞬だけで、それはすぐに痛みを超えた何かもっと恐ろしい感触へと変貌した。こんな状況では、人の顔を確認することはおろか、思考すらままならない。

それはそうだ。当たり前じゃないか。

だって私という人間は、今まさに死のうとしているのだから……！

『ストー……ップ!!』

無我夢中で叫んでいた。あるいは、脳内でそう強く願った。

気が付いたときには、全ての轟音《ごうおん》は嘘のようにぱたりと途絶えていた。世界は再び停止している。私自身も先ほどと同じように動けなくなっていた。だが、今度は胸の辺りに何かとても嫌な感触がある。先ほどは撃たれた直後の停止だったため、まだ脳に痛みが到達していなかった。だが今は違う。

痛みは時間に沿った感覚だ。時間の停止した――あるいは、私の思考速度が極限まで高められた――この状態では、痛みそのものを感じることはないらしい。それでも、今自分の胸に風穴が開いたという事実を脳が認識してしまったためか、言いようのない不快感が思考を脅《おびや》かす。

視界の片隅に、先ほど猫が取り出したデジタル時計の文字が映っている。一四・五〇。幸いにも、時間はそこまで進んでいなかった。あれがたったコンマ五秒の出来事だったのかという驚きと同時に、たったあれだけで貴重な余命を削ってしまったという恐慌《きょうこう》が胸の内に湧き上がる。

そう、余命は幾ばくも無い。私は本当にこれから死ぬんだ。

今、ようやくその事実が実感として心に重くのしかかってきた。実に二十八年もの間、絶え間なく全身へ血液を送り出してきた私の心臓は、あと数回の拍動でその活動を永久に停止する……。

「どうです。計画に変更はありませんかな?」

猫の声が聞こえる。だが、今はそっちに気をやっていられない。

少しでも気を抜けば、死への恐怖と停止した痛覚に心が支配されてしまう。そんなものは無意識の領域まで追いやるのだ、この十五秒間だけは。今私に必要なのは、犯人への怒りと憎しみを燃料にした瞬発力、ただそれだけだ。

私の体は、振り向きかけて横を向いたところで停止している。そう、まだ振り向くことすらできていないんだ。

『もう一度、今度はちゃんと振り返る』

「ほう。実に殊勝でいらっしゃる」

猫はくつくつと可笑《おか》しそうに笑った。

首から上が廊下の方へ向いたら、すぐに時間を止めよう。私の心は、このおぞましい痛みに長く耐えることはできない。

私は静かに、動き出せ、と念じた。

再び轟音が空間を包み、身を引き裂くような激痛がつま先から頭頂まで全身を駆け巡る。それでも私は歯を食いしばり、勢いよく振り向いた。

そして、予想通りの位置に、予想通りの人物の姿を認め、

『……やっぱり……！』

すぐさま、再び時間を停止した。時計を確認する。残り、十三秒八五。これが、残された最後の人生だ。末長く続くはずだった私の生は、一瞬でここまで刈り取られてしまった。

――あの女によって。

部屋の外の暗い廊下に、犯人はいた。

齢《とし》の頃二十歳前後の女が、白い煙の立ち上る銃口をこちらへ向けて猟銃を構えている。その、田舎育ちにしては端整な顔を、溢れんばかりの憎悪と殺意で歪《ゆが》ませて。

「フム。えーつまり要約すると、あすこのお嬢さんはあんたを母親の仇《かたき》と勘違いしていて、こ

「地元住民の一人の凶行に及んだと、そういうわけですな」

　この診療所を利用する、猟銃を構えている女性の名前は、宝林佐奈《たからばやしさな》。廊下で佐奈は、母親である頼子《よりこ》と二人で診療所の近くの借家に暮らしていた。近隣の噂《うわさ》では、頼子は昔から佐奈を溺愛しており、農家の手伝いをしながら女手一つで娘を養っていた。だが無理な労働が祟《たた》ったためか、三年ほど前に頼子は自律神経を患《わずら》った。

　それからは、既に高校を卒業していた佐奈が母親の仕事を引き継ぎ、家計を一人で支えていたそうだ。当初、頼子は診療所へ通院していたのだが、そのうち症状が悪化し通院に支障が出始めたため、医師や薬剤師である私が宝林家を訪問する在宅医療に切り替えた。

　その頃から、頼子の消耗は激しくなっていった。愛する一人娘に苦労をかけているという罪悪感に苛《さいな》まれていたのだろう。佐奈は佐奈で介護と仕事によって疲労を募らせており、母子《おやこ》は揃って向精神薬を常用するようになっていった。

　今になって思えば、患者の求めるままに向精神薬を処方していたのは、患者を薬漬けにしていると言われても仕方がない対処だった。そのときに私や医師がもっと親身になって治療法を考えていれば……あるいは、頼子の死を防ぐことができたのかもしれない。

　一年ほど前のことだ。頼子は、農業用の強力な殺虫剤を自ら呷《あお》り、佐奈一人を残してこの世を去った。

「なかなかに憐《あわ》れな話ですなァ。つまり、そこのお嬢さんはこう考えたわけですか。自分の母はお姉さんに薬漬けにされた結果、精神の均衡《きんこう》を崩して自殺した。だから復讐してやると?」

猫は静止した世界の中を自由に動き回り、銃を構える佐奈を色々な角度からしげしげと眺める。

『そんなところでしょう。私は職務を全うしただけなのに、とんだ逆恨みじゃない』

あえて強い口調でそう断定する。

本当は、それだけが佐奈の動機ではないのかもしれない。私があのとき、あのことに口を噤《つぐ》んでいなければ、頼子の命は……。しかし、事実として彼女は自殺したのだ。手を下したのが彼女自身である以上、私が負い目を感じる必要なんてない。

そうだ、私は純粋に被害者で、罰せられるべき罪人は佐奈なのだ。

猫はそんな私の気も知らず、

「フム、こりゃァ恐ろしい」

と愉快そうに肩を震わせて笑っている。こいつ、他人事《ひとごと》だと思って。

「で？　お姉さんは結局どうするんで？」

『どうするって？』

「残りの十三秒強、何をして過ごすのか、って話でさァ。今の話を聞くと、このお嬢さんはお姉さんを殺害する動機を一応持っていらっしゃる。客観的に見てもね。放っておいても、警察はこのお嬢さんにたどり着けるんじゃないですか？」

『それは……どうかしら。捜査線上に彼女の名前が挙がったとしても、十分な証拠が集まるかどうかはわからない。あの猟銃は彼女の物じゃないし』

つい先日、ある猟師が山で狩猟を行っていた際、崖から転落して大怪我《けが》を負うという事故があった。怪我人は診療所へ運び込まれ、今も入院している。ところが、彼が持っていたはずの猟銃が消え失せてしまったのだ。転落時に事故現場付近に落としたものと思われたが、猟友会の人らが近くを捜索しても猟銃は出てこなかった。

「それをお嬢さんが拾って、隠し持っていたっていうんですか?」

『多分ね。事故現場は佐奈が働いてる畑の近くだったし。でも、あの猟銃を盗める人間は佐奈だけじゃない』

「なるほど、銃からは足がつかないってことですか。しかし、わからん世の中ですなァ。こんなやせっぽちのお嬢さんが、よもや銃を手に人を撃つだなんて」

『それは逆でしょ。犯人が屈強な男だったら、わざわざ銃なんか使わなくても首を絞めるなり殴るなりできたはずよ。そういう直接的な方法を選ばなかったのは、きっと反撃されることを恐れていたから。毒殺しようにも、こっちは薬の専門家だし』

「ほう、確かに。すると結局、銃殺が一番安全で確実な方法だったってわけですか。それも都合よく足のつかない猟銃が現れたんだ、渡りに船ってやつですなァ」

佐奈にとっては都合のいい状況が出来上がっていたというわけだ。私にとっては大変不運なことに。

さて、犯人の分析はこれくらいにして、改めて現状を整理しよう。

ここは診療所の一角にある調剤室だ。といっても今年の診療所の増築に伴い、調剤室は新築の区画に移されることになった。私が今夜遅くまで残っていたのも、調剤室の移転作業をしていたためだった。薬品棚や各種の装置はもう移転済みで、部屋の片付けと掃除をしていたところだった。この部屋は今後私の執務室になる。いや、私はもう死ぬのだから、ここはただの空き部屋になるのか……。

ん、ちょっと待てよ。

私はふとあることを思いつき、佐奈の出で立ちをよく観察する。佐奈は両手に軍手をして銃を構えている。指紋を残さないためだろう。しかし足を見ると、ゴム底の靴を履いている。調剤室の前はみんな土足で行き来しているし、しばらく雨も降っていないから、足跡が残る心配は不要と判断したのだろうか。

ということは、あれをああすれば……。

頭の中に、ある数式が浮かび上がる。計算上は可能なはずだ。問題はその材料がこの部屋に、しかもここから手が届く範囲に十全に揃っているかどうか。

私は調剤室にあるものを頭に思い浮かべ、作戦を組み立てていく。

部屋の中央には大きな作業台があり、その上に蛍光灯の紐が垂れ下がっている。台の上には片付け損ねた薬瓶が並べてある。今私はその台の前に立っており、瓶にも紐にも手が届く。すぐ近くの床には、掃除のときに使ったバケツが置いたままになっていたはずだ。まだ水を張っていたと思うが、どうだったろう。ここからは見えない。

部屋にはもう一つ机がある。先ほど猫が腰かけていた、窓際の事務机だ。裏庭に面したその窓からの眺めが気に入っていて、私はそこに自分の机を置くことにしたのだ。その机の上にあるのは、私書も入り交じった書類の山、電気スタンド、そして筆記具の入ったペン立て。自室として使えるのをいいことに、私の好きな水仙を差した花瓶も飾ってある。机の隣には水道と流しがある。

薬瓶、バケツの水、流し、書類の山、ペン立て——そして、花瓶。

十分とは言えないが、これらの材料だけでやるしかないか。確実性には欠けるが、恐らくこれが最良のメッセージだろう。

頭の中で行動手順を何度もシミュレートする。与えられた時間は恐ろしく短かったが、上手く立ち回れば不可能ではないはずだ。いや、上手くいかなかったとしても、最低限伝えるべきことは伝えられる。なら、やらなくては。

チャンスは一度しかない。何かの拍子に少し手が滑っただけでも、全ての計画は水の泡となり、私は無念を嚙みしめながらこの人生に幕を下ろさなければならない。

失敗は許されない。目の前の女が、その罪から……そう、殺人罪から逃げおおせることなど、あってはならないのだ。

「覚悟は、できましたかな？」

猫がそっと尋ねてくる。

私は、心の内を佐奈に対する憎悪で十分に満たしてから、

『ええ』

行動を開始した。

◆

自身の息遣いがあまりにうるさくて、私は何度も足を止めて気を鎮《しず》めようと試みた。けれど、明かりのついたあの部屋に近づくにつれ、興奮は収まるどころかどんどん高まっていく。診療所内に裏口から侵入して、どれだけ長い時間が過ぎただろうか。私はようやく明かりのついた部屋の前へとたどり着いた。振り返ると、裏口からこの調剤室の前までは十メートルほどの距離しかなかった。この距離を移動するのに、あんなに時間がかかったのか。少し慎重になりすぎているかもしれない。

盗んだ猟銃の重みを軍手越しに感じながら、半開きになっている扉の隙間からそっと室内を覗き込む。……いた。彼女だ。部屋の真ん中で、こちらに背を向けて座っている。

その姿を目にした瞬間、今までの興奮が嘘だったかのように、全身からすっと熱が引いていくのを私は感じた。よかった。ここまでたどり着けばもう安心だ。

彼女が私に気付く気配はない。よし、そのままじっとしていろ。何も知らないうちに、ただ黙って死んで行け。お前に殺された、私の母のように。

あの薬剤師の女の犯行を知っているのは私だけだ。あの日、彼女は突然私の家に現れ、忘れ物をしてしまったと告げた。私は彼女を家に上げたが、なんとなく怪しく思い、彼女の挙動をそれとなく監視していた。そして、あの女が台所でこっそり常備薬の中身を入れ替えるところを目撃した。そのときは何か新しい薬に交換しているのかと思っていたが、その日薬を飲んだ母は突然苦しみ始めた。何が起きたのか理解するよりも前に、母は死んでしまった。

警察は、母の死を自殺と結論づけた。だが私は知っている。母は、あの女が薬とすり替えた毒を飲んで死んだのだ。

あの女が母を殺した理由はよくわからない。何らかの利害関係があったのかもしれないし、あるいは単に在宅訪問が面倒だったというだけの理由かもしれない。いずれにせよ、私が今からやるべきことに何ら変わりはない。

そっと猟銃の銃口を上げる。この距離で外すはずがない。私は引き金に指をかけた。

女が不意に立ち上がる。まるで撃ってくれと言わんばかりに、銃口と同じ高さにその背が晒される。

よし。では、撃ってやろう。

何の感慨も躊躇《ちゅうちょ》もなく、引き金を引く。乾いた銃声が夜の診療所に響き渡った。実に小気味良い音だった。女の背に黒い穴が開き、彼女はよろめく。

やった。

全ての重荷を下ろしたかのような解放感に包まれる。ついに成し遂げたんだ……。

と、思ったその矢先。信じられないことが起きた。

確かに致命傷を与えたはずのあの女が、くるりとこちらを振り向いたのだ。女と私の目が合い、私が反応する間もなく――。

女は、手に掴《つか》んだ薬瓶を、こちらへ向けて放り投げた。

◆

私は視界の端に浮かぶ余命時計の数字を確認した。一三・〇二。次いで、右手で放り投げた瓶が狙い通り部屋の入り口のすぐ手前の床に落ち、破砕《はさい》しているのを確認する。よし、初手は成功したようだ。左手にはちゃんと電灯の紐も収まっている。

私は再び時間を動かすと、くるりと体をターンさせつつ紐を引いた。蛍光灯が消え、窓から差し込む月明かりが唯一の光源となる。

その間にも、胸の穴を中心とした虚無的な激痛は、加速度的に私の全身へと染み渡っていく。どく、どくという聞き覚えのあるリズムに合わせ、胸から血液が流れていく。だが、それでいい。その痛みを憎悪と激昂《げっこう》に転換することで初めて、私はこの最も充実した十五秒間を走り抜けることができるのだ。

部屋の消灯と同時に、私は窓に向かって大股に足を踏み出す。

一歩。

踏み込んだ左足が床に置いてあったバケツに引っかかり、床一面に水をぶちまける。

二歩。

再び時間を止め、時間を確認する。一一・七三。あと十一秒強……！

「お忙しそうですな」

出た。黒マントの猫だ。部屋の壁にもたれかかり、腕を組んでこちらを見ている。

『高みの見物？』

「エェ。何しろ、これ以上ないほど追いつめられたお姉さんに、時間を止めて長考できるという最高の切り札を差し上げたのはこのあたしです。お姉さんの最後の悪あがきを、特等席で見物させていただいたとしても、贅沢《ぜいたく》と言わんでくださいよ」

何とも恩着せがましい物言いだ。私が見ている幻覚に過ぎないくせして。

それはそうと、大事なのはここからだ。私は今、窓際の事務机に手が届くところまでやってきている。廊下には背を向けているため佐奈の姿は見えないが、これからは追撃に備えて常に部屋の外に気を配っていなければならないだろう。

机の前で次にやるべき行動を頭の中に思い浮かべていると、

「あのー」

猫の声が私の思考に割り込んできた。

『何？』

「イエ、お姉さんの邪魔をするつもりは毛頭ないんですがね。一つ、今お姉さんが何を考えているか、教えていただけたらって思いましてね」

『何を考えているって……だから、あの子の名前を書こうとしているのよ、ここに』

「そいつはわかります、エェわかりますとも。しかし、それならお姉さん、さっき投げた薬は一体全体何なんです？　もしかして、あの上を踏んだら爆発する不思議な粉末で、あのお嬢さんを木端微塵《こっぱみじん》にしようって腹積もりですか」

『そんな都合のいい魔法の粉、あるわけないでしょう。あれはただの乳糖よ』

「ハァ。乳糖」

呆《ほう》けたような声で猫は復唱する。

『患者さんに薬を出すとき、毒にも薬にもならない粉末と薬品を混ぜて調合することがあるのよ。飲みやすくするためにね。あれはそのための粉』

「へぇ、それは知りませんで。しかし、それを床に撒《ま》いて何になるんです？……あっ！　もしかして、塩を撒く代わりですか！　なるほど、この期に及んでも信心は大切というわけですな」

『もう死ぬってのに、今更そんなことしても何にもならないでしょ。あれは、佐奈への牽制《けんせい》よ。佐奈が第二射を撃てないようにするためのね』

「ほう。つまるところ、単なるこけおどしってやつですな？」

『それだけじゃない。私は今、明らかに何らかの意図を持って彼女に薬瓶を投げつけたでしょう。それを見た佐奈はこう思うはず。薬剤師の私が投げたのだから、何か特別な薬品かもしれない、って。さすがに爆薬とは思わないでしょうけど。でももしそれが特殊な薬品で、靴や裾に付着したら簡単には落ちず、決定的な痕跡となってしまうようなものかもしれないと思ったら、迂闊《うかつ》にその上を歩いたりはできないでしょう。足跡もはっきり残るしね』

「あー」

猫はぽんと手を叩く。

「合点がいきました。ああして入り口に絨毯《じゅうたん》のように撒くことで、この部屋への侵入と、入り口前に立っての狙撃を防ごうって肚《はら》ですな。考えてみりゃァ、お姉さんが何を書き残したところで、あのお嬢さんは後で入ってきてそれを消せるんだ。その対策ってわけですな。しかし、入り口に薬をぶちまけただけで、殺人者の足を止めることができますかねェ……？」
◆

これは……一体、何だ？

私は今、足元に広がる白い粉を見下ろしている。狙撃した直後、あの女が私に向かって投げた瓶に入っていたものだ。それが、部屋の入り口から廊下にかけて広がっている。

あの女は部屋の床に横たわっており、ぴくりとも動かない。それはそうだ、誰がどう見ても致命傷を与えたのだから。しかし被弾からこと切れるまでの間、彼女は部屋の中で何かをやっていた。振り向いて私の顔をはっきりと見、この薬品を投げつけた後で。

もしや、彼女を撃ったのが私であるという情報を、部屋のどこかに書き残したのか？

だとすると、相当にまずいことになる。急がなければ、銃声を聞きつけた警備員がやってくる。姿を見られたら終わりだが、私の情報を残したまま立ち去るわけにもいかない。

私はそっと足を上げ、粉末の上に一歩踏み出した。恐らく、彼女がこれを投げたのは私に足跡を残させるためだったのだろう。あの一瞬でよく思いついたものだ。私がもっと焦っていたら、自分の靴を履いたままこの上を歩いていたかもしれない。そう思うとぞっとする。

今、私は靴を猟銃と一緒に脇に抱えている。粉の上に残る足跡は、この靴のものではない。廊下の端の下駄箱にあった、診療所据え置きのスリッパのものだ。彼女をしっかり撃ち殺した後、私は粉末を投げた彼女の意図に気付き、すぐさまスリッパを取りに行った。それによって貴重な時間を無駄にしてしまったが、仕方がない。

粉末の絨毯を越えて部屋に入り、さて、と私は部屋を見回す。一体、どこに何を書いたんだ？

◆

私は残り十一秒七三で時間を止めたまま、猫に意図を説く。

『佐奈はこの診療所をよく利用していたから、建物の間取りもある程度は知っていたはず。なら、この粉を踏まない方がいいと判断したとき、彼女はきっとスリッパを取りに行くでしょう。スリッパ置き場はすぐ近くにあるし、入院患者や当直の医者がいる場所からも遠いから、見とがめられるリスクは少ない。ちょっと取りに行くくらいなら訳はない……そう、彼女にしてみればね。でも、そのちょっとの時間を稼ぐことが、今の私にとっては何よりも重要なの。スリッパが必要だと判断してから取りに行って戻ってきて、靴を脱いで履き替える。これだけのことを全部やったら、短くとも十秒以上はかかるでしょう』

「ハハァ。それで戻ってきてスリッパで部屋に踏み込んだ頃には、お姉さんは現世でやるべきことを全てやり終えて逝去された後、って寸法だ。要するに、あの粉は時間稼ぎってわけですな？　確かに言われてみりゃ、お姉さんがまず第一に優先すべきことは、残された十五秒の間邪魔されない保証を得ることだ。フム……でも、そんなに都合よく行きますかねェ。さっさと靴を脱いで裸足《はだし》で入り込んでくるかもしれないし、そもそも足跡が残ることなんて気にも留めないかもしれませんよ？　後で払っておけばいいやって思うかもしれない」

『そこは、正直言って運を天に任せるしかない。まぁ、粉の上に靴跡を残してくれればそれが一番簡単なんだけど』

もっといい手があればよかったのだが、残りの時間の使い道を組み立てたとき、これよりも短時間でできる佐奈の遠ざけ方を思いつけなかったのだ。今は、上手く佐奈が私の策に乗ってくれることを祈るしかない。思惑通り、靴を脱いでくれることを。

そう、真に重要なのは時間を稼ぐことではなく、あの靴だ。裸足でもスリッパでもどっちでもいい、とにかくまずあの靴を脱いでもらわなければ。

『で、もう質問はないの？　そろそろ雑談も切り上げて、次の仕事に取り掛かりたいんだけど』

「あァすみませんね、お手間をとらせてしまって。へへへ、それじゃあたしは一度下がります。どうぞ心行くまで」

猫はそう言ってひょこひょこと視野の外へ消える。

よし、それでは再開だ。

次はいよいよメッセージを書く作業に入る。筆記具は事務机のペン立てにあるマジックペンがいいだろう。運がいいことに、ペン立てにある数本のペンは、一本を除いて全て同じ種類のものだった。

あのペンを引き抜いて、ああしてこうして……。それを全て右手でやりながら、左手を伸ばして……。

頭の中で、これから四秒かけて行う大仕事の予行演習を何度も繰り返す。大丈夫、本当に手際よくやればできるはずだ。いや、やらなければならない。

気持ちを集中し、神経を研ぎ澄まし――私は、再び死へと一歩足を踏み出す。

時が動き出すや否や、私は机に向き直ってペン立てのペンを摑んだ。同時に左手を花瓶の方へ伸ばす。先ほど蹴とばしたバケツの水で足が濡れるのを感じながら、ペンを取り出して親指と人差し指で持ち、一時停止。時計は一〇・七二。まずまずのペースだ。

再び時を進め、片手でキャップを外す。一時停止を繰り返しつつ、細心の注意を払いながらペンを握り、机の上に突き立てる。

まずは横に一本、机の上全体を横断するように長い線を引く。その動きで机の上の書類の山を思いっきり払いのける。急いでペン先を動かし、最初の線に垂直に交差するように三本の線を縦に引く。一番左の線は短く、あとの二本は長く。

よし、できた。時間を止めると、余命時計は八・〇一を示していた。残り八秒。自分では一切無駄のない動きをしたつもりだったが、線を引くのに思ったより時間がかかってしまった。だがメッセージは書き終えた。私が伝えたいことは、これだけで十分伝わるはずだ。後は仕上げをするだけ。右手で線を引いている間に左手は花瓶の縁を摑み、頭上高く振り上げていた。時間を動かし、花瓶を勢いよく振り下ろす。花瓶が机に激突しそうになったところで時間を止めた。想定していたよりも花の本数が少ないが、恐らくこれだけでも用は足りるだろう。

時間を確認する。残り、七秒六九。もうあと七秒半で死ぬ……。

「こりゃまたえらく素っ気ないメッセージですな」

机に引いた四本の線を覗き込みながら猫が言った。

『これ以上は書きこめない。何せ時間がないんだから。でも、十分伝わるでしょう?』

「え? 何が?」

『犯人の名前に決まってるじゃない。……もしかして、読めない?』

簡略化しすぎただろうか。だが、かなりわかりやすいはずだ。これを読む人間が、犯人の名前を知っていれば。

◆

遠くの方で人の声と物音がする。まずい、警備員だろうか? きっと銃声を不審に思って見回りを始めたのだ。

私は急いで暗い部屋の中を捜索する。

まず真っ先に目を引いたのは、窓際の机だった。机の上には割れた花瓶の破片と花が散乱している。あそこで何をしていたのだろう。

窓際へ向かう途中、床にうつ伏せになってこと切れている女の死体を一瞥《いちべつ》する。こいつ、今わの際に一体何を企んでいたんだ？　死体の周囲には書類が散乱しているようだが、何の書類なのかは暗くてよく見えない。だが、明かりをつけるわけにはいかない。警備員を呼び込むようなものだ。

ひっくり返ったバケツの水で水浸しの床を、私は音を立てないように進む。ようやく机にたどり着き、それを見つけ、

「うっ」

思わずうめき声を漏らした。

女は、机に直接マジックペンで何か書き記したらしい。横に長く直線を引き、それに交差するように三本の線を加えている。一見して文字のようには見えない四本の線だったが、しかし私はすぐにピンときた。

そうか、私の名前か！

これは片仮名の『サナ』を横に書いたものだ。画数を省略するために、横棒を繋《つな》げて書いている。わかりにくいメッセージだが、看過できる代物ではない。どうする、マジックペンで書

いたものを消すことができるのか？

そのとき私は、机の端にあるペン立てに気付いた。その中にはマジックペンが数本差してある。どれも同じペンのようだ。とすると、これでメッセージを上書きできるのではないか？もう十本も線を追加してやれば、私の名前を読み取ることはできなくなるはず……。

……いや、ちょっと待て。

考えてみたら、あまりに不自然だ。こんな後からいくらでもごまかせるようなメッセージを、花と花瓶の破片で隠そうとしているとはいえ、机の上にでかでかと残すだろうか？私が後から現場に立ち入ってこの上に線を数本書き加えてしまえば、こんなメッセージ……。となると。

……やばっ、そういうことか！

私は彼女の意図に思い至り、身震いをした。なんてことだ、あの短時間にそこまで考えていたのか、この女は。

恐らく、最初に書いたメッセージだけは種類の違うマジックペンで書いたのだ。そこに後から別のペンで線を書き足されても、インクの種類の違いで最初に書いた線だけを判読できるように。

私は再び部屋を見回す。彼女はきっと、自分が使ったマジックペンをこの部屋のどこかに隠したんだ。それを見つけ出さないことには、このメッセージを消すことはできない。だが、ペンを探すのに手間取っていたら……。

がちゃり、と遠くで扉が開く音がした。全身が総毛立つ。廊下を歩く足音が近づいてくる。この部屋に来るのも、時間の問題だ！

急がなければ、早くペンを見つけなければ……っ！

◆

私が親切にもメッセージの意味を解説してやると、猫は大げさに納得してみせた。

「はァー、片仮名ですか。ようやくわかりました。なるほどなるほど。しかし、これだけでいいんですか？　ただ〝サナ〟って書くだけじゃ、警察に対して不親切な気もするんですがねェ」

『大丈夫。私の知る限り、このあたりで〝サナ〟という名前の住人は宝林佐奈しかいない。わざわざ六文字も使ってタカラバヤシと書かなくても、これだけで個人が特定できるはず』

「イエ、それはわかります。わかりますとも。しかし、差し出がましいかもしれませんが、こんなメッセージ、あのお嬢さんにすぐに見つかってしまいますよ。犯行現場に自分の名前を書き残されたとありゃ、お嬢さんは何としてでもそれを消そうとするでしょう」

『ええ。だからこうして』

私は時間を動かし、振り下ろしていたガラスの花瓶を思いっきり机に叩きつけた。

『邪魔をする』

メッセージの上にガラスの破片と水、そして水仙の花が散らばりかけたところで時間を止める。残り、七秒三〇。

「邪魔って、あのね」

猫は呆れたような声を出す。

「その程度じゃ隠せませんよ、そんなでかでかと書いてあるんじゃ。すぐに払いのけられて、墨塗りされちまう」

『そうしてもらわないと困る』

「え……？」

猫と話をしながら、私は手ごろな花を見つくろっていた。茎の細い、よく濡れているものが望ましい。しかしこうして見ると、思っていたよりも水仙の茎は太い。仕方ない、多少のロスには目を瞑《つむ》って、花を加工することにしよう。

再び時間を動かす。私は左手で素早く二輪の花を摑むと、マジックペンの底でその茎の根元を押し潰した。時間を止め、時計を確認する。五・九八。うっ……五秒台にまで食い込んでしまったか。

「え、えっと」

押し潰した茎を見て、猫が困惑気味の声を出す。

「その、何をなさってるんです？　何だかさっきから、お姉さんの意図が摑めなくなってきたんですが」

『ここまできたらもうわかるでしょう。私の狙いが』

「ハァ。そう言われましても。申し訳ございませんなァ、あたしゃ頭が鈍ってるようです。一体全体、その花は何に使う気なんですか？」

『そんなの』

私は十分に狙いを定めてから時間を動かし、

『こうするに決まってる』

押し潰した二輪の花の茎を、壁のコンセントの片方の穴に差し込んだ。

◆

あった！

ようやく見つけた。

私は急いで作業台の下の隙間からペンを取り上げた。キャップが外れている。間違いない、あの女が使ったものだ。案の定、それは机の上のペン立てにあったペンとは違う種類のペンだった。

急げ、急ぐんだ！　たった数本書き加えるだけでいいんだ、だから早く――！

私は立ち上がり、机に向き直る。メッセージの上に覆いかぶさっていた花瓶の破片と数本の花を、左手で払いのけようと机に手をつき。

その瞬間。

目の前が昼間のように真っ白になり、けたたましい破裂音が体の奥底で弾けた。

◆

『よく見て』

どうやらこの猫は、理科には詳しくないらしい。説明しなければわからないようだ。

『今私が手を離したら、コンセントの穴に根元が突き刺さったまま、花は机の上に垂れる。机の上は花瓶の水で水浸しになっていて、その水は二輪の花を経由してコンセントの電極と繋がる。この状態で、花瓶の破片や花を払いのけるために机の上に手をついたら、どうなると思う?』

猫はしばらく黙り込んだ後、

「……感電ですか」

それまでの楽しげな調子とは違う、感心するような声で答えた。

『その通り。佐奈は軍手をしていたでしょう。これが私のようにゴム手袋だったら絶縁したかもしれないけど』

全く運がよかった。仕事でゴム手袋をすることが多い私は、今日のように帰る直前まで外さずにいることもあるのだ。

当然、このゴム手袋は電気を通さない。だが。

『軍手なら簡単に水が染み込んで、彼女の体に電流を導いてくれる』

「……フム。しかしお姉さん。ただ電極に触れただけで感電なんて起こるもんですかね？　ほら、送電線に鳥がとまっても感電しないでしょう。一本の電線にとまっただけじゃ電圧の差が生まれないから、電流は流れないとか何とか聞いたことがありますな」

『どこで聞いたのか知らないけど、確かにその通り。今この花は、コンセントのうち片方の電極からしか線を引いてないから、これだけでは多分感電しない。けど、このメッセージを上書きするために机に向かい合ったら、足元に広がるバケツの水の水たまりにどうしても足を踏み入れないといけない。もしもそのとき、彼女があのゴム底の靴ではなく、裸足かスリッパの状態で来たとしたら、コンセントから彼女の足までが電導物質で接続されることになる。あとは、バケツの水がこの部屋の流しまで届いていれば……つまり、流しの下の水道管に水たまりが触れていればいい。あの水道管は地中に埋め込まれているから、その電位は大地の電位と同じ。これによって、足元の水たまりと机の上の水たまりには一〇〇ボルトの電位差が生じる。二つの水たまりに手と足を浸した佐奈の体には一〇〇ボルトの電位差がかかって――彼女は感電する』

「は……はァ。つまりその、何ですか。お姉さんは」

猫は恐る恐る言った。

「あのお嬢さんを、罠にかけるおつもりだったんですか」

『ええ。私は彼女を殺そうと思っている』

私のその言葉に、猫はしばらく考えた後、やれやれとため息をついた。

「……確かにお姉さんが言うように、感電しそうっていうイメージは湧きました。今思えば、あの薬の絨毯はお嬢さんの靴を脱がせるためのものだったわけですな。足から床へ通電しやすいように。そうか、部屋の電気を落としたのも、この花の導線に気付かれなくするためだったわけだ。うむ……しかし、しかしですよ。お姉さんが電気を引き込もうとしているのはたかだか一〇〇ボルトのコンセントなんでしょう。そこから、人が死に至るほどの感電が起こせるもんですか？」

『計算上は可能なはず。まず、この建物は古くて漏電遮断機がついてないから、コンセントから大量の電流が地中へ流れても勝手に電力供給をやめたりはしない。それと、たかだかって言うけど、コンセントの電極は大地に対して一〇〇ボルトの電位差があるのよ。水に濡れていることで手や足の接触抵抗を無視できるとしたら、人体の電気抵抗値は確か五〇〇オーム程度だったから、理想的には二〇〇ミリアンペアの電流が体内を流れることになる。詳しくは覚えていないけど、大体五〇ミリアンペアくらいが感電時に心室細動《しんしつさいどう》を引き起こす電流値の境界だったはず。それを優に超える電流を流せたら、佐奈の心臓に致命的なダメージを与えることは、十分可能と言っていいでしょう。感電死に至る条件は、かなり揃っていると思うけど』

「ううむ……。そう、です、か……」

猫は、何か言いたげなうめき声を漏らす。

『……何？』

「イエ、何ね。ちょっと言わせていただけるなら……まず、素直に感心しました。あの『サナ』のメッセージは、警察ではなく犯人に向けられたものだったわけだ。現場に残されたメッセージは消さないといけないというお嬢さんの心理を利用して、復讐のための罠を張る。それもたった十秒で、上手くすれば極めて致死率の高い罠をね。全く、大したお人だ。驚かされました。ただ、一つ言わせていただけるなら……まァ、何ですか。あまり誇らしい辞世とは言えない、ということですかねェ」

『何よ、どういう意味？　今更、私のやることに文句を言おうっていうの？』

「文句と捉えられると心外だ」

と言って、猫はひょいと事務机に乗り、割れた窓から裏庭へと飛び出した。月に照らされた裏庭で振り返り、神妙な表情を浮かべて私を見る。

「これは忠告です。空想的な解釈をするなら、あたしはお姉さんをお迎えに上がった死神です。死神はお姉さんをお連れする前にこう申し上げるのです。この後すぐ閻魔《えんま》さまに裁かれる身であるというのに、殺人という大罪を犯すことはない、とね。一方で現実的な解釈をするなら、あたしは今にも死なんとしているお姉さんが最後に見た幻覚です。幻覚はお姉さん自身の良心の結晶として罪を思いとどまらせようとします。人を殺すのはよくない、と」

『勝手なこと言わないでよ。あなたが何だろうが関係ない。私は、私の意志で、この世を去る前に何としてでもあの女を殺してやると決めた。自分が間違いなく殺されるってわかってる状況で、その自分を殺す者の処遇を決められるとなったら、誰もが同じようにするはず』

「そうですか。しかし、あんたは死ぬわけですがご家族は残される。あんたのことをよく思っているご友人も多いはずだ。その方々の記憶の中で、あんたは人を殺した犯罪者として生き残るわけです。このことをどうお考えですか」

『それは……』

猫め、また嫌な方面を突いてくる。今まで、それを考えないようにしていたのに。

心情の揺れが伝わってしまったのか、猫は畳み掛けてくる。

「それにこう言っちゃ何ですが、あんたの復讐の論理はちと身勝手なんじゃないですかねェ。さっき動機の話をしていたとき、あんたは無理にお嬢さんを単純な悪者にして話を終わらせようとしていたように見受けられました。あたしはそのとき思ったんですよ。この人は、何かしら負い目を感じているな、ってね」

心の内で舌打ちをする。気付かれていたのか。

「こいつはただの推測ですが、あんたは頼子さんの自殺を止められる立場にいたんじゃないですか？　そうでしょう？」

図星を突かれ、返す言葉を失ってしまう。

そうなのだ。私は、頼子に自殺の意図があることを知っていた。彼女が自殺するよりも前から。

頼子は当初、農薬ではなく睡眠薬で自殺しようとしていたのだ。在宅訪問の際に私の鞄から盗み取った睡眠薬で。

あの日、診療所へ戻った私は、すぐに薬の紛失に気付いて宝林家に向かった。私を出迎えた佐奈には、忘れ物をしたと話して家に上げてもらった。案の定、紛失していた薬は台所で見つかった。頼子が書いたと思われる遺書と共に。

そのときすぐに医師に相談して対策を講じていれば、私は頼子を救うことができたのかもしれない。だが、薬と遺書を見つけたときに頭を過《よぎ》ったのは、薬の管理責任が問われるかもしれない、という保身的な懸念だった。それでつい、その場しのぎだとわかっていても、私は遺書と薬を隠匿《いんとく》してしまったのだ。どう対処するにせよ、とりあえずは一旦危険を遠ざけておこう、と自分に言い聞かせて。まさかその日のうちに農薬を飲んで急死するだなんて、誰に予測できただろう。

そうだ。どんなに自分を正当化したとしても、佐奈にとって私が母親の仇であるということは、ある意味では真実なのだ。

「筋の通った復讐を良しとするわけではありませんが、少なくともお姉さんだけに正当性があるとは言えんでしょうな、この場合」

猫は私から視線を逸《そ》らすと、どこか遠くを見ながら淡々と語る。

「つまり、だ。あのお嬢さんを手にかければ、あんたは正真正銘の罪人になってしまいます。ね、お姉さん。悪いことは言いません。あんたがもし、罪人ではなくまっとうな人間として大切な人の記憶に残りたいのであれば、人を殺してはなりません。あァ、納得のいかない気持ちはわかりますよ。お姉さんは今お嬢さんへの恨みで胸が張り裂けんばかりでしょう。でも、それなら伝えればいいじゃないですか。しかるべき手段で、しかるべき相手に。何もお姉さん自身が修羅《しゅら》の道に身を投じることはありません。人の世には、罪人を裁く仕組みがちゃあんとあるんですから」

猫はガラスが割れた窓枠に手をついて、窓越しに私の顔をじっと覗き込む。

「お姉さんにはあと五秒だけ命が残されている。この時間を、どう使われるおつもりですか」

猫が指さした通り、余命時計は五・四五を示している。佐奈へのトラップは仕掛け終えたが、まだ僅《わず》かながら時間は残っている。

行動する時間も、そして、その行動をじっくり考える時間も。

◆

目が見えない。耳も聞こえない。つい先ほどまではあれほど明るかったというのに、今はどこもかしこも闇に覆われ、耳の奥の方でずっと奇妙な高音が鳴っている。

息をしなければ。そう強く思うのに、私の胸は動かない。

心臓は……？　私の心臓は、ちゃんと動いているのか……？

苦しい。胸が痛い。息をしろ……息をしなければ、私は死んでしまう……！

私は時間を動かし、手に持っていた花のうち一輪をコンセントから引き抜いてまた時間を止めた。五・〇一。

◆

「……これは?」

いつの間にか部屋の中へ戻っていた猫が、私の右手の花を見て尋ねる。

『何というか……折衷案《せっちゅう》、というか。そりゃあ私だって、人を殺すのは嫌に決まってる。でもやっぱり、自分を殺した人間を許すなんてできない。だから、運を天に任せることにする』

「と言いますと」

『つまり、ここの電線を一本にして、あの子が感電で死ぬ可能性を少し下げた、っていうこと』

正直、これでよかったのかはわからない。私は今、憎い相手を絞め殺そうとしていたのに、その手を緩めようというのだ。殺人者としては生ぬるい。花を二輪とも引き抜かなかった時点で佐奈に対する殺意を捨て去っていないのだから、まっとうな人間の所業でもない。中途半端な選択かもしれないが、自分でもよくわからなかったのだ。激情と倫理観のせめぎ合いを、どう処理すればいいのか。

『そもそも、水に濡れた花の電導性なんて、試したことがないからどのくらい信頼できるのかわかったものじゃない。上手く表面の水分を電気が伝ってくれればいいけど、途中で抵抗値の高い部分を通ったらジュール熱で花が焼き切れるかもしれないし、何かの衝撃で茎が穴から抜け落ちるかもしれない。だから念のため二本を差し込んだんだけど』

今、コンセントには一輪の花が差し込んである。その花の先端が垂れ、机の上の水たまりに接していた。猫はそれを指でなぞり、満足げに頷いた。

「なるほどねェ。まァ、いいんじゃないですか？　つまり、その花一本分がお姉さんの良心の嵩《かさ》ってわけだ。……しかし、さっき焚《た》き付けておいて何ですが、それでお嬢さんが生き残った場合、この机のメッセージはきっと隠滅されてしまう。ことによると、お嬢さんは逃げおおせるかもしれない。それは、どうなさるおつもりで？」

『そんなの、別のメッセージを残すまでよ』

視界の端には、机の上にあった書類が床に散らばっている。

◆

——こちらから物音が聞こえたようですが。

——あれ？　あの部屋の前、何か散らばってません？

男たちの会話が、私の耳に遠く微かに聞こえる……。

この部屋に人が向かっているんだ！　恐らくもうすぐそこまで迫ってきている……！

「はぁっ！」

私は飛び跳ねるように起き上がった。同時に、全身に激痛が走る。悲鳴を喉奥に押しとどめながら、私は体に鞭《むち》を打って立ち上がろうと試みる。関節が曲がらない。足に力が入らない。左の胸が焼け付くように痛い。

さっきは本当に死んだかと思った。いや、今の体の状態を考えれば、無事に助かったとも言えないだろう。先ほどの感電で、致命的な被害を受けた可能性もある。

それでも歯を食いしばって立ち上がり、机の上に目をやる。あの女が書き残した二文字のメッセージはまだそのまま残されている。これを消さなければ……何としてでも、消し去らなければ……。

幸運なことに、私の右手はまだキャップを外したマジックペンを握っていた。いや、違うか。指が言うことを聞かなくて離すことができないのだ。それならそれで好都合だ。

震える手でペン先を机の上に近づける。

「うっ」

この机に触れて先ほどは感電したのだ。なんという不運だ、花瓶の水が医療器具か何かに触れて帯電していたのだろう。私が助かったということは、何らかの理由により電源が断たれたのかもしれない。だから、今はもう水に触れても感電しない可能性もある。いや、もはやそうであることに賭けるしかないんだ……！

ペン先が机に触れ、通電などしていないというのに全身が恐怖でびくりと飛び跳ねた。

「うううううっ……」

声を抑えようにも、顎《あご》に力が入らない。口からは、悲鳴と嗚咽《おえつ》の入り交じった情けない叫びがとめどなく零《こぼ》れ落ちる。

「うわぁぁぁぁ！」

あの女が引いた線の上から、縦へ横へと線を書き足していく。もっと、もっとだ！　まだ足りない、まだ私の名前は消えてない……！

——誰か、そこにいるんですか？

部屋のすぐ外で男の声がして、私はびくりと振り返る。懐中電灯の明かりが部屋の入り口を照らしていた。

もういい、もう限界だ。今すぐここから立ち去らなければ。

私は自分の指をこじ開けてペンを放り棄《す》てると、床に落ちていた靴を脇に抱え込んだ。猟銃は置いていく。これはもともと私とは何の繋がりもない。

他に何か忘れ物がないかと部屋を見回したとき、私の目にあるものが留まった。

◆

時間を動かした瞬間に右に体を捻り、床に倒れながらそのうちの一枚を拾って……。

私は、頭の中でこれからの動きを予行演習した。死ぬ寸前の最後の五秒ともなれば、恐らく立っているのもままならないはずだ。だから最後は無理をせず、床に横になってメッセージを書き残す。

『あの机のメッセージは佐奈に向けたものだったけど、警察に向けてメッセージを残したいなら、方法はいくらでもある。例えばそこの書類のうちの一枚に〝サナ〟と書くだけでもいい。あんな大量にある中の一枚にサナと書いて紛れ込ませたら、警備員がこの部屋の異常を発見するまでに佐奈がそれを見つけるのはまず無理でしょう』

「ふんふん。なァんだ、話は簡単じゃないですか」

『そうね。私の目的がメッセージを残すだけだったら、五秒は多すぎるくらい』

もともと、佐奈への感電トラップは確実性の低い仕掛けだ。都合よく引っ掛かってくれたらこの場で佐奈を感電死させられるかもしれないが、首尾よく逃げられた場合のことを考えると、警察に向けたメッセージも残しておかなければならない。私はそのために、最初からこの五秒間はその本当のメッセージのためにとっておいたのだ。

いよいよ、これが最後の行動になる。今までの仕込みに比べればそれほど難易度は高くないが、ここまできて下手《へた》を打つことはできない。私が、私の人生の中で最後にやる仕事だ。そう思うと、今更のように様々な思い出が頭の中に次から次へと去来する。平凡な人生だ。後世に何を残せたわけでもない。私が残すことができたのは、中途半端なトラップと、そして五秒で書ける単純なメッセージだけ。

もういいだろう、というくらい感慨にふけった後、

『……よし』

私は、ついに時間を動かした。

体を捻り、書類が散らばっている床に倒れこもうとする。

その直後。

二度目の銃声が、私の体を貫いた。

◆

やった……！　私は、成し遂げたんだ……！

ともすれば勝鬨《かちどき》を上げてしまいそうになるのを必死にこらえながら、私は自宅へ向かう夜道をひた走っていた。

あの女のメッセージは消した。証拠となるようなものは持ち去った。そして、警備員にも誰にも姿を見とがめられることなく、窓から逃げ出すことに成功した。全てが予定通りに行ったわけではなかったが、それでも結果的に私は復讐をやり遂げたのだ。

もういい。もう何も心配しなくていいんだ。母を毒殺したあの女はもうこの世にいない。

それにしても、しぶとい女だった。胸を撃ち抜かれた後であんなメッセージを残すなんて。

よかった。

二発撃っておいて。

再び、世界が静止していた。

何が起きたんだ。私は、最後のメッセージを書き残すために時間を動かして、床に倒れこもうとして、その直後にすぐ近くで衝撃音が……。

……一体、何が起きたっていうんだ？

くつくつと、押し殺したようなしゃがれた笑い声が聞こえてくる。

「また撃たれたんですよ。お姉さんは」

黒マントの猫が、私の傍《かたわ》らに立ってこちらを見下ろしている。先ほどまでかしこまった表情を浮かべていたその顔には、下卑《げび》た笑みが浮かんでいた。

「ほらね」

と猫は肉球で窓の方を示す。

ガラスの割れた窓の外には、こちらに銃口を向けて猟銃を構えた佐奈の姿があった。

『そっ……そんな、馬鹿な……！』

「馬鹿でも何でもありません。お姉さんだって、二撃目を喰らって余命が縮まる可能性を危惧していたじゃないですか。それもかなり早い段階から」

私は今、床に体を投げ出そうとした途中で空中に静止している。うつ伏せに倒れるつもりだったが、撃たれた衝撃で体が半回転し、ちょうど顔が窓の方を向いた状態で止まっていた。そんな私を、猫は憐れむような蔑《さげす》むような、それまで見せたことのない残酷な表情で見下ろしている。

「その危惧が現実のものとなったんです。そして、気になる余命は」

猫は片手を私の前に差し出す。その上に、余命時計がぼやっと現れた。〇・六一。

「これだけになってしまった」

『そんな……』

「もう、この世であんたができることはほとんど残されていない。ですからまァ、本来であれば生きている間に知りえなかったことをあたしからお教えしても、さほど差し支えはないでしょう。……お姉さん。あんたは追撃のことを常に気にしておられた。罠を仕掛けている間も、可能な限り背後には気を配っていましたね。しかし、窓の外へは全く注意を払おうとしなかった。そこから撃たれることを全く想定していなかったわけですなァ」

『だ、だって、ついさっきまで廊下にいたのに、佐奈が外に出ることなんて……』

「お嬢さんは最初、外からこの建物の中へ侵入したんですよ。すぐさま外へ出られても不思議とは言えませんな。もう少し細かく説明して差し上げましょうか。お姉さんに瓶を投げつけられたとき、お嬢さんは狙撃に失敗して自分が反撃を受けていると思ったんです。そして一目散に逃げようとした。侵入するために使った診療所の裏口からね。ところが、裏口から外へ出たとき、彼女ははたと思い直したのです。お姉さんは今廊下側を警戒しているはずだ、であれば裏庭へ回って窓から撃ってやろう、と。エェ……確かにお姉さんが撃たれてから今まで、せいぜい十秒ほどしか経っていません。しかし人は十秒で五十メートルくらいは走れるでしょう。想像してごらんなさい。廊下から裏庭のあの位置まで、全力疾走すれば何秒で到達できるか」

確かに……猫の言う通りだ。この部屋の入り口から裏口まではせいぜい十メートルほどしか離れていない。私を撃った後、急いで裏口から庭へ回り、その間に銃を再装塡《そうてん》し、私を窓越しに射殺する。十秒の間にやる仕事としては、感電トラップを作るよりも遙かに容易《たやす》い。

それなら何故《なぜ》、私はそのことに思い至らなかったのだ。何故、廊下だけではなく窓の外を警戒しなかった。

「お姉さんは十五秒を意識しすぎたんですよ」

子供を諭すようにゆっくりと猫は言う。

「たかが十五秒、されど十五秒です。お姉さんは考えに考えてご自身の余命の使い方を組み立てられた。その過程で、十五秒とはなんと短いのだろうと何度も思ったはずだ。それは普通の人間にとってはごく一瞬で過ぎ去る時間なのだと、あんたは強く意識してしまった。しかし、一瞬ではありません。数秒の間にもできることは色々あります。例えば、走って裏庭に回って銃を撃つ、とかね。お嬢さんにも同じ時間が流れていることを、あんたは失念するべきではなかった……」

そうだ。私は、佐奈に流れている時間のことを無意識に考えから外していた。だから、順番を間違えたんだ。私は、罠を仕掛けてからその罠が失敗したときの保険を残そうと決めていたが、本来は保険の方を先に片付けておくべきだったのだ。人間、いつ死ぬかもわからないのだから。

猫は肩を竦《すく》めて、

「残念でした」

とにやける。こいつ……。

『あなた……最初からこうなることを知っていたの？』

「まァ、ね」

猫の口調はますます弾みがつく。その口元に、死を運ぶ者の邪悪な笑みが広がっていく。

「もう一度撃たれるかもしれないとは思っていました。いやァ、実に見物《みもの》でしたよ、お姉さんの奮闘は。しかし、まさかお嬢さんを殺すおつもりだとは思わなかった。頑張りましたなァ。だが実際に殺すとなると、見過ごすわけにはいきません。全く、いたずらに仕事を増やさないでいただきたいものですな。あたしも暇じゃないんだ」

何てことだ。

つまり、こいつはこう言っているのだ。さっき私に向けた忠告は、無闇に死者を増やさないための方便に過ぎなかった。何が良心の結晶だ。私はそれにまんまと乗せられて……。

「ま、気を落としなさんな。日本の警察は優秀と聞いております。お姉さんが警察に何も伝えられなくとも、お嬢さんはちゃんと捕まるでしょうや」

猫の憎たらしいにやけ顔と、窓の外の佐奈の殺意に満ちた表情が私を見下ろしている。私の心に、一時はどこかへ消えていた悔恨と憎悪が再び沸々《ふつふつ》と湧き上がる。

とはいえ、残り時間は一秒もない。

私にできることは、もう何も残されていないのか……？

そのとき、私の視界の中に、一通の封筒が目に留まった。床にばらまかれた書類の中に紛れて床に落ちている。そういえば、あの封筒は机の上に置いておいたのだった。

私がこのまま床に倒れたとき、手を伸ばせば届く位置に落ちている……。

『それじゃ足りない……ただ逮捕されるだけじゃ……』

「ン、まだそんなことを。いいですか、もうお姉さんにできることなんて、なァんにも残されていないんです。人生、諦めが肝心でしょう？」

勝手なことを言ってくれる。

逮捕されるだけでは足りないのだ。あの女には、まだ伝えなければならないことがある。殺すことがかなわないにしても、せめて思い知らせなければ。

自分が何をしたのか。

◆

診療所から命からがら逃げ出した後、私は自宅へ駆け戻り、そのまま玄関先で眠り込んでしまった。目が覚めたのは翌日の未明で、しばらくは何か悪い夢でも見ていたかのようなぼんやりとした状態が続いた。

極度の疲労で、体は思うように言うことを聞かなかった。恐らく、昨晩受けた電気ショックの後遺症もあるのだろう。だが医者にかかるわけにはいかない。体調の異常よりも、こんな状態で事件現場にのこのこ舞い戻る方が恐ろしかった。自然回復を待つしかない。

私は体を引きずるようにして寝室に向かい、布団に身を投げ出した。しばらく横になっているうちに、ようやくまともな思考力を取り戻していった。

そうだ、確認しなければならないことがあったのだ。

布団から腕を出し、昨日現場から持ち帰った封筒へと手を伸ばした。これは、息絶えたあの女が固く握りしめていたものだ。恐らくは意識が途絶える一瞬の間に床から拾い上げて握ったものだろう。となれば、何か意味のあるものに違いない。あの場では確認する暇がなかったが、私の薬歴だったらたまったものではない。

くしゃくしゃになった封筒には、一枚の便箋《びんせん》が入っていた。それを取り出し、広げた瞬間に息を呑んだ。その便箋に綴《つづ》られている手書き文字は、見慣れた母の字だったからだ。

その便箋に目を通すうちに、手の震えが止まらなくなった。

それは、母の遺書だったのだ。これ以上あの子に迷惑をかけるのに耐えられない、未来に希望が見いだせないといった内容だった。全く以て一般的な自殺者の遺書に書かれていそうな文面が、他ならぬ母の書き文字で綴られている。しかも、母は遺書の最後にこう書き残していた。

しかし一人では逝けない。あの子に罪はないが、共に連れていく、と。

背筋を冷たい感触が走り抜ける。

つまり……母は、紛れもない心中の意志を抱いていた、ということになるのか……？　ただの心中ではない、私の意志を無視した無理心中を。

何故、これを彼女が持っているんだ。

こんなものがあったなんて、私は知らない。警察の人だって、一言も言わなかった……！　ということは、もしや……この遺書の存在を知っているのはあの女だけで、つまりそれは、彼女が持ち去ったということで……。

え、それじゃあ、あの女は母の心中の意図を知っていて、薬を提供したのか？　自殺幇助《ほうじょ》だったのか？　いや、それはおかしい、それなら何故私が生きている？　母は遺書に、私が服用している薬を毒にすり替えて、一緒に死ぬつもりだと書いているのに。

薬を毒にすり替えて……だって……？

私の頰を伝った汗が、手紙にぽとりと滴《したた》った。

……もしかして……。

あの日、あの女が台所で常備薬をいじっていたのは、薬を毒にすり替えたのではなく、その逆――つまり、毒を薬にすり替えなおしていたのか？

母はあらかじめ、自分の薬と私の薬を毒薬にすり替えていた。それに気付いたあの女は、それを無害なものにすり替えた……。だから私は無事だったのだが、自殺の意図を感づかれたと気付いた母は急いで別の毒を呷り、そして一人で死んだ……。

っていうことは、つまり。

あの女は、私を助けた、ってことになるんじゃないのか……？

感電を耐え抜いたはずの私の心臓が、自壊するのではないかと思われるほど激しく脈打っている。健康を脅かすものはもう何もないはずなのに、目の前が暗くなっていく。

この封筒も、私に向けられたものだったのだ。

何もかも、私の勘違い。

私が仇を討とうとした母こそ、私を殺そうとしていたという事実。その殺意から私を救い出した人間を、この手で殺《あや》めてしまったという事実。

彼女が最後に伝えようとしたのは、このことだったのだ……。


その夜、自宅の呼《よ》び鈴《りん》が鳴った。

重い体を引きずって玄関の扉を開けると、厳《いか》めしい顔つきをした数人の男が立っていた。

彼らは警察手帳を提示し、診療所で起きた殺人事件について私に話を聞きたいと申し出た。

聞けば、犯行現場に残された毛髪と、診療所に保管されていた私の血液を比較した結果、この短時間の間に容疑者の特定に至ったのだという。

私はほっと息をついて、肩が軽くなるのを感じながら言った。

「ちょうど、私の方から伺おうかと思っていたところでした」

このあと衝撃の結末が

ぎゅおぉぉという耳障《みみざわ》りな効果音が、俺を浅い眠りから引き戻した。

目を開けると、リビングの大画面テレビの中で眩《まばゆ》いエフェクトに包まれた俳優が何か叫んでいた。俺がソファで転寝《うたたね》しているうちに、ドラマはクライマックスを迎えていたらしい。

体を起こして欠伸《あくび》したところへ、

「おはよー」

と隣のロッキングチェアに座る姉が声をかけてきた。

「三十分くらい寝てたねぇ」

「あー、うん……。部活で疲れててさ」

話しているうちにまた欠伸が出る。普段は日付が変わるまで夜更かしすることも珍しくないが、今日は九時台のドラマを最後まで見られないほど眠い。部活の疲れだけでなく、中学が夏休みに入ったばかりで気持ちが弛緩《しかん》しているのもあるのだろう。

「もう部屋で寝たら?」

「いや、いい。そろそろお父さんが帰ってくるし、それまで待つよ。これ見ながら」

ドラマでは中年男性と高校生くらいの女の子が夜の寂れた街路を歩いている。どちらもテレビでよく見かける人気役者だが、名前は思い出せない。

「これ見ながらって、お話わかってる？　ずっと寝てたけど」

姉は呆《あき》れ顔で俺を見る。

「完全に寝てたわけじゃないから」

と言い訳しつつ、実際のところドラマの内容はあまり把握できていない。

そもそも俺はドラマや映画にさして興味がなく、夕食の席でテレビがついていたらなんとなく見ることはあっても、積極的に内容を追おうという気にはならない。反対に姉は根っからのテレビっ子で、自宅にいるときはほぼ常にテレビの前に座っている。ときどきテレビを見ながらスマホをいじることもあるが、画面を覗くと大抵ネット配信の番組を同時に視聴している。それで両方の番組の内容を把握できるのだから、ある種の才能の持ち主であることは間違いない。

今やっているこの連続ドラマも、姉が毎週必ず夕食後に視聴するため俺もおおまかな内容は知っていた。いつもエンディングまで見たことはないが。『クイズ時空探偵』というタイトルで、タイムトラベルを扱ったSFミステリーだ。主人公の鏡山亀雄《かがみやまかめお》は四十絡みのぱっとしない私立探偵で、何やら過去の因縁《いんねん》を臭わせている。そんな鏡山の下へ、過去へ戻る超能力を持ったヒロイン、国井晴陽《くにいはるひ》が現れる。二人は様々な時代を行き来しながら、やがて時を越えた巨大な陰謀に巻き込まれていき……。

「で、その陰謀もなんとか片付けてほっと一息、ってところだっけ」

「あれ、結構わかってるじゃん」

姉は意外そうに眉《まゆ》を上げ、テレビに視線を戻す。

『本当に静かですね』

人っ子一人いない夜の街路を歩きながら、国井晴陽がぽつりとこぼす。

『こうして無人の原野間《はらのま》を歩いていると、こんなゴーストタウンを復興するなんて夢みたいな話に思えてきます』

『弱音を吐くな。この町はいつか必ず蘇《よみが》えるさ。それに君のような誠実な若者がいる限り、あんな事件はもう起きない』

『そうですね』

晴陽は鏡山を見てはにかむ。いい感じのBGMが流れる中、空がぱっと明るくなったかと思うと、どーんと大きな音が響いた。

『急ごう。花火大会はもうすぐ終わってしまう』

二人はどこかを目指して夜の町を駆けていくが、そのうち晴陽の姿が消えてしまう。鏡山が晴陽を探して右往左往しているところでCMに切り替わった。時計を見ると九時四十分。

「このドラマって今日が最終回だっけ?」

姉は「うん」と頷《うなず》く。九時台のドラマだから、放送時間はあと五分ほどか。俺がうとうとしている間にクライマックスは過ぎて、あとはエピローグだけのようだ。

そのとき家のインターホンが鳴った。玄関の方から父の声が聞こえる。

「おーい。開けてくれー」

「んー？　鍵持ってないのー？」

姉の問いに、持っていくのを忘れたー、と間延びした返事が返ってくる。

「だってさ。お父さん入れてあげて」

「えっ、何で俺が。そっちの方がドアに近いじゃん」

「数歩の差でしょー」

リビングは冷房が効いていて快適だが、玄関に向かうには蒸し暑い廊下を通らなくてはならない。少しでも面倒なことはやりたくない、お前が行け、という視線が互いに交わされる。

「私は『時空探偵』を最後まで見なくちゃ。あんたはドラマに興味ないんだからいいじゃん」

「そっちこそ、ＣＭのうちにちょっと行ってくればいいだろ」

「すぐ始まるよ」

「この先はもう見なくていいじゃん。終盤も終盤なんだし」

「む？　どうせラストシーンはおまけだからって言いたいの？」

姉の声色には若干の棘《とげ》があった。

「だってそうだろ、あと五分もないんだし。この先は余情を楽しむパートで、どうせわかりきった展開しかないよ」

「その何でも決めつける癖、よくないよ」

俺と一つしか違わないのに、姉はときどき大人ぶる癖があってよくない。

「ラスト五分にとんでもないどんでん返しが潜んでるかもしれないでしょ。見逃したら一生後悔するような衝撃的なオチがさ」

洗剤のCMが終わり、本編が再開した。花火が打ち上がる夜空の下に、廃旅館のような建物が映し出される。『☎471――』という文字だけ辛《かろ》うじて読み取れる錆《さ》びついた看板と、『時《じ》垂荘《すいそう》』と刻まれた苔生《こけむ》した門扉《もんぴ》が印象的だ。鏡山は一人で廃旅館の玄関をくぐると、暗い階段を上がっていった。

二階の一室の襖《ふすま》を開けると、先に到着していた晴陽が花火を眺めていた。ぽつりぽつりと会話を交わしながら夜空の花火を見上げる二人の背後に、叙情的な音楽が流れる。このままスタッフロールが流れそうな雰囲気《ふんいき》だ。

「おーい。お父さんもう駄目だぁー」

父の憐《あわ》れみを誘う声が雰囲気を引き裂いた。

「仕方ないなぁ。はい」

と姉が拳《こぶし》を突き出す。俺も観念して腕を上げ、離席を賭けた姉とのじゃんけん勝負が始まった。

勝負は一瞬で決着した。

「ったく、不公平だっての……」

蒸し暑い廊下を歩きながらぼやく。異様に勘の鋭い姉は、俺とじゃんけんすると八割がた勝ってしまう。「じゃんけんほど公平な勝負はない」と言ったのは誰だったか。何事にも例外はある。

俺は玄関の鍵を開け、汗だくの父を迎え入れた。父は疲れ果てた顔で「ただいま」とだけ言うと、俺には目もくれずによたよたと風呂場へ向かった。

玄関扉に鍵をかけ、シャツの襟元をパタパタしながら廊下を戻る。リビングのドアを開けると、ロッキングチェアの姉がこちらを振り向いた。

「このあと衝撃の結末が――！」

CM前のナレーションのような声色で姉は言い、テレビ画面を指さす。

『うぐぅっ……!!』

テレビには俺の想像だにしなかった光景が映し出されていた。ヒロインの晴陽が暗い部屋の畳に倒れ、苦しそうに胸を押さえている。その顔は蒼白で、役者本人の身に何かあったのではないかと思うほど真に迫る演技だった。

『君っ！　大丈夫か！』

鏡山が駆け寄り、晴陽の肩を揺さぶった。晴陽は震えながら鏡山に視線を向けると、その顔に悲痛な笑みを浮かべた。

『か、鏡山さん……今まで、ありがとうございました……』

がくりと晴陽の体から力が抜ける。

鏡山は晴陽の体をそっと床に横たえると、その上に覆い被さって慟哭《どうこく》した。カメラが徐々に引いていき、二人の背後に広がる夜空に、一際派手な花火が連続して打ち上がった。感動的なラストカットだ——と思ったら夜空に何かのキャラクターの顔を象《かたど》った花火が打ち上がって雰囲気をぶち壊す。

「……え、何これ？」

困惑する俺を置いてエンディングテーマが流れ出した。流行《はや》りの男性アイドルグループが歌う陽気でダンサブルな楽曲で、画面の絵面《えづら》と死ぬほど似つかわしくないのだが、これでいいのだと言わんばかりにスタッフロールが堂々と画面を流れる。

「むふふ」

姉は肘掛けに頬杖をついてにやける。

「ほらね。こんなどんでん返しもありえるんだよ。だからドラマや映画はちゃんと最後まで見なくっちゃ」

「どっ、どういうことだよ。あのヒロイン、最後に死んだの？」

「そうみたいだね。悲しいお話だったね」

「いやいや、さっきまで全然そんな素振《そぶ》りなかっただろ！　あのヒロインって何かの病気だったっけ？　いや、そんな設定なかったし、そもそも直前まで楽しそうに未来を語ってたのに……俺がうとうとしてる間に何かとんでもない展開があったの？」

「さーどうかな？」

姉はにやにやするだけで、答える気はないらしい。ドラマの結末をくさすようなことを言った俺に腹を立てているのかと思ったが、それよりも俺の予想が外れたこの状況を楽しんでいるようだ。自分だけが真実を知っているという優越感がその態度に見え隠れしている。

「こういうオチだって知ってたから、見逃したくなかったたってことか」

「知ってたっていうか、まぁ予想はしてたよ。この『クイズ時空探偵』は、きっとあの人が死んで終わるだろうってね」

姉はリモコンでテレビの音量を下げた。

不愉快なことに、俺はだんだんドラマの結末が気になりだしていた。俺がテレビの前を離れたのはほんの十五秒ほどのことだ。たったそれだけの間に何かが起こってヒロインは死んだ。ハッピーエンドが悲劇へと一変する何かが起こったのだ。

俺はポケットからスマホを取り出し、「時空探偵　結末」と入力して検索した。だが検索結果が表示される前に、姉が俺の手をむんずと摑《つか》む。

「待った待った！　調べるのは反則でしょ」

「は？　何だよ反則って」

「さっき、この先の展開はわかりきってるって言ったよね。予想の範囲内なら、調べるまでもないよね」

「別にそんなに熱心に見てたわけじゃないから、予想って言っても限界があるよ。これまでの話もあんまり把握できてないし」

「ふーん。じゃあさ、お話を十分に理解できてたら、最後に何が起きたか予想できると思う？」

「そりゃまぁ、あんな展開があるってわかっていれば、多分」

姉は椅子を前後に揺らしてむふふと笑う。

「わかった。それなら私と一緒にこれまでのお話を振り返ってみよう。結末を予想するのに必要な情報を私が選んであげるからさ。このドラマ、結構面白い仕掛けがしてあるから、きっと頭の体操になるよ」

「頭の体操って、こんな時間に？　もう眠いんだけど」

口ではそう言いつつも、先ほどの衝撃で俺の眠気はすっかり吹き飛んでいた。思わせぶりな姉の口車に乗せられて、答えを知らないと落ち着かない気分になっていることも否定できない。

「えーと、見逃し配信があったはずだけど……」

姉はテレビのリモコンを操作してオンデマンド配信アプリを立ち上げる。我が家のテレビは一応スマートテレビでネット上の動画サービスにも対応しているが、使いこなしているのは姉だけだ。

その間にも番組ではエンディングが流れ終わり、「このドラマはフィクションです」という例のテロップが表示されていた。画面がぱっと明るいスタジオに切り替わり、マイクを構えた晴陽の爽《さわ》やかな笑顔が映し出される。

『さぁ、ということで「クイズ時空探偵」、最終回をご覧頂きました。お疲れ様です、田本《たもと》さん。いかがでしたか？』

田本と呼ばれたのは、晴陽の隣にいる鏡山だった。すぐに画面上に「鏡山亀雄役　田本陽《よう》介《すけ》」「国井晴陽役　八重津《やえづ》鴇野《ときの》」とテロップが表示される。

『そうですねー』田本氏はつい数分前の迫真の演技と打って変わり、朗らかに語った。『僕が最初に脚本を読んだとき、こいつは挑戦的なラストだと思ったんですが、いかがだったでしょうか』

何だろう、この番組は。最近のドラマは本編の後にキャストが内容を振り返るコーナーが設けられるのだろうか。

姉がリモコンのボタンを押すと、第一話放送の動画に画面が切り替わった。

「あった、第一話」

「とりあえず、主人公とヒロインの出会いのシーンだけ見てもらおうかな。鏡山探偵事務所に依頼人の少女が現れるところ」

シークバーで動画の再生位置を調節しながら、姉はあらすじを語った。

「依頼人の名前は国井晴陽。鏡山が若い頃に住んでいた原野間町の出身なんだけど、晴陽は鏡山に原野間町の秘密を暴いてほしいと依頼する。原野間は十六年前に何故《なぜ》か全住人が退去して、今はゴーストタウンになってる。十六年前に何があったのか、住人たちは誰も口を割ろうとしない。晴陽は、生まれ故郷に何があったのか知りたいと嘆願する、って感じ」

そこで動画の再生が始まった。第一話、探偵事務所でのシーンだ。

雑多な書類で溢《あふ》れた手狭な小部屋は、探偵事務所というよりむしろ会計事務所の書類庫のようだった。

『悪いが、もうあの町のことは思い出したくないんだ。色々とあったんでな』

窓から差す夕日を背に、くたびれたカッターシャツの中年男は言い放った。彼の名は鏡山亀雄、この部屋の主《あるじ》に相応《ふさわ》しいうらぶれた風体の私立探偵である。

『晴陽君といったか。君も迂闊《うかつ》に手を出すと、取り返しのつかない事態を招くぞ。あの町の闇は底が知れない』

色褪《いろあ》せた来客用ソファに座る少女にすげない言葉を向ける。だが晴陽は動じない。

『十六年前に、あなたが失敗したように？』

鏡山は言葉を飲み込み、眉を顰《ひそ》めた。親子ほど齢《とし》の離れた二人の間に緊張が漲《みなぎ》る。

『十六年前、あなたは原野間青年団の中心人物だったそうですね。あなたは友人たちと共に、原野間に蔓延《はびこ》る〈呪い〉の秘密を暴こうとしました。しかしあなた方の調査は何者かに妨害を受けて難航し、ついには行方不明になる者も現れた。町から徐々に住人が退去し始めた頃に青年団も解散し、あなたは県外へ出奔《しゅっぽん》した……。あなた方の失敗以降、誰もが〈呪い〉を恐れて真実から目を背《そむ》けました』

『まるで見てきたように言うんだな』

『はい。実際、この目で確かめましたから』

晴陽はさっとソファから立ち上がると、素早く鏡山に詰め寄った。困惑する鏡山の手を取り、不敵な笑みを浮かべる。

『何事も、自分の目で見るのが一番手っ取り早いですよね』

『一体何を……』

鏡山が言い終わらないうちに、ぎゅおぉぉぉという爆竹をミキサーにかけたような轟音《ごうおん》と共に周囲が閃光《せんこう》に包まれた。

『なっ、何だこれはっ！』

『私から離れないでくださいねー！　元の時代に戻れなくなりますからー！』

やがて光と音の渦はふわりと霧散した。鏡山が恐る恐る目を開けると、周囲の景色は一変していた。彼の探偵事務所には違いないのだが、何もかもが真新しい。蛍光灯は新品同然の白色光を放ち、床には埃《ほこり》一つ落ちていない。

『驚くのも無理はありません』

呆然と立ち尽くす鏡山から、晴陽がそっと身を離す。

『私も最初にトリップしたときは、目の前で起きたことが信じられませんでしたから。自分でやったことなのに』

『トリップ？』

『そう。これが私の能力、いわゆる時間旅行です。もっとも、過去にしか行けないんですけどね』

『そんな、まさか』

鏡山が笑い飛ばそうとしたとき、部屋の外から足音が聞こえた。晴陽は鏡山の腕を摑むと、強引にウォークインクローゼットの中へと引きずり込む。そのまま鏡山の口を手で塞《ふさ》いで息を殺していると、扉を開けて若い男性が部屋に入ってきた。

クローゼットの扉の隙間から外を覗いていた鏡山の目が見開かれる。部屋に入ってきた青年は間違いなく若き日の鏡山自身だった。

鏡山青年は机上の受話器を取り、誰かに電話をかけた。新設した事務所の内装について施工業者と相談しているらしい。やがて不機嫌な顔で電話を切ると足早に退室した。

『これで信じてもらえましたか？』

クローゼットから出ると、晴陽は誇らしげに胸を張った。

『信じられん……。だが、あれは間違いなく俺だ。事務所を開設した当日、水道管が壊れていたから電話でクレームを入れたんだ』

『原野間を出た後も苦労されていたんですね』

晴陽はソファに座り、真新しいレースカバーを撫《な》でた。

『時間旅行は、私の家系に代々受け継がれてきた能力です。といっても誰でも使えるわけではなく、私が知る範囲ではトリップできるのは私と祖母だけです。その祖母も、五年前に亡くなりました。亡くなる前日、祖母は私を枕元に呼んで、力の使い方を教えてくれたんです。もちろん、私はまるきり信じていませんでしたけどね。つい最近、偶然トリップを発動してしまうまでは』

『一子相伝《いっしそうでん》の能力か。そういえば、まだ姓を聞いていなかったが』

『あれ、そうでしたっけ。私、国井といいます。国井晴陽です』

その名を聞いた途端、鏡山の目が驚愕《きょうがく》したように見開かれた。だが彼に背を向けて座る晴陽はそれに気付かず、話を続ける。

『この力に気付いたとき、私は思いました。これをうまく使えば、〈呪い〉の秘密を暴けるかもしれない、私たち原野間の住民を長年にわたって苦しめ、母の命を奪った者の正体に迫れるかもしれないと』

『では、君のお母さんも〈呪い〉によって……』

晴陽はしばらく俯《うつむ》いていたが、やがてこくりと小さく頷いた。

『これは言ってみれば仇討《あだう》ちなんです。母が何故死ななくてはならなかったのか、それを知るために私は過去の原野間に飛んで調査を始めました。けどすぐに挫折《ざせつ》しました。この能力はとても制限が多くて、うまく使いこなすには知恵と勇気が必要なんです』

『それで俺を頼った、と』

晴陽は頷く。

『あなたは今でも地元ではちょっとした有名人です。誰もがその存在を薄々感じながら表立っては手出しできない闇に、果敢にも立ち向かった若者。あなたをそう評する人もいます』

『だが今はうだつの上がらない私立探偵だ』

『それでも、私とあなたは同じ志《こころざし》を持っているはずです』

晴陽は鏡山に歩み寄り、その手を取った。ぎゅおぉぉぉぉという轟音と共に景色が一変し、気がつくと二人は現代の鏡山の事務所に戻っていた。

鏡山の手を取ったまま、晴陽は深々と頭を下げた。

『お願いします。私に力を貸してください』

ともかく原野間に戻る気はない、と鏡山は頑《かたく》なに晴陽の依頼を断ろうとするが、晴陽は必ずまた来ますと言い残して事務所を立ち去った。

一人になった鏡山は机の引き出しを開け、古い写真立てを取り出した。顔ははっきり見えないが、どうやら若い女性のようだ。写真を眺める鏡山の表情からするに、彼が大切に想っている人物らしい。

『ニール……。俺は、今度こそ真実を見つけられるだろうか……』

ニールというのは鏡山の昔の恋人の名だ。アクの強い外国人女性で、過去編に登場していた気がするが、詳しくは覚えていない。確か、鏡山はその恋人と死別して、死に目にも会えなかったことを悔やんでいたような……。

そこで場面が切り替わり、鏡山が現在取り掛かっている浮気調査に出かけるシーンが始まった。

「ねーぇ、次のシーン始まったけどー?」

姉に呼びかける。姉は先ほど携帯に電話がかかってきて、自分の部屋に行ってしまったのだ。呼びかけに応じないところを見ると、大事な電話なのだろうか。

俺は仕方なく第一話の視聴を続ける。鏡山の仕事現場に晴陽が現れ、しつこく調査の依頼を繰り返す。それならその能力で俺の役に立って見せろと鏡山に言われ、晴陽は鏡山の調査に同行するのだが、そこで思わぬ事件に巻き込まれ……という流れだ。現代と過去を行き来しながら事件の謎を追うストーリーは、なるほどそれなりに面白い。

第一話も佳境に差し掛かったところで、鏡山がカメラに向かってにんまりと笑った。

『どうやら、全ての証拠が出揃ったようだな。さぁ、君には解けたかね？』

突然、画面下部に「Q：犯人は誰か？」というテロップと共に容疑者の名前が四つ並んで表示された。いきなりドラマからクイズ番組に移行したのかと驚いていると、通話を終えた姉が戻ってきた。

「ごめんごめん、待たせちゃって。あ、続き見てたんだ」

「うん。なんかいきなりクイズ始まったんだけど」

「『クイズ時空探偵』だからね。このドラマ、毎回終盤で犯人当てのクイズが視聴者に出題される番組なんだよ。視聴者はリモコンのdボタンで正解だと思う人物に投票してたんだ。ま、最終回はちょっと特殊なクイズだったけど。『視聴者参加型ミステリードラマ』って大々的に宣伝されてたけど、それも知らなかった？」

記憶にない。俺は夕飯が済んだらすぐに自室に戻るため、九時台の番組を最後まで見ることはほとんどないのだ。

「双方向テレビってやつ？　当てたらプレゼントでも貰《もら》えるの？」

「そういうのはないけど、本編終了後に犯人当てクイズの答え合わせをするミニ番組が放送されるんだ。ほらこれ」

姉は解決編が始まっていた動画を閉じると、『第一話：探偵講座』と題された別の動画を開いた。教育番組風のセットの前に、鏡山と晴陽を演じた二人が登場する。

『こう考えることで、犯人を一人に絞ることができるわけです』

鏡山役の田本が端的に第一話の事件を解説し、晴陽役の八重津が愛想よく頷く。

『なるほどー。お茶のペットボトルに書かれた川柳の手がかりに気付くことができれば、それほど難しくはなかったんですね。さぁ、皆さんは答えがわかりましたか？』

田本が明かした真相は、おおよそ俺の予想通りだった。画面に視聴者の正解率を示したグラフが表示されたが、半数以上が正答したようだ。SNSでの番組に対するコメントも紹介されたが、「楽勝」だの「ぬるすぎる」だの、難易度の低さを指摘する声が多い。

「へー。正解率まで出るんだ」

「このコーナーは毎回生放送だったからね」

『先生、この結果はいかがでしょうか』

そこでカットが切り替わり、スタジオの反対側にある豪奢《ごうしゃ》な革張りのソファにふんぞり返る金髪の青年が映し出された。金髪は『いやー』と肩を竦《すく》めてみせた。

『思ってたより正解者が多いっすね。簡単すぎたかも』

「あれ？　こんな役者出てたっけ？」

「あ、その人は役者じゃなくて脚本家の西園寺《さいおんじ》公彦《きみひこ》ね。このドラマのストーリー原案担当で、脚本を書いた一人。まだ若いけど、『御所崖《ごしょがけ》警部シリーズ』とかで最近評価されてる注目株だよ」

何かのバラエティ番組で見たような気がするが、チャラついたアイドルか何かだと思っていた。チャラいのは間違いなさそうだが。

「この『探偵講座』にも探偵の講師みたいな役割で毎回出演してたんだ。ま、クイズを考えてるのはこの人だから、自作解題みたいなものだけど」

「へー」

『では次に、先生に今後の見所を教えていただきましょう』

『そうっすねー』と西園寺は晴陽役の八重津からマイクを受け取る。『やっぱ俺としては面白いホンが書けたんで、普通にストーリーを楽しんでもらいたいっすけど、田本さんや鴇野ちゃんの演技もバチッとはまってて、ほんといいドラマになったんで。犯人当てクイズの方も、これからどんどん難しくなっていきますから。重要なことは全部田本さんが喋《しゃべ》ってるんで、彼の言動には要注意っすよ』

西園寺はぐっと身を乗り出すと、カメラに向かって悪戯《いたずら》っぽく笑った。

『時空探偵のキャッチコピーは「あなたも過去を変えられる」ですけど、これは作品のテーマでもあるんで。この言葉を忘れずにラストまでよろしく！』

「チャラいなー」

心からの感想を述べる俺。

「チャラいよねー」と姉も頷く。「このキャラが結構受けてバラエティにもちょくちょく出てるけど、見た目の割にちゃんとしたミステリーを書く人だよ。クイズはどんどん難しくなるって言ってたけど、犯人当てクイズの正解率は回を重ねるごとに綺麗に落ちていったんだ。難易度調節が上手《うま》いんだね」

要するに、と姉は人差し指をピンと立てる。

「そんな人が書いたドラマなんだから、ちゃんと筋の通った結末が用意されていたってこと」

「はいはい。わかったよ。で、ドラマの続きは？」

「えっとね。なんやかんやあって鏡山は晴陽の依頼を受けることにして、晴陽と共に原野間へと向かうんだ。原野間は三方を山に、もう一方を川に囲まれた北関東の盆地集落なんだけど、この川は近くの火山に水源があったせいで水質がとても悪かったから、飲み水は山の湧き水を分け合って使っていた」

「何その地理の授業みたいな設定。話に関係あるの？」

「あるよ。この手の設定は大抵『だから湧き水の管理者はその地域で強い権力を持っていた』みたいに繋《つな》がるんだ。『クイズ時空探偵』では原野間の水の利権を国井家が代々牛耳《ぎゅうじ》っていて、村の人は誰も国井家には頭が上がらなかった」

「ふーん。ん？　国井家って、晴陽の家？」

「うん、晴陽はそこのお嬢様なんだよ。生まれたのは原野間が無人になった後だけどね。祖母が亡くなってからは晴陽は親戚の家で暮らしてるんだけど、あんまり仲は良くない。〈呪い〉の正体を探ろうとしたとき激しい叱責を受けたからで、それ以降晴陽は周囲の大人たちが信じられなくなっている」

「待って。その〈呪い〉って具体的に何なの？　第一話では特に明示されてなかった気がするけど」

「そう、この〈呪い〉ってやつがなんだか曖昧《あいまい》なんだよね。全編にわたる大きな謎なのに、つかみ所がないというか。でも具体的に描写されるシーンは一応あるよ。見てみよっか」

姉はリモコンを手早く操作し、ドラマ本編を再生した。

「第二話冒頭、原野間にやってきた鏡山たちが過去にトリップするシーン」


『うぉっと！』

時間移動が終わった途端、バランスを崩した鏡山は河川敷にもんどり打って倒れた。

『いたた……。おいクニハル君、もっと優しく時間移動することはできんのか？』

『無理です。慣れてください。あとその呼び方もやめてください。政治家の秘書みたいで変な感じがします』

ぶつくさ言いながらも晴陽は鏡山を助け起こした。

『何もこんな足場の悪い場所で移動しなくてもいいのに』

『仕方ないでしょう。ここが一番人目につかなくて安全なんですから』

そこは原野間と隣町の境を流れる川の河原だった。鏡山たちが現代の原野間を訪れたのは初春のことだったが、時間移動した先は十七年前の夏の盛りだ。鏡山は冬物の上着を脱いで額の汗を拭《ぬぐ》う。

『人気《ひとけ》のないところなど、この町にはいくらでもあるだろう』

『まず最初に調べてもらいたい出来事がこの近辺で起こるので、ここに降り立つ必要があるんです。過去にいる間はトリップした地点からそう遠くへは行けないんですよ』

『何だそりゃ、聞いてないぞ』

『言ってませんでした』

悪びれもせずに晴陽は言い放つ。鏡山はふんと肩を竦め、河原を歩き出した。

少し行くと、土手の上をリヤカーを引いて歩く老人がいた。鏡山は土手を駆け上り、老人に背後から声をかけようとする。

『すみません、ちょっと話を――むぐっ⁉』

突然苦しそうに喉を押さえる。そんな彼の目の前で老人がゆっくりとこちらを振り向いた。

次の瞬間、鏡山の体が突然後方へ吹き飛んだ。

そのまま鏡山の体はごろごろと土手を転がり落ち、河川敷の灌木《かんぼく》の中に突っ込んだ。土手の上では老人が町全体を見回し、はぁ、と寂しげなため息をつく。

『大丈夫ですか、鏡山さん』

晴陽に助け起こされ、鏡山は服の土埃を手で払う。

『何なんだ今のは⁉ 君の力に関係があるのか？』

『はい。言ってませんでしたけど、この時代の人とは接触できないんです。姿を目撃されそうになったり声を聞かれそうになったら、今みたいに何らかの力が働いて無理矢理排除されてしまうので気をつけてください』

『先に言え先に！』

『すみません、言うまでもないかなって。昔の人に干渉できたら過去が変わってしまいますから。この力はあくまで私たちが時間を移動するだけで、過去に干渉することはできないんです』

『なんだそりゃ。狭い一本道で前後からこの時代の人に挟まれたらどうなるんだ。押し潰されて消えるのか？』

『いえ、そういう場合は現代に強制帰還です』

『まったく、無茶苦茶だ。……ん？ ということは何か？ 通行人をつかまえて「すみません、今は西暦何年ですか？」という質問すらできないのか？』

『無理です。っていうか、今は十七年前ですよ。何でわかりきったことをあえて確認するんです？』

『それがタイムトラベルの醍醐味《だいごみ》だろうが。君は時間旅行者のくせに何もわかってないな』

『はぁ』

呆れる晴陽をよそに、ふむ、と鏡山は腕を組んで考え込む。

『しかし、現地の人に近づけないというのは面倒だな。トリップを利用すれば過去の出来事を調べ放題だと思ったんだが』

『それができれば私だってそうしてます。我ながら不便な力です』

二人は灌木の陰に身を隠したまま、老人が立ち去るのを待った。老人は家財道具を載せたリヤカーを引いて川下の方へとぼとぼと歩いていった。

『思い出した。あの人はタバコ屋を営んでいた宮田《みやた》さんだ。そうだ、確か十七年前の夏に原野間から出て行ったんだ』

『なんだか原野間に未練のある様子でしたね』

『あぁ。この時期から徐々に隣町への移住が増え始めた。人が減って生活に必要な機能が縮小すると、雪崩《なだれ》のように移住が増加していくんだ。俺の周囲でも、次々と住人たちが原野間の外へと移り住んでいった。だが奇妙なことに、誰に聞いても集団移住の根本的な原因は知らないんだ』

『町ぐるみで何かを隠していたってことですか？』

『俺だってれっきとした原野間の住民だったが、何も知らなかった。あの当時は、日に日に町から人が消えていくのがただただ不気味だった。君はまだ生まれてもいなかっただろうが』

『あれ？　私の年齢、言いましたっけ？』

『成人しているようには見えない。それより、これからどうする？　調べたい出来事というのは何なんだ？』

『うーん、ここは思ったより人目が多そうなので、ちょっと移動しましょうか』

周囲に人がいないのを確認しながら、晴陽は鏡山を川沿いの旅館へと案内した。立派な門扉には『時垂荘』という文字が刻まれていたが、建物の中に足を踏み入れても人の気配はない。

『この辺りは詳しくないんだが、この旅館はもう営業していないのか？』

『はい。人気の旅館だったんですが、一年くらい前に営業停止してしまいました。あ、一年前っていうのは我々にとっては十八年前のことですよ』

『やけに詳しいんだな』

『思い出の場所なんです。……母との』

二人は館内の階段を上がり、二階の角部屋に入った。晴陽は窓辺に歩み寄ってそっとカーテンの隙間から外を覗いた。眼下には川の土手が見える。

『なかなか良い景色だな』

『はい。夏の花火大会のときは目の前の河川敷から花火が打ち上がるので、ここは絶好のスポットになります。幼い頃、母が私をここへ連れてきてくれたことがあって、この部屋で一緒に花火を見上げたんです』

思い出を語る晴陽の目は、懐かしげに潤《うる》んでいる。

鏡山は咳払《せきばら》いした。

『それで、クニハル君。いい加減教えてくれないか。調べたい出来事とは何なんだ？』

『あの二人です。見てください』

『何？』

　そのとき、土手の上を年配の男女が談笑しながら通りかかった。鏡山が観察していると、男性が突然胸を押さえて苦しみ始め、道端に倒れこんだ。女性は慌てふためきながら男性の肩を揺するが、彼の顔は蒼白で、完全に意識を失っている様子だった。

『なっ⁉　くそっ、何が起きたんだ！』

　慌てて部屋から飛び出そうとする鏡山を、晴陽が背後から止める。

『行っちゃ駄目です、鏡山さん！　私たちにできることは何もありません！』

『そんなことを言っている場合では……！』

『倒れたのは山岡《やまおか》さんという方です。彼はこの日、奥さんの目の前で突然人事不省《じんじふせい》に陥《おちい》ります。奥さんは近所の家で電話を借りて一一九番しますが、救急車が到着する前に奥さんも倒れてしまいます。夫婦は隣町の病院に運ばれて治療を受けますが、医者にも二人の体に起きた異変を特定することはできず……』

　鏡山ははっとする。

『そうか、思い出した。確か山岡さん夫婦はこの後、一年も入院生活を送った後、意識が戻らないまま息を引き取ったのだったな。当時、原野間ではとても不愉快な噂《うわさ》が流れた。山岡さんは原野間を支配する何者かの怒りに触れ、〈呪い〉を受けて命を失ったのだと』

　晴陽は悔しげに視線を伏せ、はい、と小さく頷いた。

『私たちには、彼らの運命を変えることはできません。でも、この力で真実を暴くことはできます。過去は変えられなくても未来は変えられる――全てを白日の下に晒《さら》して、この町の闇を払拭《ふっしょく》することはできるはずです。鏡山さん』

鏡山の両手を摑み、晴陽は真摯《しんし》な眼差《まなざ》しで彼を見上げた。

『〈呪い〉の正体を突き止めてください』

「うーん。このシーン記憶にない」

「嘘だぁ。私の隣で見てたって」

そう言われても困る。こっちはテレビ番組なんて食事中のBGMくらいにしか思っていないのだから。特に連続ドラマは、最初から話を追っていないと興味すら湧かない。

「まぁとにかく、〈呪い〉って呼ばれてるのは要するに謎の奇病なわけだ」

「その通り。〈呪い〉にかかる人は年齢も性別もばらばらで、原野間に住んでるってこと以外に共通点はない。しかもこれ、症状は数年をかけて衰弱していくだけなんだけど、致死率はほぼ百パーセントっていうやばい病気なんだ」

「一応確認しておくけど、これって医療ドラマじゃないよな」

「当たり前でしょ。れっきとしたSFミステリーだよ」

「ふーむ。じゃあ毒殺かな。あの被害者、何の変哲もないモブに見えたけど、実はすごい因縁の持ち主だったとか」

「その辺を調査するシーンもあるね。ちょっと待って」

姉がリモコンを操作している間、俺はふと先ほどの映像を思い出した。晴陽は「過去は変えられない」とはっきり口にしたが、脚本家はインタビューで『時空探偵』のテーマは「あなたも過去を変えられる」ということだと答えていた。ということは、やはり過去改変が重要なキーとなるのだろうか。

「よし。次はこのシーン」

次に姉が再生したのは、狭小《きょうしょう》なアパートの一室の場面だった。玄関扉が開き、大学生らしき青年らがぞろぞろと部屋に入ってくる。

「あ、これ原野間青年団だよな」

「おお、よく覚えてたね!」

「そんなに大げさに感心することじゃないだろ。ここは確か昔の鏡山の下宿で、外国人の彼女みたいなのもいた気がする。あ、こいつだ」

青年たちに続いて、スラブ人っぽい顔立ちの若い女性も姿を現した。垢《あか》抜けたファッションに身を包む、ベリーショートの似合う快活な美人だ。彼女が鏡山の恋人のニールだったはずで、昔の鏡山が出るシーンでは常に隣にいた気がする。何故こんな田舎町《いなかまち》にこんな東欧系美女がいるのか、その辺りの設定は覚えていない。

『おい、鍵閉めといてくれ』

そう言ったのは若き日の鏡山青年だ。四十代の鏡山と同じ俳優だが、こちらの役の方が実年齢に近そうだ。

ニールは『オッケー、用心はしておかないとね』となかなか流暢《りゅうちょう》な日本語で応じてドアを施錠する。


四畳半の畳に車座になった仲間たちの顔を見回すと、鏡山青年は重々しく口を開いた。

『もうみんな知ってると思うが、先週、山岡さん夫婦が倒れた。東区に山岡モータースって自動車修理工場があるだろ。あそこの経営者だ。二人同時に発病したらしい』

『発病？』と小太りの青年が口を挟む。『発病ってことは、あれってやっぱり病気なのかな』

『悪《わり》ぃ、病気って決まったわけじゃなかったな。今は隣町の病院に入院しているが、まだ意識は戻ってないらしい』

『ったく、これで今年に入って四件目かよ。どうなってんだ』

茶髪の青年が髪をかきむしる。

『早瀬《はやせ》んとこのお袋さんは、今どうなんだ。入院した後、意識は戻ったのか』

『いや』水を向けられた茶髪は沈鬱《ちんうつ》な表情で目を伏せる。『まだ眠り続けてるよ。健康だけが取り柄みたいな人だったのに、急にぶっ倒れるんだからな、参ったよ。で、その山岡ってのはどんな人なんだ。例によって健康そのものだったりするのか』

『松田《まつだ》の家、近いだろ。何か知らないか？』

『それがさ』松田と呼ばれた青年が身を乗り出す。『俺の親父、山岡モータースのお得意様でさ。山岡社長とも面識あるんだって。親父が電話で話してるのを聞いちゃったんだけど、やっぱり病名はよくわからないらしいんだ。症状は何かの生活習慣病によく似てるけど、山岡さん夫婦は今まで健康診断で一度も引っかかったことがないくらい健康な人だったって。あのさ、これってやっぱり〈呪い〉なのかな？　お金の件もあるし……』

『馬鹿、んなわけねーだろ』

鏡山に一蹴《いっしゅう》され、松田は肩を縮める。

『ん？　お金の件って何？』と早瀬。

『横領疑惑だよ』鏡山が答える。『ほら、毎年夏に河川敷でやる花火大会、色んな人が出資してお金を集めるだろ。山岡さんは去年まで花火大会の運営委員だったんだけど、出資金を横領してたんじゃないかって噂があるんだ。といっても噂は山岡さんが倒れた後で広がったから、一種の陰謀論みたいなものだと思っていたんだが、山岡夫妻の緊急入院のどさくさに紛れて山岡さん宅を調べた連中が預金通帳を発見したんだと。そこには昨年大金が入金された記録が残っていた』

『ね！　だから、これはその報いなんだって。昨日、親父が俺に向かって真剣な目で言ったんだ。お前、やましいことはないだろうなって』

怯える松田に、早瀬も『確かに』と援護する。

『少なくとも親世代はかなり本気で〈呪い〉を信じてやがる。はっきりとは教えてくれないけどよ、こういうことは昔からあったらしいんだ。何かこの町に不利益なことをした奴が、原因不明の病気で命を落とすって』

『その話は俺も聞いたさ。調べてもみたんだが、なかなか具体的な手がかりにたどり着けなかった。上の世代は二言目には〈呪い〉だとか国井家には逆らうなとか、そればっかりだ。この町には何か大きな秘密がある。しかもそれは現在進行形で悪化している。わかってるのはそれだけだ。そして多分、この秘密は放っておくとろくなことにならない』

鏡山が力強く断言すると、早瀬も拳を握って同調する。

『おうよ。俺たちでなんとかしなくっちゃな。お袋が呪い殺されたなんてシャレになんねぇ。せめて病気の原因を突き止めてやる』

『でもさ』

それまで無言で窓の外を眺めていた東欧人の女性が突然口を開いた。

『キミら、医学知識なんてないでしょ？　病気なら、お医者さんに任せておけばよくない？』

ずけずけと言われ、早瀬はむっとする。

『あのな、こんだけバタバタ人が倒れてんだ。人為的なものに決まってんだろ。しかも被害者はみんな原野間か国井家に不利益をもたらした人間だ。国井が裏で糸を引いてんだよ』

『毒でも盛ったとか？　あはっ』

女性は鈴を転がすような声で笑う。

『だったらなおさら無理でしょ、お医者さんも検出できない毒なんて、素人《しろうと》にわかりっこないって』

『じゃあどうしろっていうんだよ！』

いきり立つ早瀬を松田が慌てて取り押さえる。そんな二人をよそに、鏡山は冷静に女性に向き直った。

『そこを君に頼もうと思っていたんだ』

『ふーん？　ワタシに何か手伝えることが？』

『わかっているだろ。君のお父さんを紹介してくれ。医薬品メーカーで研究職に就いているという話が本当なら、是非とも力を借りたい』

『まぁ！　カメオってば、もうパパに会いたいの？　ついに聞けるのね、娘さんを僕にください！　ってセリフが』

『その気がないなら他を当たるが』

『もう、つまらない人ね。いいわよ、引き合わせればいいんでしょ。ちょうどこっちに来てるから、今日にでも会えるわ』

『いいだろう、早速会わせてもらおうか』

じゃあ車回してくるよ、と松田が部屋から出て行く。

『これは一つ貸しだからね、カメオ。いつかそれなりの形で返してもらうんだから、覚えておいてよ』

『忘れたら謝るよ』

男女の間で話がテンポよく進行していくのを、早瀬はどこか居心地が悪そうな面持《おもも》ちで眺めていた。

ニールの父親とこれから会おうという話になり、鏡山たちは部屋を去った。

「改めて見ると鬱陶《うっとう》しいなーこの恋人」

「そういうキャラだからね」

ニール役の女優はハーフモデル出身で、化粧品のＣＭなどで見かけることが多い。他のドラマでは冷酷な美人スパイを演じていたが、どんな役をやっても本人のキャラが前面に出てしまうタイプの役者だ。

「で？　次は？」

「まだ続きがあるから見てて」

言われて画面に目を戻すと、無人となった部屋の押し入れがクローズアップされ、勢いよく襖が開かれた。

『ぷはっ！』

狭い押し入れの中から四十代の鏡山と晴陽が転《まろ》び出て、ぜえぜえと肩で息をした。

『あっつかったぁ……。鏡山さん、この部屋クーラーないんですか？』

『貧乏だったんだ。まったく、ひどい目にあった』

そこで数分前の回想がインサートされる。二人は昔の鏡山が作った調査資料を調べるため、十七年前の鏡山宅にトリップしてきたのだが、そこに運悪く昔の鏡山が帰ってきたため、慌てて押し入れに身を隠したのだった。

またいつ部屋の主が帰ってくるかわからないため、鏡山は急いで散らかった机の上を乱暴に漁って資料を探し始めた。手持ち無沙汰になった晴陽は、鏡山青年の部屋を見回す。

『この頃、鏡山さんは何をしていたんですか？　なんだか暇そうでしたけど』

既に二人はだいぶ打ち解けて、晴陽はちょくちょく砕けた言葉も口にするようになっていた。

『実際、暇だったからな。大学を出た後、地元の近くにある調査会社に雇われたんだが、仕事のあるときだけ呼ばれてこき使われるような状態で、ほとんどフリーター同然だった』

『それ、今もあんまり変わりなくないですか』

『うるさいな。当時は暇な分、調査に使える時間は有り余っていた。資料をこの辺にしまっておいたはずなんだが……』

晴陽は窓辺に寄って外の景色を眺める。鏡山青年たちがアパート前の歩道に突っ立っている姿が見えた。

『さっきの方々が原野間青年団ですよね』

『上の世代にはそう呼ばれていたが、うだつの上がらない若者たちがつるんでいただけだ。だが、誰もが本気で原野間の将来を心配していた』

『そう見えました』

一台のバンがやってきて鏡山青年たちの前に止まった。運転席から松田が顔を出し、乗り込めとジェスチャーをした。先に乗った鏡山が車中からニールに手を差し伸べると、ニールはその手を強く摑み、勢いよく後部座席に飛び込んだ。座席の上でニールと鏡山青年が重なり合って倒れたのを見て、む、と晴陽は眉を顰める。

『あの女の人は何です？　原野間で外国人なんて見たことないですけど』

『隣町の製薬会社に招聘《しょうへい》された外国人医学者の一人娘だ。彼女自身もその会社で働いていたそうだが、原野間に遊びに来ているうちに俺たちと知り合ったんだ』

『知り合った、ねぇ。恋人みたいに見えましたけど』

青年団を乗せて走り去っていくバンを見ながら、晴陽は面白くなさそうに口を尖《とが》らせた。

『向こうから一方的にベタベタしてくるだけだ。俺は鬱陶しくてたまらなかった』

鏡山は悪ぶっているが、第一話では十数年経った今でもかつての恋人のことを想っている描写があった。若い鏡山はニールに対しつっけんどんな態度をとっていたが、実際は深い愛情で結ばれていたのだろう。

『それに、俺がどう思っていようと今となっては関係ない。彼女はこの数か月後、突如として行方不明になってしまうからな』

『えっ……』

『俺たちが調査を断念した最大の理由がそれだ。俺たちは彼女が真実に近づきすぎてしまったために何者かに消されたと考え、警察にもそう訴えた。警察は熱心に捜索してくれたが、彼女の痕跡すら見つけることができなかった。彼女の父親は意気消沈して本国に帰っていき、俺たちも調査の気力を保ち続けることができず、一人、また一人と原野間から去った。俺もまた然《しか》りだ』

　衝撃の事実に晴陽は言葉を失い、気まずい沈黙が訪れる。やがて鏡山は『見つけた』と呟《つぶや》くと分厚いファイルを棚の下から引っ張り出し、無造作に机の上に広げた。

『〈呪い〉にかかった人たちの調査資料だ。人となりや酒・タバコといった生活習慣に、人間ドックの診断書も入手した』

『つまり、突然体調を崩すような要因があったかどうか調べたわけですね』

『あぁ。彼らの死因についても一応はわかっている。ほら、ここを見てくれ』

　鏡山は何やら細かい数値が羅列された紙を指し示した。彼の話では、被害者たちは特定の栄養素が欠乏した結果として衰弱死に至ったという共通点があった。だが彼らの食生活には何ら問題がなく、何故欠乏症になったのかは医者たちにも判断が付かなかった。

『当時はここで行き詰まったんだ』

『さすがにお医者さんが匙《さじ》を投げた問題はどうにもなりませんよね』

　晴陽の言い方が気に障ったのか、鏡山はむっとして言い返す。

『全く見解がないわけでもない。数年前、海外の研究チームが興味深い発表をした。原野間の〈呪い〉と似たような症例が海外でも見つかったというんだ。ある日突然欠乏症で倒れ、数年かけてゆっくりと衰弱し、最後には緑色に染まった血液を喀血《かっけつ》して死に至るという症状だ』

『緑色の血ぃ？』晴陽は頓狂《とんきょう》な声を上げた。『何言ってるんですか。〈呪い〉で血の色が変わるなんて聞いたことありませんよ。別の病気なんじゃ？』

『〈呪い〉で倒れた者は皆、どこかの病院に隔離され、家族ですら死に目に会えなかったという話もある。誰も〈呪い〉の最終症状は知らないんだ』

すっと晴陽の顔が青ざめる。心当たりがあるのだろうか。

『そ……それで、その研究では原因を突き止められたんですか?』

『あぁ。とある化学物質を摂取し続けると体内に毒素が蓄積され、必須栄養素を分解するようになってしまうそうだ。海外の症例では近隣にある大きな工場の廃水にその物質が含まれており、長い時間をかけて土壌を汚染し続けていたらしい。近隣住民は工場を経営する企業に対し集団訴訟を起こしているが、前例のない公害のため裁判は今もまだ続いている』

『ふーむ。でも、原野間にそんなに大きな工場なんてないですよ』

『確かにな。しかし、長い時間をかけて有害物質を摂取させ続ければ、意図的に〈呪い〉の症状を引き起こすことは可能なんだ』

『あっ、なるほど。そっちの方が悪質ですね。……ん? ってことは鏡山さん、〈呪い〉の正体がわかっていたんですか? どうして調査を再開しなかったんです?』

『それを知った頃には既に原野間は完全にゴーストタウンだったんだ。今更過去を蒸し返す気力は俺には残っていなかった。それに、この仮説には大きな問題がある。山岡さんが出資金を横領したのは発症する前年の話だ。横領に気付いた何者かが報復のために山岡さんに化学物質を投与したとしても、たかだか一年ではこのような症状は現れない。その物質そのものは毒ではないため、投与量を増やしても直《ただ》ちには影響が出ないんだ』

あっと晴陽が声を上げた。

『犯人が時間をさかのぼることができたとすれば、話は違ってきます！　犯人は十年以上前に戻って、山岡さんに少しずつ服毒させたんじゃないでしょうか』

『はぁ？　君と同じ能力を使って、ということか？』

何を言っているんだ、という目で鏡山は晴陽を睨《にら》む。

『そうです』

『いやいや、過去は変えられないと言ったのは君じゃないか』

『すみません、訂正します。厳密に言えば、誰にも気付かれなければ過去は変えられるんです』

『気付かれなければ……？』

『例えば、今鏡山さんは部屋の物を動かしましたよね』

晴陽は机の上のファイルを指さした。

『当時は鏡山さんが部屋を出て行ってから部屋の物は動いていないわけですから、厳密に言えば今鏡山さんは過去を変えてしまったんです。でも、これだけ散らかった部屋で物が多少動いた程度では、当時の鏡山さんは変化に気付かなかったはずです。だから見た目上の過去は変わっていないことになります』

『む、むむ……？』

「むむ……？」

鏡山と俺の唸《うな》りが同調した。なんだかとても変な説明を受けている気がする。

『ちなみに「気付かれない」対象は人間だけで、猫や犬に見られても問題はありません』

『なんだか人間原理のような話だな。しかし、横領が発覚したときに何者かが時間をさかのぼり、長年にわたって山岡さんに化学物質を投与し続け、〈呪い〉が発動するよう仕向けたとすれば、全てに説明がつけられるわけか』

『そうです』

俺を置いてけぼりにして、鏡山はあっさりと理解に至った。

『確かに、理屈は通っている。だが、だとすると犯人は……』

『……はい。私以外にトリップができるのはお祖母《ばあ》さまだけですから……それを行ったのも、お祖母さまということになります』

『確かに君のお祖母さん——国井絹子《きぬこ》氏は昔から色々なことに陰で糸を引いているのではないかと噂される人物だったが、たかが横領くらいで町の人を暗殺などとは……』

『お祖母さまは考えを表に出さない人でした。私は未だにあの人のことがよくわかりません。お金持ちなだけの普通の人だったのか、それとも世間で噂されていたように、原野間に害をもたらす人間を何らかの方法で罰していたのか……。でも、少なくともお祖母さまにはそれが可能でした』

画面に威厳のある老婆が映し出された。今作で重要な役割を演じる晴陽の祖母、国井絹子だ。

「とまぁこんな感じで黒幕が判明するのでした」

姉は動画を停止した。

「え？　本当にお祖母さんが犯人なの？」

「そうだよ？　実際はもうちょっと複雑だけどね。その辺の事情を理解するには、えーと、第五話のあれを見せた方がいいかな……」

「ちょっと待った」再びリモコンをいじりだした姉を手で制する。「まだ過去を変えられる云《うん》云《ぬん》のくだりが理解できてないんだけど。誰にも気付かれなかったら過去は変わったことにならないってどういうこと？」

「うーんとね。ほら、タイムパラドックスってあるじゃん？　過去に戻るタイムマシンがあったとして、生まれる前の過去に戻って自分の両親の結婚を邪魔しちゃって、自分が消えていくーみたいな」

「あー、あるある」

「タイムマシンで過去を変えたらどうなるかって問題にはいくつかパターンがあって、過去を変えたら未来も変わっちゃうパターンとか、どう頑張っても一つの未来に収束するパターンとか、宇宙が爆発するパターンもあるんだけど、この『時空探偵』では時間旅行者にとっての現在において『誰かが知っている事実』は変えられないけど、それ以外の物事は変えられるんだよね」

なんだそりゃ。かなりご都合主義に感じるが、ドラマの設定にいちいち文句をつけていても仕方がない気もする。

「本当はこのルールを視聴者に理解させるためのエピソードとかもあるんだけど、全部見ると長くなっちゃうしなー。まーとにかく、『誰も知らない過去の事実は改変できる』って点だけ押さえておけば大丈夫だから。例えば晴陽は、もうすぐ死ぬことがわかってる過去の人物には接触できたりするんだよね。死ぬ直前の状況が後世に一切伝わらないなら、見た目上の過去は変わらないから」

「うーん……。なるほど？」

やけに強調するということは、この設定はオチに何か関係があるのだろうか。誰も知らない事実の改変が、ラストで晴陽が死ぬことにどう繋がるのだろう。

「とりあえず次行ってみよう」

姉によると、この次は原野間青年団が〈呪い〉の秘密を暴くために奔走するエピソードが続くのだが、「そこは重要じゃないから」とばっさり飛ばし、彼女は第五話の晴陽の回想シーンを見せた。

窓から夕日の差し込むだだっ広い畳の間で、幼い晴陽が一人、さめざめと泣いている。

襖が開き、着物姿の絹子が現れた。

『帰っていたのですね、晴陽。おかえりなさい』

身内に向けるには冷たい声色だが、孫娘を見る眼差しは慈愛に満ちている。悪人ではない――というか、悪人を演じようという意志が感じられない芝居だ。

『学校で何かあったのですか？』

晴陽に寄り添い、そっと尋ねる。晴陽は祖母を見上げると、嗚咽《おえつ》混じりの声で言う。

『お祖母さま、本当なの？　お祖母さまは本当に、みんなに〈呪い〉をかけたの？』

絹子はゆっくりと首を横に振る。

『そんな馬鹿な噂を真に受けてはいけませんよ』

『でも、お祖母さまが気に入らない人を病気にしたんだって、学校のみんなが……』

『それなら私は瑠花《るか》にも〈呪い〉をかけたことになります。私はあの子を憎んでいたでしょうか？』

『ううん、そんなことない！　お母さま、お祖母さまととっても仲良しだった！』

『そうでしょう』と絹子は優しく、しかしどこか悲しげに微笑《ほほえ》んだ。『覚えておきなさい、晴陽。世間には、実に奇妙な因果というものがあるのですよ……』

画面がホワイトアウトし、現在の晴陽の沈鬱な表情が映った。彼女と鏡山は薄暗い和室に身を潜めている。何をやっているのだろう。

「こんな感じで、ドラマ後半は晴陽の家族にフォーカスしていくんだよ」

「そういや母親の仇討ちがどうこうって言ってたっけ。その辺の事情、全然描かれてないけど」

「これから説明されるから見てて。次は最終回直前の第八話」

薄暗い和室に、二人の男女が息を潜めて身を隠している。そこは原野間にある旅館、時垂荘の二階の一室だった。鏡山と晴陽がトリップしてきたこの時代の原野間はゴーストタウンだったため、旅館のみならず町全体が沈黙している。

『おい、いい加減教えてくれクニハル君。ここで何を待っているんだ』

晴陽は鏡山に静かにするようにとジェスチャーで伝えると、

『少し、母の話をしてもいいですか』

ぽつりと呟くように言った。鏡山は『ん？』と眉を上げたが、視線で続きを促す。

『私が物心ついた頃には、母は既に〈呪い〉に冒されていました。母はどこか遠くの病院に入院していて、年に数度しか家に帰ってきませんでした。けれど家にいるときは私にとても優しくしてくれて、私はそんな母が大好きでした。母が帰っている間は家の中が暖かくなるような気がして、普段は厳格な祖母も実の娘の前ではずっとにこにこしていて。私たち家族は本当に幸せでした。だから、私にはどうしても信じられないんです』

『お祖母さんがお母さんに〈呪い〉をかけるはずがない、と』

晴陽は頷く。

『母の身に〈呪い〉がふりかかった理由を見つけなければ、全ての謎を解いたことにはなりません。だから私は、母のことをもっと知りたい。でも祖母は母に関する情報を徹底的に隠蔽《いんぺい》してこの世を去りました。母が入院していた病院の場所すら私は知らないんです』

『恐らく、他の被害者と同じ場所に隔離されていたんだろうな』

『はい。でも、その場所の手がかりは摑めるかもしれません』晴陽の表情が幾分明るくなる。

『私が四歳のときの夏、母が私をこの旅館に連れてきてくれたことがありました。もちろん当時も原野間は無人ですから、旅館は営業していなかったんですけど。私たちは暗くなってから中に忍び込んで、二階の角部屋から花火大会を見たんです。幼い私は無邪気にはしゃいでいましたが、実はその頃母の病状はかなり悪化していたようなんです。花火を見た後、母は祖母に連れ戻され、有無を言わさずに病院へ搬送されました。私が母を見たのはそのときが最後です。それ以降、どんなに尋ねても祖母は母のことを何一つ教えてくれませんでした。そして数年後の夏……母が亡くなったと聞かされました』

鏡山は気を利かせたのか黙り込んでいる。晴陽は、ふぅ、と短く息をつくと、『そういうわけで』と力強く言った。

『この十二年前の時垂荘で待ち伏せしていれば、じきに母が私を連れて現れるはずです。母は病院の車を拝借して原野間に来たと言っていました。その車を調べればきっと何かがわかります。そういえば、ナンバープレートから車の持ち主って特定できるんですか？』

『それこそ探偵の仕事だ。俺に任せておけ。現代に戻ってその病院を調べれば、きっと多くの事実が……』

廊下で人の気配がして、鏡山は言葉を飲み込んだ。

そっと入り口の襖を開け、鏡山と二人で外を覗くと、浴衣《ゆかた》姿の二人の少女が廊下を歩いていくのが見えた。

『本当に大丈夫？　勝手に入ったりして怒られない？』

長髪を背で一つに束ねた少女が不安げに話しかける。

『大丈夫大丈夫！』とショートカットの少女が胸を張る。『何なら怒られてもいいくらいの超絶スポットなんだよ。何せ、すぐ目の前に花火が上がるんだから』

二人は談笑しながら鏡山たちの隣の部屋に入っていった。

晴陽が声を殺して囁《ささや》く。

『あの二人、うちの近所に住んでいた子たちです』

『どういうことだ。十二年前、君たち以外にも花火を見るために不法侵入した者がいたのか?』

晴陽は『まさか』と首を横に振る。

『何かが変です。母と私は花火大会が始まる三十分前には旅館に来ていたはずなのに、もう八時五十分ですし』

隣の部屋で窓が開いた音がした。窓越しに聞こえてくる少女たちの会話に、鏡山たちは耳を傾ける。

『へぇ、いいじゃん。ここからならよく見えそうだね。思ったより汚くないし』

『でしょ? 去年偶然見つけてさー』

『そっか、どうりで去年、どこを探してもいなかったわけだ。あのバカラん花火もここから見てたの?』

『そうそう。大迫力だったよ』

え? と晴陽が顔を上げる。

『バカラん花火……? あれ? おかしいな』

『どうかしたか?』

『花火大会の演目は毎回変わるんですが、バカラんの花火が上がったのは八年前だけです。ほら、あのカジノ誘致推進キャラクターの』

『あぁ、あの数年前に一瞬だけ流行ったゆるキャラか。ということは、ここは七年前ということか？』

『はい。私たちはトリップする時代を間違えてしまったみたいです』

『間違えたぁ？　そんなことがあるのか？』

『はぁ、まぁその、たまに』

晴陽は面目《めんぼく》なさそうに項垂《うなだ》れる。

『そういえば、君のお母さんが亡くなったのは八年前だったか』

『そう聞いてます。一旦、現代に戻りましょうか。この時代を調べても仕方ありません』

そうだな、と鏡山が首肯しかけたとき、隣室の少女たちの話題が転換した。

『でも、こんなに簡単に侵入できるなら他の人も来そうじゃない？』

『そう、そうなんだよ！　去年もね、ここで花火を見に来てた人にばったり会っちゃってさぁ。びっくりしたのなんのって。しかもその人、誰だと思う？』

『えー？　私の知ってる人？』

『もちろん！　ほら、行方不明になってた国井のおばさん！』

『嘘っ、瑠花さん!?』

鏡山と晴陽は思わず顔を見合わせた。

『しかも瑠花さん、花火が終わった頃に……』

そこで不意に少女は声のトーンを落とした。

『……あのさ。ちょっと変な話になるんだけど、いい？』

『うん』

『去年、私がこの旅館で花火を見てたら廊下に人の気配がしてさ。覗いてみたら、瑠花さんが一人で隣の部屋に入っていくのが見えたんだ。あの人、〈呪い〉でもう亡くなってるって噂もあったから、もしかしたら幽霊かなって思ったんだけど、あんまり怖い感じはしなかったかな。それから花火が始まって、私はそっちに気を取られてた。瑠花さんは私に気付かずに隣の部屋で花火を見てたと思う』

そういうことか、と鏡山が小声で得心する。

『お母さんは君と引き離された後も毎年一人でここへ来ていたのかもしれないな』

『そうみたいですね。花火が好きだったそうですから』

晴陽も頷いた。

『花火が終わる頃、旅館に車が近づいてくるのが見えたんだ。警備員が見回りに来たのかと思って、私は退散しようと思って』

『瑠花さんは？』

『一応声かけようと思って隣の部屋を覗いたんだけど、そしたら瑠花さん、窓際に倒れてたんだ。私、どうしようって焦っちゃって。とりあえず確認するために部屋に入ったんだけど……。

瑠花さん、口から信じられないくらい血を吐いていて、肌も真っ青で、とても生きてるようには……』

少女が一年前の光景を思い出して震えている様が、鏡山たちにも伝わってくる。

『しかも懐中電灯で照らしてみたら、その血がなんだか緑がかってたように見えてさ。もちろん私の見間違いかもしれないよ、何しろ周りは暗かったたし。でも私、無性に怖くなって、走って逃げ出したんだ』

『救急車とか警察は？　去年まではまだ原野間には電気が通ってたんだから、電話は使えたでしょ？』

『無理無理、そんな余裕なかったって。けど、次の日になってもその次の日になってもそんなニュース全然流れなかったし、噂にもならなかった。一週間くらい後に勇気を出してまたここに来てみたんだけど、畳には血の跡なんてなくてさ』

『何それ。結局夢オチ？』

『うーん、結果としてはそうかもね。私も、全部夢ってことにして忘れることにしたんだ』

張りつめていた空気が幾分弛緩する。鏡山は深く嘆息し、晴陽がすすり泣いていることに気付いた。

『母は……。ここで、花火を見ながら……』

鏡山は無言で晴陽の肩を抱き、彼女が落ち着くまでそうしていた。

『ねぇ、君たち』

どこからか、その場の空気に似つかわしくない朗らかな声が聞こえた。

『今の話、もう少し詳しく聞かせてくれないかしら』

襖が閉まる音が聞こえた。新たな来訪者が隣室に入ったらしい。少女たちが戸惑う気配が伝わってくる。

『キミがその女の人を見たのは、確かに去年の七月二十一日だったの?』

『は……はい』

『あの、どちら様ですか? あなたも花火を見にここへ?』

女性は少女の問いを無視して質問を重ねる。

『キミはその話、他の人に話した?』

『い、いえ、ついさっき思い出すまで忘れてたから……』

『まぁ、それはそれは』女性はくすくすと笑った。『実に良いことを聞いたわ。もし君がその話を広めていたら、ワタシの仕事が余計に増えてしまうところだった』

かちゃり、と不穏な金属音。ひッと少女たちがひきつった声を上げる。

『そ、それ、本物……じゃないですよね?』

長髪の少女の声に、くすり、と艶っぽい微笑が応じる。

『試してみる?』

『な、何なんですかあなた! そんなおもちゃで私たちを脅かしたりして』

『あら、勇敢ね。それとも拳銃を見たことがなくて状況が理解できていないだけ? ま、どっちにしろ結果は変わらないけど』

くぐもった銃声が響いて、何かがどさりと倒れた。少女が金切り声を上げる。悲鳴を上げたのは一人だけだった。

我を忘れたように廊下へ飛び出そうとする鏡山を、晴陽は必死に室内に押しとどめる。

『無理です！　過去は変えられません！』

『しかしっ、この声は……そんな馬鹿なっ……！』

鏡山がもがいているうちにも、隣室の状況は進行していた。畳の上には短髪の少女がぐったりと倒れ、その体の下に黒々とした血溜まりが広がっていく。部屋の反対側では、美女がもう一人の少女に銃口を向けていた。

『う、嘘でしょ……⁉』

『そんなに怖がらないで。すぐにお友達の後を追わせてあげるから』

『そんな、どうして……私たち何もしてないのに！』

『確かにそうね。でも』美女は芝居がかった仕草でブロンドの髪をかき上げた。『〈呪い〉の被害者が緑色の血を吐いたなんて事実が知れ渡ったら、ワタシの雇い主は気が遠くなるほどの額の損失を被《こうむ》るのよ。あなたたちみたいな田舎者の命の一つや二つじゃ到底釣り合わないほどの金額をね。こちらも死に物狂いなの。わかって？』

『言いません、私、絶対誰にも言いませんから――！』

そのとき、屋外で閃光と共に爆発音が弾けた。花火大会が始まり、最初の大玉が夜空に花を咲かせたのだ。

女が一瞬だけ花火に気を取られた隙をついて、少女は畳を蹴って猛然と部屋の入り口に走った。女は振り向きざまに発砲するが、銃弾は少女の髪を掠《かす》めて廊下の壁を穿《うが》つ。

『あらあら、たくましい子ね。この仕事、ちょっと楽しくなってきたかも』

女は独り言を呟くと、襖を開けて廊下へと出て行った。その背後で晴陽が隣室から恐る恐る顔を覗かせる。女が階段を降りていくとき、その横顔がちらりと見え、晴陽は目を見開いた。

かつて若き日の鏡山たち原野間青年団と行動を共にしていた、スラブ人の美女がそこにいた。


「あー、そういうことか」

壮絶なシーンを見せられた俺は、内容とあまり関係ない点で膝《ひざ》を打った。

「あれ？　もうわかった？」

「いや、そうじゃなくて。ニール役の女優が女工作員の役をやってたなーってさっき思ったんだけど、それもこのドラマだったんだって思って。完全に忘れてた」

「え、何それ」と姉は呆れを通り越して心配顔になる。「ちょっと物忘れ激しすぎない？　この回が放送されたの先週だよ？」

「流し見してたらこんなもんだって。ん？　先週ってことは、このシーンってもう終盤なの？　ここからまた長そうな雰囲気だったけど」

「いや、もうクライマックスだよ。この後鏡山たちは現代に戻って、あの女工作員の足取りをたどっていくんだ。さっきの女の子たちも実は現代まで逃げのびてて、鏡山たちと出会ったりする」

「え、撃たれてた子も生きてんの？　女スパイに命狙われてたのに？」

「そこはまぁドラマですから。そもそも珊瑚《さんご》ちゃんとうっしーはゲスト出演みたいなもんだから、そんなにひどい扱いはされないよ」

「ん？　誰だって？」

「逃げていった方が珊瑚ちゃんで、撃たれた方がうっしー。今売り出し中の二人組のアイドルだよ」

「へー。まだ売れてもないアイドルなんかよく知ってんな」

「いやー、同い年の子がテレビに出てると応援したくなるんだよねぇ。……あれ？」

リモコンをいじる姉の指が止まる。

「どうしたの？」

「最終回の動画、まだ配信されてないなぁ。十一時配信開始だって」

時計に目をやると午後十時五十五分。微妙な時間だ。とりあえず十一時まで休憩することになり、姉は歯を磨《みが》きに洗面所へ向かった。

俺は何の気なしに姉が置いていったリモコンを手に取り、『第八話：探偵講座』の動画を開いた。この回の正解率は15％を切っていた。第八話ともなるとかなり難易度が上がっていたようだ。その割に脚本家の西園寺はクイズの解説を手短に切り上げた。

『先生、ありがとうございました』

　進行役の八重津にカメラが向けられ、

『それでは今週のロケ地紹介です。今日は北関東のとある和菓子屋さんにお邪魔します』

と唐突に地域情報バラエティのようなコーナーが始まった。

　先ほどニールに襲われたアイドル二人が登場し、見覚えのある和菓子屋に入っていく。作中でも映っていた『☎471――』の錆びた看板を見るに、この建物は時垂荘の撮影現場に使われたようだ。

『こちらのお店、なんと創業百二十年の老舗《しにせ》なんですね！』

　拳銃を向けられたときの恐怖の演技とは打って変わって、アイドルは明るい笑顔で店主にマイクを向ける。

『いやぁおかげさまで、ね』店主と思《おぼ》しき恵比須《えびす》顔の老婦人がにこやかに答える。『先代が取り寄せ販売を全国に向けて始めてね、これが当たってね』

　ただ最近は景気が悪くてだの、せっかく電話番号を変えたのにだのと雑談を交わしていると、水羊羹《みずようかん》を載せた盆が運ばれてきた。アイドルたちがワーキャー言いながら菓子に舌鼓《したつづみ》を打っているところで、Vがスタジオに返る。

『それでは来週、衝撃の最終回をお楽しみに！』

『あ、ちょっといいかな』

　画面下にスタッフロールが流れ始めたところで西園寺がフレームに割り込んだ。

『うちのプロデューサーが変なツイートしてたみたいだけど、気にしちゃ駄目だよ。来週もエンディングまで気を抜かずに見ようね！』

スタジオが変な笑いに包まれる中、動画はぷつりと終わった。

「そろそろいいかな。あ、それ見てたんだ」

姉が戻ってきたので、俺はリモコンを彼女に返した。

「ねぇ、脚本家が言ってたのって何のこと？」

「変なツイートの話？　なんかねー、第八話放送前、番組プロデューサーがツイッターで最終回のネタバレっぽいことを言っちゃったんだよね。ラストシーンは花火を見ながら平和に終わるから安心してみたいな。で『結末を漏らすんじゃねー』って視聴者から叩かれて」

「へー。平和に終わるどころかヒロイン死んでたけどな」

「そう、だからそのツイートは嘘バレだったのかもね。それはそれで炎上しそうだけど……よし、もう配信されてるね」

姉は最終話の動画を開き、シークバーを操作する。

「えっと、最終話で鏡山はついに女工作員と再会して戦うんだけど、アクションシーンは特に見る必要ないから飛ばすね」

「あ、飛ばすんだ。もちろん勝つんだよな」

「そりゃね。女スパイを警察に引き渡した後、鏡山たちは数年前に飛ぶ。この頃にはもう鏡山は謎を全て解いていて、その答え合わせに向かったんだ。それじゃいよいよ事件の解決編を見てもらおう」

薄暮《はくぼ》の広々とした座敷で、一人の老婆が豪奢な羽毛布団に包まれて横たわっている。布団の周囲をスーツ姿の老若男女が車座に囲み、生気のほとんど失われた老婆の顔を固唾《かたず》を呑んで見守っていた。

『一人に……』

老婆の唇が動き、しわがれた声が漏れる。

『一人にしてください。お迎えは……私一人で、と……言っておいたはずです……』

親族の間で目配せが交わされ、彼らはしずしずと座敷を後にした。

老婆は、ふふふ、と不気味に笑むと、

『そこにいるんでしょう？　晴陽……』

虚空《こくう》に向かって話しかけた。

座敷の押入れの襖がすっと開き、晴陽と鏡山が現れる。

『お祖母さま……』

枕の傍《かたわ》らに正座した晴陽の顔を見て、国井絹子は眩《まぶ》しそうに目を細めた。

『大きくなりましたねぇ。そろそろ来る頃だと、思っていましたよ、晴陽』

『お祖母さまには、何でもお見通しだったんですね』

『ええ、そうですとも』

老婆はまた含みのある笑みを浮かべると、鏡山に視線を移した。

『……どうやら、既に色々と知っているのですね』

鏡山は表情をこわばらせ、晴陽に耳打ちする。

『おい、どういうことだクニハル君。どうして過去の人物と会話ができるんだ』

『この対話は過去を変えないからです』

『何？』

『お祖母さまは五年前のこの日、もうじきお亡くなりになります。亡くなる直前、お祖母さまは最期を一人で迎えたいと言って人払いをしました。ですから、ここで私たちがお祖母さまとどんな会話をしても、過去には影響がないんです。……そうですよね？』

『ええ。私はもうこの世の人間ではないということですね』絹子は儚《はかな》げに微笑んだ。『私が人払いをした意味を、晴陽はちゃんと気付いていたのですね。さすがは瑠花の娘、賢く育ちましたね』

鏡山は咳払いをし、晴陽の隣に正座した。

『絹子さん。俺の話を聞いてもらえますか』

『あなたは……鏡山さんね』

絹子が鏡山の顔を見て、深いため息をついた。

『はい。ご無沙汰しています。……俺たちは答え合わせに来ました。原野間であなた方が何をしてきたのか、俺は真実を突き止めたと思っています』

『どうぞ、お聞かせください』

『原野間で〈呪い〉と呼ばれていた現象の正体は、ある化学物質を長期間にわたり摂取し続けたことによる栄養素欠乏症です』

鏡山は同様の症例が海外の工業都市で報告され、大規模な公害問題に発展したことを話した。

『しかし原野間には工場なんてない。ならば何者かが被害者に化学物質を投与していたのか、と当初は考えました。しかしそこで思い出したのです。この土地では山の湧き水を全世帯に配水しており、その水源は古くから国井家が独占管理してきました。しかし、単なる湧き水が数百世帯の生活用水を賄《まかな》えるでしょうか。実はどこか別の土地から水路で送水していたのではないでしょうか』

『えっ』

晴陽は驚いて鏡山の顔を見る。

『クニハル君……いえ、晴陽さんもご存じない様子だったので、恐らく水路は自然に形成された伏流水なのでしょう。原野間を囲う山の向こう側は平野で、そこには大きな工業団地があります。そこで汚染された水が山の地下を通って原野間に運ばれ、原野間の住人が知らず知らず口にしていたとしたら。要するに原野間の〈呪い〉も、やはり公害だったのです』

『で、でも鏡山さん。〈呪い〉にかかった人たちはみんな、お金を横領したり、色々と悪いことをしていたんじゃなかったんですか？』

『それは事後工作だったんだ。絹子さん、あなたはきっと早い段階から水質汚染に気付いていた。しかしそれを公《おおやけ》にしたら、長年にわたって汚染水を住人に飲ませていた国井家は激しく非難される——いえ、非難だけでは済まないでしょう。だから病に倒れた人に対して、過去に飛ぶ能力を使って〈呪い〉の原因となる悪事を捏造《ねつぞう》したんです。山岡夫妻は横領なんてしていませんでした。ただあなたが過去にトリップし、山岡さんの口座に入金しておいただけだったんです』

『つまり、原因と結果が逆だったと……？』

『そうとも言える。被害者たちは不幸にもたまたま罹患《りかん》しただけの善良な市民だったのだ』

『だから、だからお母さまは……』

晴陽は感極まって顔を両手で覆った。すすり泣く孫に、絹子は優しい声をかける。

『隠蔽に関わったのは、国井家では私だけです。この秘密は墓まで持っていくつもりでした……。しかし瑠花が発病したとき、あの子は私に全てを話してほしいと頼みました。本当に賢い娘でした。瑠花は、私の所業に薄々気付いていたのです』

『そしてあなたは、瑠花さんを息のかかった病院へと入院させた。他の〈呪い〉被害者と同じように』

『え……？』晴陽は顔を上げ、洟《はな》をすすりながら言う。『でもそれって、結構色んな協力者の人が必要ですよね。さっき、隠蔽にはお祖母さましか関わっていないって……』

『国井家以外の人物の協力があったということだ。それがあの女を雇っていた組織なのだろう』

『あの女というのは、もしや……』

鏡山は絹子に向かって頷くと、彼らが七年前の時垂荘で目撃した襲撃事件について語った。

『二人の少女は我々が住む現代まで生き延びていました。我々は彼女たちと協力して、あの女を捕らえることに成功しました。女の正体は、国際的に指名手配されている悪名高い工作員でした。本名はシャロン・ニールセン。偽名を名乗って俺たち青年団に近づき、雇い主にとって都合の悪い真実が明るみに出ないよう画策していたというわけです』

『私もまだよくわかってないんですけど、ニールセンの雇い主って結局誰だったんですか？』

『それはもちろん、公害の元凶である企業だ。山向こうにある工業団地は外資系のメーカーで、その経営母体は海外で水質汚染を起こした例の企業だった。彼らは自分たちの工業廃水が日本でも深刻な健康被害を引き起こしたことを隠蔽するために、工作員としてニールセンを送り込んだんだ。そして恐らく、絹子さんと彼らは協力関係にあった』

絹子は従容《しょうよう》として首肯した。

『病院の手配や病人の終末医療は、全て彼らに任せていました。——そうせざるをえなかったのです。私は、何としても国井と原野間を守りたかった……。本当に、それだけだったのです……』

力なく懺悔《ざんげ》する老婆を、鏡山は諫《いさ》めるような、あるいは憐れむような複雑な顔で見つめる。

『その方法に正当性があったとは思いませんが……少なくともあなたは被害を最小限に食い止める手を打った。原野間をゴーストタウンにしたのは、水源を清浄化し、水道から汚染水を除去する時間を稼ぐためだったのですね』

『はい。除去は例の企業が請け負うことになっており、私は原野間から全住人を立ち退《の》かせることを彼らに約束しました。それにはまず――』

話を続けようとして、絹子は激しく咳《せ》き込んだ。慌てて晴陽が、

『大丈夫ですか？　無理はなさらないでください』

と声をかけると、絹子はぜえぜえと荒い息をしながら笑った。

『もうじき、お迎えが来る人に……大丈夫か、というのも、おかしな話です……』

『絹子さん。事件の詳細を語る必要はありません。もう全ては明らかになったのですから。あなたが守った原野間は、未来で俺たちが必ず再興させます。既に闇は晴れたのです』

『そう……』

絹子は、胸の支《つか》えが取れたような穏やかな笑顔のまま瞼《まぶた》を閉じる。老婆のやせ衰《おとろ》えた右手を、晴陽が両手に包み込んだ。

『鏡山さん……』

『はい』

『孫を……よろしく、お願い……』

鏡山は頷き、晴陽の手に自らの手を重ねた。

姉は「おっとととと」と慌てて映像を一時停止した。

「というわけで、問題編は以上。果たして、ここまでの内容でこの後の結末が予想できるか

「……ん？」

俺は手で姉の言葉を遮《さえぎ》った。

「どうしたの？」

「待って。今考えてるから」

今の解決シーンで、とても重要な情報が飛び出た気がする。〈呪い〉の正体や絹子の思惑とは全く別の次元の、もっと全体的な何かをひっくり返す情報が……。

俺が腕を組んで熟考しているうちに姉はしびれを切らしたらしく、

「本当に考えてる？」

疑念の眼差しを向けてきた。

「考えてるよ。何かに気付いてる気はするんだけど……」

しばらく黙考していると、ふぁーあ、と姉が欠伸をした。もうじき日付が変わる頃だ。俺はさっき転寝したから目が冴えているが、姉は先ほどからしきりに目をこすっている。

「もうラストシーン流しちゃおっか。例の十五秒間に差し掛かるまでにあのとき何が起きたか答えられなかったら、この度のチャレンジは失敗ってことで」

「わかった、わかったよ。とりあえず、今俺が気付いているところまで話すから」

姉は一時停止を解除した。絹子との死別のシーンがホワイトアウトし、夜の路地裏を鏡山と晴陽が歩いているシーンに切り替わる。つい先ほど寝起きに見たシーンだ。

エピローグを見ながら、俺は自分の考えを語り始める。

「まず、俺に見せたシーンのチョイスが引っかかってるんだよな。ドラマの筋書き上重要なシーンを選んでくれてるんだろうけど、見所のアクションシーンは飛ばしてるし。ってことは、わざわざ見せたシーンには隠された重要な意味があるってことだ。例えばさっきの解決シーン。あそこで一番俺に伝えたかったのって、もしかして女工作員の本名だったりする？」

「おぉ。そこに気付くとは。さすがは我が弟」

姉はぱっと顔を輝かせる。挑戦者が出題意図に気付いたことに対する、出題者の喜びだ。

「シャロン・ニールセンだっけ。この本名、よく考えたらおかしいよな。『ニールセン』なんて名前の奴が、偽名として『ニール』を名乗るなんてさ。それじゃ偽名の意味がない。身分を偽ってる工作員なら、本名とかけ離れた偽名を名乗るはずだ。あだ名じゃないんだから」

「うんうん。つまり？」

「つまりあいつが使っていた偽名ってのは『ニール』じゃない。きっと作中では一度も出てない偽名で鏡山たちと接していたんだ。それがどんな偽名だったかは重要じゃなくて、大事なのはニールとニールセンが別人だってことだ。鏡山は第一話で、かつての恋人の写真を見ながら『ニール』って呼びかけてる。それを見た俺は、過去の鏡山青年とニールセンのやりとりから、こいつが鏡山の恋人＝ニールなんだって思い込まされた。そこが罠だったんだ」

「なるほど。で、そのことはラストシーンにどう繋がるのかな？」

姉の嬉しそうな態度からすると、俺は正しい道をたどっているらしい。

「それじゃ、結局ニールってのは何者だったのか。第一話であんな意味深なカットを見せておいて、作中で一度も登場しないってのはありえないよな」

「うん、そうだろうね」

「手がかりは、俺が見せられた抜粋シーンに隠されている。そう考えたら選択肢はほとんどない。鏡山は国井晴陽のことをクニハルって呼んでたけど、あれ、今思うと大ヒントだったんだな。鏡山は人の苗字と名前を繋げて呼ぶ癖がある。『ニール』もそうだったんだ。国井瑠花《クニイルカ》……『ニイル』は、晴陽の母親の名前の中に隠れていたんだ」

本人は直接登場せず、常に過去の記憶として人づてに語られてきた晴陽の母親、国井瑠花。彼女こそこのドラマの鍵を握る人物、『ニール』だったのだ。第一話、晴陽の苗字を聞いた鏡山はひどく驚いていた。あのとき鏡山は、晴陽がかつての恋人の娘だと知ったのだろう。いや、それだけではない。晴陽は瑠花が鏡山の前から姿を消した（〈呪い〉のために入院した）しばらく後に生まれているはずだ。

「もしかして……晴陽の父親は鏡山だったとか？」

「そこははっきりしないんだよね」姉が解説する。「最後まで明言はされないけど、ほぼ間違いなくそうだと思うよ。さっきの解決編で絹子と鏡山はお互い見知っている様子だったでしょ」

エピローグの映像の中で、鏡山と晴陽は他愛もないことを話しながら時垂荘へと向かう。その背景では花火が情緒たっぷりに上がっている。

「そうか、そうだったんだ」

話しているうちに、じわじわと真相が俺の目の前に姿を見せ始めた。なるほど確かに、物語をちゃんと追っていた視聴者ならこのラストは予想できてもおかしくない。

「このエピローグシーン、絹子を看取《みと》った直後にホワイトアウトで場面転換してるから、ぱっと見は事件を解決した鏡山たちが現代に戻って余韻《よいん》に浸ってるように見える。俺は最初そう思ってたんだけど、実はいつの時代なのかははっきりしてないんだよな。現代に戻ったんじゃなくて、もう一度過去にトリップした可能性だってある。いや、きっと鏡山は過去に戻ったんだ。ある目的を果たすために」

鏡山は晴陽とはぐれてしまい、肩を竦めて一人で時垂荘へと入っていく。そのときカットが切り替わり、二階の窓辺が映し出された。売り出し中のアイドルだとかいう少女が目を輝かせて花火を眺めている。その隣の角部屋の窓にも、女性の人影が見えた。

「やっぱりそうだ。ここは八年前なんだ。あのなんとかっていうアイドルが——」

「うっし！」

「そう、その子が花火を見ていたのは八年前しかない。七年前は花火が始まる前にニールセンに撃たれたんだから」

画面の中で、鏡山はそっと襖を開けて角部屋に足を踏み入れた。窓外から差す花火大会の灯火の前に、一人の女性が立っている。

女性は振り向き、

『やっと、来てくれましたね』

晴陽と全く同じ顔、同じ声で鏡山に言った。だが彼女は晴陽ではない。演じる女優こそ晴陽と同一だが、本当の役名は〈国井瑠花〉——彼女は、晴陽の母親なのだ。

『すまない。道に迷ってしまった』

『鏡山さんはいつもそうです。迷ってばっかり』

『あぁ、まったくだ。君には迷惑をかけたな』

窓辺に並んで花火を見上げながら、二人は浮遊感のある会話を交わす。

ドラマや映画において、親子を同じ役者が演じることは決して珍しくはない。まして『時空探偵』はタイムトラベルSFだ。視聴者に彼女を晴陽だと勘違いさせるように演出しているが、その仕掛けがラストのどんでん返しを引き立たせる。

『俺が今日ここへ来るとわかっていたのか？』

『そんな気はしていました。鏡山さん、花火がお好きでしたから』

瑠花はそっと鏡山に頭を寄りかからせる。

きっと自らの死期を悟った瑠花は、鏡山がここへ現れることを期待していたのだ。いずれ成長した自分の娘が時間旅行能力に目覚め、幼少期に生き別れた父親を探し出すことを。死の直前であれば過去に生きる人物と接触することができる——そのルールを知った鏡山が、恋人の最期を看取るために過去へとやってくることを。

「俺は、見逃した十五秒間に何か重要な展開が起こって晴陽が死んだと思ってた。でも、そうじゃなかったんだな。重要なのは十五秒の前だったんだ。時代の誤認と親娘《おやこ》の入れ替わりトリックは、俺が見てる前で行われていたんだ」

「そ。人物入れ替わりに気付ければ、そこまで衝撃的なオチでもなかったんだよね」

姉は悪戯っぽくにやりとした。

『鏡山さん、今まで本当にありがとうございました』

確かこの辺りで俺は玄関へと向かった。ここからの十五秒は初見だ。

どこかで電話が鳴り、鏡山が視線を上げる。即座に受話器を取る音が聞こえる。隣室であの女の子が取ったのだろうか。

『そうか。この時代はまだ原野間に電気が来ていたな』

鏡山がぽつりと呟く。時代の誤認の種明かしだ。

『あぁ、そろそろ、お別れかもしれません』

瑠花の声が急に弱々しく萎《しぼ》む。鏡山ははっとして、

『ニール！』

と彼女の名を叫んだ。二つ目のトリック、人物入れ替わりの種明かし。

直後、瑠花がどさりと畳の上に倒れる。

『君っ！　大丈夫か！』

『か、鏡山さん……今まで、ありがとうございました……』

苦しげな笑みを浮かべ、瑠花は鏡山に別れを告げた。鏡山は瑠花を抱いて嗚咽を漏らす。その背後で歪《いびつ》な形の花火が上がり、エンディングへ。

「いやー、大正解。おめでとう。頑張ったじゃん」

姉はぱちぱちと拍手した。

「そんな上から目線で褒《ほ》められても嬉しくない。っていうかさ、さっき絶対タイミング見計らってただろ。俺がちょうど種明かしを見逃すように玄関に行かせたの、偶然じゃないよな」

ふふふ、と姉は眠そうなしたり顔でほくそ笑む。

「だって私、ぜーんぶわかってたからね。ちょっとした悪戯心ってやつ」

「ったく」

とはいえ、あのとき俺は寝起きだった。そんな状態でラストシーンを見ても全く意味がわからなかっただろう。このドラマの勘所――少なくとも脚本家が表現したかった結末を味わうことができたのは、クイズ形式にしてくれた姉のおかげと言えなくもない。

多少芽生えかけていた姉への感謝の気持ちは、就寝の挨拶《あいさつ》の後で姉が口にした「これに懲りて作品は最後までちゃんと見ること、いいね」という偉そうな説教でチャラになった。

◇

黒電話の受話器を置いた西園寺公彦は、ふう、と肩の力を抜いた。

今回の『クイズ時空探偵』は、彼が脚本家を志した頃から胸に秘めていた特別な企画だった。全国の視聴者を相手取り、リアルタイムに謎解きを挑む壮大な計画は、彼がこれまで積み上げてきた実績と信頼を足がかりに、これ以上ないスタッフとキャストに恵まれてどうにか実現までこぎつけた。

それでも「正解」にたどり着く視聴者が現れるかどうか、オンエアするまでは誰にもわからない。放送事故にならないようにと共同脚本家やプロデューサーの意見でサクラの回答者を用意してはいるが、西園寺は是非とも視聴者に問題を解いてもらいたかった。

視聴者の目ざとさを侮《あなど》ってはいけない。この物語の隠された意図に、誰かは気付くはずだ。

西園寺はそう確信していた。

そして彼は今、自らの信念が正しかったことに心からの満足と安堵《あんど》を覚えていた。


「さぁ、ということで『クイズ時空探偵』、最終回をご覧頂きました」

屋外に設置された『探偵講座』のセットの上で、晴陽役の八重津が声を張り上げた。このミニ番組の司会を務めるのも今日が最後とあって、若手女優の表情には気合いが漲っている。

「お疲れ様です、田本さん。いかがでしたか？」

八重津に振られた田本は、月九《げつく》主演という大仕事を終えた感慨をカメラに向かって堂々と語った。

セットの奥に設《しつら》えられた、高級感を演出しすぎなきらいのある革張りのソファの上で、西園寺は番組の進行を見守っていた。ディレクターの足元に置かれた出演者向けのモニターに目をやると、今まさにオンエアされている田本の顔がアップで映し出されている。

この『探偵講座』は視聴者の正解率を反映する必要があるため、毎週本編放送後に生放送を行っていた。ドラマ制作に携わってきたスタッフの中には生放送に不慣れな者も多かったが、九度目ともなれば現場には余裕の雰囲気が漂っている。

だが安心するのはまだ早い、と西園寺は心中で彼らを戒めた。このドラマの成否は、これから始まる答え合わせにかかっているのだ。

「さて、SNSでは最終回にクイズがなかったという声が多く寄せられていますね」

「そういえばそうですね。どうなんですか、先生」

田本から話を振られると同時に、西園寺に向けられたカメラのランプが赤く点灯する。

「二人とも白々しいねぇ。何が起きたのか知っているくせに」

軽口を叩いてから西園寺は立ち上がった。

「どうも、脚本の西園寺です。番組開始当初、クイズはどんどん難しくなっていくと皆さんに宣言したのを覚えていますか。その宣言を達成することができて、正直ほっとしてますよ。けど最終回に至ってはあまりにも難しすぎて、問題が出題されていたことすら気付かなかった人がほとんどだったみたいで」

そこで番組アシスタントの若手アイドルがフレームインし、西園寺に番組用のスマートフォンを手渡した。

「ありがとう。うっしーもお疲れ」と小声でアイドルを労《ねぎら》い、「とはいえ、見事正解にたどり着いた方もいたようです。正解者の方と電話が繋がっているんで、話を聞いてみましょう。もしもし?」

『あ、これもう喋ってもいいんですか？　もしもしー』

西園寺の語り掛けに応じたのは、明朗な若い女性の声だった。

「こんばんは、西園寺です。そちらのお名前は？」

『えっとー、じゃあ、アヤって呼んでください』

「了解。じゃあアヤちゃん。きっと視聴者の皆さんは、君が何者なのか、どうして俺と電話しているのか、何もわからないと思うんだ。君の方から説明してもらえるかな」

『大丈夫ですよ。えっと、つまり私が最終問題の解説役ってことですね。頑張ります！』

「話が早くて助かるよ。ひょっとしてサクラの回答者だったりする？」

予定にない西園寺の発言にディレクターがぎょっと顔をひきつらせたが、アヤはあははと笑い飛ばした。

『まっさかー。私は一般の高校生ですよ。それで、何から話せばいいですか？　私がどうやってドラマの結末を書き換えたか、ですか？』

西園寺は苦笑する。

「いきなり核心を突くね」

『そうですね、それがこのドラマの伏せられたコンセプトですからね』

そう断言すると、アヤは一般人とは思えない淀《よど》みなさで語り始めた。

『あのラストシーン、本来は鏡山と晴陽が現代の原野間で花火大会を見ながら、なんとなくいい雰囲気になってエンディングに入るはずだったんですよね。プロデューサーさんが事前にお漏らしツイートしてたように。ところが本番撮影中、時垂荘の——実際にはロケ現場の和菓子屋の——電話が鳴っちゃった。現代の原野間は電気が通ってない設定だから、ラストシーンで電話が鳴るのは矛盾しています。なのであのシーンは過去、つまりまだ原野間に電気が通っていた時代じゃないといけなくなる。ところでラストシーンには我らがうっしーも出演していました。ここが現代でないとすると、うっしーが時垂荘で花火を見ていたのは八年前しかないので、ラストシーンは八年前に確定します。それに気付いた鏡山役の田本さんは、舞台設定を八年前に変更したんです。鏡山も晴陽も今いるのが現代なのか過去なのかはっきりとは明言してないから、この変更は一見うまく行きそうです。でも八年前と言えば、時垂荘の二階の角部屋には病院を抜け出した瑠花がいるはずでした。だから田本さんは、隣にいる女性を晴陽から瑠花に変更しないといけなくなりました。本来なら過去の人物とは話せないけど、八年前のこの部屋だけは例外なんですよね。だって瑠花はこの後、すぐ死んじゃうことがわかっていたんですから。この改変に晴陽役の鴇野さんも乗っかって、それ以降は瑠花を演じたんです。っていっても一瞬でそこまで考えるのは無理だから、二人とも事前に想定していたはずですけどね。ラストシーンが八年前に変わる可能性があるって』

「まるで撮影現場を見ていたかのような口振りだね、アヤちゃん」

『ちゃんとドラマを見てた人なら、少なくとも晴陽の母親が鏡山の元恋人のニールってことには気付きますよー。私はそこから一歩進んで、あのラストシーンで時垂荘の電話が鳴ったらこの改変を引き起こせるって気付いて、試しに電話をかけてみただけです。電話に出てくれたのは、西園寺先生でしたよね。先生はラストシーン放送中、撮影現場の隣の部屋で視聴者からの電話を待っていたんですね』

「おっと」

と西園寺はアヤを遮った。次の問いがこのクイズの核心だ。

「そもそもアヤちゃん。君はどうして『時空探偵』のラストシーンが生放送だって知っているのかな」

通話の向こうでアヤは「むふふ」と思わせぶりに笑った。

ドラマの一部分を生放送にするという演出は、日本のテレビドラマ史上いくつか例がある。オンエア中に視聴者からの生電話を受け付けて、役者の演じるキャラクターと通話するという企画も過去にはあった。しかし『時空探偵』の生放送は話題性を高めることが目的ではない。連続ドラマであると同時に視聴者参加型クイズ番組としての側面も持つこの企画だからこそ成立した、前例のない目論見《もくろみ》がそこにはあった。

「カメラさん。ちょっと振り向いてもらえます?」

西園寺の言葉を合図にカメラが背後へパンする。煌々《こうこう》と照明の焚《た》かれたセットとは対照的に、夜空の下に老舗和菓子屋の家屋が浮かび上がる。

「ご覧の通り、今回はラストシーンのロケ現場のお隣からお送りしています。撮影にご協力いただいたこちらのお店、今は真っ暗ですがちゃんと営業していますんでね。この町を訪れた際は是非お立ち寄りください」

西園寺の言葉に重ねて、出演者用モニターに和菓子屋の宣伝映像が流れた。本編終了後は店名も明示して宣伝するというのが、かき入れ時の花火大会の夜に店舗を貸し切っての撮影を許可してくれた店主との取り決めだった。ロケの情報が流出して野次馬が集まるのに備え、店舗の周囲には数名の警備員が立っているが、結局彼らの出番はなかった。

「さて」西園寺は話を引き戻す。「アヤちゃんの指摘通り、実はラストシーンは生放送でした。実際に何があったのか、映像で見てみますか」

モニターに十数分前の和菓子屋での映像が映し出される。二階の角部屋で役者たちがラストシーンを演じている間、隣の部屋では西園寺と数名のスタッフが店舗用の黒電話を固唾を呑んで見守っている。

突然電話が着信のベルを鳴らし、現場の静寂を引き裂いた。西園寺は慌てずにそっと受話器を持ち上げ、耳に当てる。

『このあと衝撃の結末が――!』

あのとき西園寺の耳に聞こえたアヤの声が今、電波に乗って全国へと飛んでいく。録画映像にはこの後のアヤと弟の会話も記録されていたが、そこまではオンエアに乗らず、再び西園寺の顔が画面に登場した。

「改めて聞こうか、アヤちゃん。君はどうして生放送だと見抜いて電話をかけることができたの?」

『うっしーが出ていたからですよ』

アヤの言葉に、カメラの後ろで待機していた若手アイドルが「えっ」と声を上げた。端役の彼女にはクイズの詳細が伝えられておらず、彼女は自分が演じた本当の役割に気付いていなかった。

『まずですね、あのラストシーン、色々と違和感がありましたよね。花火の音が役者の喋るタイミングと被ってましたし、花火の形も歪なものが多かったです。CGや合成ならもっと綺麗に見せられるはず、ってことは、あれは本物の花火を背にして役者が演じてるんじゃないかな、って。花火が合成でないなら、撮影はリアルの花火大会の晩です。でもあの花火大会は毎年七月二十一日の夜九時から十時にかけて開催されるって話でした。これが録画だとしたら、撮影は去年とか一昨年《おととし》とかに行われたことになります。でも、それはありえません。何故なら、私と同い年で高校一年生のうっしーが出演しているからです。うっしーはその頃から芸能活動をしていましたけど、去年はまだ中学生のはずです。中学生は夜九時以降は働いちゃいけないことになってるんですよね、条例か何かで。だからこのラストシーンを合法的に撮影できたのは今年、というよりまさに今夜しかないんです。だから私は、これが生放送だって確信したんです。逆に言えば、大事なラストシーンにそんなに重要じゃない役所《やくどころ》のうっしーが出演していたのは、生放送だって見抜くための手がかりだったんですね』

「あー、ちょっといいかな。うっしーの名誉のために言っておくけど、動機はどうあれ、俺も監督も場違いな人間を出演させるような演出はしないよ」

『あっ、ごめんなさい。そういうつもりじゃなくて。うっしーのカット、とっても雰囲気あってよかったですよ！』

二人からフォローされていると気付いた若手アイドルは、顔を赤くして俯いた。

「それじゃ答え合わせを続けよう。生放送に関する推理はそこまで難しいものじゃない。君の他にも気付いた人はいたんじゃないかな。けど、電話をかけてきたのは君だった。さあアヤちゃん。君はどうやってこの和菓子屋の電話番号を入手したんだ？」

『ドラマ本編で思わせぶりに看板が映ってたじゃないですか。そこに電話番号が書いてありましたよ』

「あれ？　おかしいなあ。ドラマや映画じゃ、電話番号が全桁《けた》映ることは絶対にないんだけど。適当な番号を放送して、万が一実在の番号と一致しちゃったら、いたずら電話で迷惑がかかる可能性があるからね」

『そうですね。だから「クイズ時空探偵」は、それを最後のクイズにしたんですよね。確かに看板の電話番号は最初の三桁しか読み取れませんでした。４７１、でしたっけ。普通はこれだけで電話をかけることなんてできませんけど、そこはクイズ番組、しっかり残りの番号を推理する手がかりを与えてます。先週の「探偵講座」で和菓子屋の店主さんがこんなことを言っていました。せっかく電話番号を変えたのに、なかなか注文がこなくて、って。お店の電話番号を「せっかく変えた」ってことは、もっと良い番号に変えたってことです。つまり店主さんは、良番を買ったんです』

良番とは良い電話番号の略だ。事務所や店舗を構える事業者が顧客向けに電話回線を引く場合、できるだけ覚えやすい番号が好まれる。だが原則として電話番号はランダムに割り振られるため、キリの良い番号や語呂合わせができる番号は専用のオークションサイトなどで売買されている。中には数十万の値がつくこともあるらしい——といった良番の解説が画面に表示される。

『良番についてちょっとでも知っていれば、電話番号を推測することは難しくありません。頭の４７１の部分はバラバラなので、下三桁がゾロ目、つまり４７１１１あたりでしょう。４７１２３４や４７１０００とかの可能性もなくはないので、違ったら間違い電話だって謝ろうと思ってましたけど、結局１１１で正解でしたね。ロケ地が北関東だってことは明言されていたので、番号で検索して北関東にあるそれっぽい店舗名を見つければ、市外局番も入手できます』

「けど、看板が初めて映ったのはラストシーンの最中だよ。よく間に合ったね」

『そうですね。でも最終問題の大筋というか、このドラマの趣旨はわかっていたので。「探偵講座」で、先生はこうおっしゃっていましたね。この話のテーマは「あなたも過去を変えられる」ってことなんだって。でも晴陽の時間旅行能力は基本的に過去に干渉できません。時間旅行能力のことじゃないとしたら、先生は何のことを言ってたんだろうって疑問だったんですけど、「あなたも」って言葉は視聴者を指していたんですね。私たち視聴者にとってドラマの中で起きる出来事は既に撮影された映像だから、言ってみれば過去の世界です。西園寺先生は、視聴者がドラマの結末を変えられる状況を用意することで、過去を変える物語をドラマの枠を超えて表現したかったんじゃないでしょうか』

完全な回答だ、と西園寺は舌を巻いた。と、同時に感動した。彼の目標は、最後のクイズの正解者を可能な限り少なく、できればたった一人にすることだった。それはクイズを作る者にとって究極の目的と言ってもいい。彼は今、その一人と話をしているのだ。

『作中で鏡山は恋人の死に目に会えなかったことを悔やんでいました。それこそが、私たちに変えさせたかった過去なんです。先生は「大事なことは全て田本さんが言う」とも言ってましたけど、鏡山が何を求めているのかに注目しろって意味だったんですね。プロデューサーさんがドラマの結末について漏らしたのも、このままでは過去は変わらないっていうメッセージだったんだと思います』

そのとき、ディレクターが大仰な身振りで「そろそろエンディングへお願いします」というカンペを示した。

「ごめんアヤちゃん、それ以上詳しいことはメイキング映像で公開する予定だから、今日のところはここいらで勘弁してくれないかな」

『あっ、すみません！』

アヤは慌てて推理を切り上げる。主演の二人が締めの挨拶をし、西園寺も含めて出演者が視聴者に手を振りながら、最後の『探偵講座』は時間通りに恙無《つつがな》く終了した。

番組が終わった感慨もそこそこに、スタッフたちは手際よくセットを解体していく。西園寺は手持ち無沙汰に撤収作業が進む現場をうろついていたが、ふと若手スタッフとディレクターの立ち話が耳に入った。

「クレーマーなんて珍しくないだろうが」

若手スタッフに相談を受けたディレクターが、相手を叱責しているようだ。

「最近多いんだよ、ドラマのオチに納得できなくて放送後すぐに文句言ってくるやつ。そういう連中のあしらい方くらい覚えとけ」

「いえ、そういうんじゃなくてですね。自分の方が先に答えにたどり着いたのに、あんな小娘に答えさせるなんて、みたいな感じなんです。自分も電話をかけたのに通話中だった、あの女子高生はサクラじゃないのか、って」

「そらアヤちゃんが先生と話してたんだから通話中に決まってるだろ。最初の一人しか繋がらないっていう電話の性質を利用した早押し企画なんだって説明してやれ」

「はぁ、一応そう言ったんですけど、同じようなクレームがもう五件くらい来ていて、キリがないというか……」

五件という言葉に西園寺の眉がぴくりと揺れる。

西園寺は踵《きびす》を返し、スタッフたちにおざなりな挨拶をしながらそそくさと自分の車へと戻った。もうお帰りですか、打ち上げは？　と聞いてきたスタッフを手で追い払い、エンジンをかける。

アクセルを踏み込んだ彼の頭には、新たな目標が浮かんでいた。

次はもっと難しくしなくては。

不眠症

がくんと体が揺れて、私はふと我に返った。いつの間に眠っていたのだろう。頭がぼんやりする。

車の中は夏の朝の淡い光に満ちていた。助手席から見える窓外の高速道路の景色は、一定の速度で後方へ流れ続けている。カーラジオからは、女性アナウンサーが何か喋《しゃべ》っているのが聞こえてくる。その単調な声色が、私を再び眠りへと誘う。

「茉莉《まつり》」

隣で私を呼ぶ声がした。

そちらに目を向けると、ワンピーススーツに身を包んだ女性がハンドルを握っている。その姿がふわりとぼやけて、私はまだ眠りから覚め切っていない両目を擦《こす》った。

彼女は私の視線に気付いたらしく、一瞬だけこちらに視線を向けた。運転を続けながら、やおら口を開く。

「……あなたに、お別れを言わないといけないの」

私ははっとして息を呑んだ。彼女が何を言っているのか、まるで意味がわからない。そんな、いきなりどうして、と問いたかったが、動揺のあまり声が出ない。

彼女の声に混じる僅《わず》かな震えが一層私を狼狽《ろうばい》させた。この人はどんなことがあっても動じることなく、いつも落ち着いて微笑《ほほえ》んでいた。その彼女が今、何かに心を乱されている。

彼女は少し語調を強めて言葉を続ける。

「突然のことで驚くでしょうけど、……今までありがとう。あなたが一緒にいてくれたおかげで――」

◆

遠くであの人が私の名前を呼んでいる。

柔らかくて眠たげな、聞いているだけで心地の良い、低く落ち着いた声色。あの人が私の名前を呼ぶたびに、誇らしい気持ちが湧き上がる。あの人に必要とされているという事実が、この上なく嬉しい。

「茉莉ー？　まだ寝てるのー？」

はっとして布団から飛び起きた。寝起きで判然としない視界の中、枕もとの目覚まし時計をどうにか探り当てる。前髪をかき上げて九時四十分という時刻を確認し、全身が総毛立った。

「嘘っ⁉　もうこんな時間⁉」

慌てて立ち上がったとき、背後で戸が開く音がした。

「もう、茉莉ったら。寝坊にも程があるわよ」

耳慣れた声が呆《あき》れたように言う。

「ごっ、ごめんなさい母様！　寝過ごしてしまいました」

振り向いて勢いよく頭を下げると、戸口に立つ母様は呆れたようにくすりと微笑んだ。ゆったりとした浴衣《ゆかた》の袖を揺らしながら、壁にしどけなくもたれかかっている。そのとろんとした目付きからは、彼女自身も起きてまだ時間が経っていないことが窺《うかが》えた。

「顔を洗っていらっしゃいな。急がなくていいから」

私は黙って一礼し、足早に洗面所へ向かった。

去り際に見た母様は、後ろ髪が撥《は》ねていた。母様は人前では身だしなみに人一倍気を使うけれど、私には毎朝だらしない起き抜けの姿を見せてくれる。私はそれを密かに嬉しく思っていた。

もっとも、洗面所の鏡に映った私の方が何倍もだらしなかった。一人苦笑し、櫛《くし》で手早く髪を整えて顔を洗う。

この桑折《こおり》家で食事の支度を担っているのは私だ。私が動かなければ、母様はいつまで経っても朝食にありつけない。寝坊などもってのほかなのに、今朝の私ときたら。目覚ましの音を聞き逃すほど深く眠ってしまったのだろうか。決して私を叱らない母様に代わって、自身を心中で叱責する。

台所の窓を開けたとき、ふと昨夜の夢を思い出した。何とも奇妙な夢だった。私と母様が自動車に乗っていて、どこかへ向かっている。微睡《まどろ》む私に母様が何か語りかけ、そこで唐突に終わる夢。いや、唐突に終わったのは私が目覚めたからだ。

夢の中でも眠りこけていた自分に呆れてしまう。しっかりしなくては。

遅れを取り戻すため、袖を捲《まく》って気合いを入れ直す。


「ごちそうさま。いつもありがとう、茉莉」

母様は朝食を綺麗に食べ終わると、丁寧《ていねい》に感謝を述べた。私は胸が温かくなるのを感じながら、空《から》の食器を盆に載せていく。

座敷の柱時計が鳴った。文字盤を見ると、長針も短針もⅫを指している。

「今のがお昼ご飯だったのかしらね」

母様は冗談めかして言ったけれど、私は申し訳なさで胸が苦しくなる。いつもは目覚ましなんてかけずとも、日が昇るより前に起きられるのに。

自分を責めているうちに、ふと時計の鳴鐘《めいしょう》が止《や》んでいることに気付く。まだ三つか四つしか鳴っていなかったはずなのに。壊れたのでしょうかと母様に話しかけようとして、言葉を飲み込んだ。

母様が口を動かして何か言っている。けれど、声が聞こえない。

気がつけば座敷は不気味なほど静まり返っていた。思わず盆を食卓に置くが、食器はかちゃりとも音を立てなかった。

私の周りから、音が消えている——。

「……り。茉莉。どうしたの？　ぼんやりして」

唐突に母様の声が戻ってきた。柱時計も残りいくつかの鐘を鳴らし終え、今度こそ沈黙する。今のは一体何だったのだろう。耳が突然聞こえなくなったように感じたが、今はもう何の違和感もない。

「もしかして、具合が悪いの？」

心配そうに顔を覗き込まれ、私は慌てて取り繕う。

「あ……す、すみません。大丈夫です」

急いで片付けを再開する私を、母様はなおも気がかりな顔で見つめていた。

台所で食器を洗い終えると、私は洗濯に取り掛かる。といっても、洗い物は私と母様の服だけで、これはすぐ終わる。時間がかかるのはその後の掃除だ。二人しか住んでいない割には桑折邸は広く、毎日二時間かけて掃除しなければならない。

いつもならその程度の労働は苦にならないが、今日は妙に体が重い。暑くもないのに、縁側の雑巾がけだけで汗をかいてしまった。

私が庭先で雑巾を絞っていると、母様がふらっと現れた。

「お疲れ様、茉莉。頑張るわね」

「いえ、そんな」

母様は私がぴかぴかに磨《みが》いた縁側を見回した。

「そんなに汚れていないし、毎日やることはないのに」

「これが私のお役目ですから」

私がそう答えると、母様はじっと私の目を覗き込んで不思議な顔つきをした。物言いたげな、あるいは私の思考を探るような表情。

「……母様？　どうかされましたか？」

そう問いかけると、母様は小首をかしげて苦笑した。

「ごめんなさい、何でもないわ」

母様は座敷の襖《ふすま》を開けて去っていった。しばらくすると、ぽろん、ぽろんとピアノの音色が聞こえてきた。家の一番奥にある部屋にはピアノが置いてある。母様は毎日、その部屋で体調が許す限りピアノを奏でる。即興で弾いているらしく、いつも違った旋律が家中に響き渡る。

母様の演奏を聞きながらの家事は、私にとって至福の時間だった。袖を捲り、もう一度雑巾がけに取り掛かる。いつの間にか体が軽くなっていた。母様のピアノには、私を癒す不思議な力がある。


日が暮れると桑折邸は一層静まり返る。この家は砺波《となみ》平野の片隅にぽつんと建っている。裏手の針葉樹林と正面の広大な水田とに囲まれているために、喧騒《けんそう》とはまるで無縁だ。

桑折は明治以前から付近一帯の地主であり、多くの小作人を抱えた裕福な農家だったらしい。

この家ももともとは桑折家の本宅だったのだが、終戦後、桑折家は最寄り駅の近くに立派な豪邸を建ててそちらを本家と改めた。私が生まれたのもその頃だが、親族の中で母様と私だけがこの家に暮らしている理由はわからない。

母様、桑折葉《よう》という人について私が知っていることは、実はそれほど多くない。年齢も教えてもらったことすらない――恐らく四十前後だとは思うけれど。体が弱く病気がちで、これといった職には就いていないが、ある程度の資金を毎月本家から受け取っている……らしい。

けれど少なくとも、私が心から尊敬する人物であることは確かだ。母様の言動にはいつも一本の芯が通っている。私が失敗をしても決して叱ることはせず、それでいて気付けば私は必ず正しい方向へ導かれている。まだ十三年と人生経験の乏しい私には言葉の使い方が正しいかわからないが、人格者というのは母様のような人のことを言うのだと思う。

物心ついたときには母様は既に私の隣にいて、この桑折邸に私と二人で暮らしていた。父親がいないことを不思議に思った時期もあったが、それをつらいとか、寂しいとか感じたことはない。けれど母様が私の世話で無理をして体を壊すたびに、他に頼れる者がいないことを恨めしく感じることもあった。

母様の負担を減らしたい一心で、いつしか私は桑折家の家事全般を担うようになった。掃除を覚え、洗濯を覚え、週に一度は駅前まで買い出しに出かけた。料理はまだあまり上手《うま》くないが、それでも随分上達したと思う。

母様が快《こころよ》く暮らしていけるよう尽くしたい。そして、望むべくもないかもしれないが――

やがては母様に、私を頼ってほしい。

そのためには、今朝のような失態は繰り返せない。私はいつもより早く布団にもぐり込んだ。七時にベルが鳴るよう目覚まし時計がセットされていることを何度も確認しているうちに、いつの間にか意識は眠りの淵へと沈んでいった。

◆

がたり、と車体が揺れて、私はふと我に返った。

「起きた？」

近くで穏やかな声がした。ぼやける視界の中に、助手席の車窓と高速道路の景色がゆっくりと像を結んでいく。

そうか、私はいつの間にか眠っていたのか。

「茉莉、今までありがとう」

その言葉にはっとして運転席の方へ視線を向ける。一体何に対して礼を言われたのか全く見当がつかない。混乱したまま彼女を見つめる。彼女は横目でこちらを見ていたが、すぐに視線を前方へと戻した。

「あなたと出会えて私は本当に幸せだった」

彼女は一息で言い切った。感謝されて悪い気がするはずもないのに、私は釈然としない思いを抱いた。何故《なぜ》突然そんなことを言い出したのか、何故そんなに思いつめた顔をしているのか。それに、そう、感謝されること自体がおかしい。私は疎《うと》まれることはあっても、感謝されるような人間ではないのだから。

彼女の真意を確かめたくて口を開いたそのとき、視界の端に何か大きなものが映った。

◆

大きな音と衝撃で私は飛び起きた。

「なっ、何……!?」

しばらくの間じたばたともがくうちに、ここが私の部屋で、たった今夢から目覚めたばかりだということを徐々に理解する。まだ夜明け前のようだが、窓の外の空は白み始めている。目覚まし時計を確認すると、セットした時間より一時間も早く目が覚めたらしい。何かとても大きな音が聞こえたような気がしたけれど、目覚ましのベルではないようだ。夢の中の音だったのかもしれない。だとすると、何とも間抜けな話だ。

もう一度布団に入ってみたがどうにも寝付けず、私は結局もそもそと抜け出た。洗面所で顔を洗っても、今一つ目覚めたという感じがしない。

台所で野菜を切っていると、けたたましい目覚ましのベルが耳を劈《つんざ》いた。慌てて自室に戻り、切り忘れていた目覚ましを沈黙させ、ため息をつく。どうも頭がはっきりしない。まだ夢の中にいるような。

そう、あの夢だ。目覚める直前まで見ていた夢が妙に現実味を帯びていたせいで、まだ現実を現実として認識できていないのか。

車の助手席でうつらうつらしている私に、隣でハンドルを握る母様が語りかけるだけの短い夢。状況は昨日と同じだが、母様の言葉は変わっていた。

――あなたと出会えて私は本当に幸せだった。

母様にしては大げさな謝意だ。夢の中でも私は違和感を覚えて戸惑っていた。

そして夢の最後で、私は何かを見た。それはとても重要な意味のあるもののような気がするのだが、その形を思い出そうとすればするほど記憶がぼやけてしまう。

日が昇り、母様と朝食の席についても、寝起き直後のような浮遊感は抜けなかった。母様は母様で、昨日と同じようにことあるごとに私の顔をまじまじと見つめる。そのたびに私は気まずくなって、何ですかと尋ねるのだが、彼女は決まって何でもないとはぐらかすのだった。

風呂に水を張り、庭へ出て室外の風呂釜に薪《たきぎ》を運び入れる。桑折邸では風呂焚《た》きにガスを使わず、毎日こうして薪で火を熾《おこ》している。手間はかかるが、薄暮《はくぼ》の冷たい空気と風呂釜の炎のぬくもりのバランスが心地よくて、私はこの時間が好きだった。

火力を調節していると、ふらっと母様が現れた。

「あぁ、母様」私は立ち上がって汚れた手を背に隠す。「お風呂はもう少し待っていてください」

「急いでいないから大丈夫よ。いつもありがとう、茉莉」

「いえ」

母様はしげしげと風呂釜の火と私の顔を交互に見る。

「随分汗をかいているわね。あなたが先に入ったほうがいいわ」

「私は大丈夫です。他にもやることがあるので」

母様は苦笑する。

「そこまで頑張らなくてもいいのよ。最近、まるであなたにお手伝いさんのようなことまでさせてしまっているわね」

それこそまさに私が目指している理想像なのだから、何も言い返せない。そもそも、育ててもらった親に子供が何かを返そうとするのは、何も不自然なことではない。

「あなたは、その……」

母様はそこで言い淀《よど》み、慎重に言葉を選びながら先を続けた。

「友達がほしいと思うことはない？」

「えっ？」

「嬉しいとき、一緒に笑い合える友達がいたらいいって考えることはないかしら。同じ齢《とし》くらいの子と、気の置けない仲になりたいって」

私はすっかり困惑してしまい、

「考えたこともないです。私には、母様がいますから」

と少し押し付けがましく答えてしまった。母様は「違うの」と首を横に振る。

「そう言ってもらえることは嬉しいけれど、私が言っているのは対等な友人よ。困ったときに気兼ねなく話ができるような相手。ここで私と二人で暮らしていても、そういう子とは出会えないでしょう」

胸の奥が微《かす》かにざわめいた。「ここで」と断るということは……。

「例えば、もう一度学校に──」

そのとき、不意に辺りが静かになった。

目の前では風呂釜の火が火花を散らしているが、何の音もしない。母様はなおも口を動かしているが、その声も私の耳には届かない。

突然無音の世界に放り込まれた恐怖で、私はその場に凍り付いた。けれど、無音の時間はそう長くは続かなかった。じわりじわりと世界に音が戻ってきて、ほっと胸を撫《な》で下ろす。

「茉莉、どうしたの?」

私の様子がおかしいことを訝《いぶか》った母様が心配そうに私の顔を覗き込む。私は笑顔を取り繕いつつ、自分の耳にそっと手を当てた。昨日も突然音が聞こえなくなることがあった。どうしてしまったのだろう。

夕食の支度と片付けは恙無《つつがな》く終えたが、その間も私は自分の耳が気がかりで仕方なかった。

寝る前に書斎に行き、家庭医学の本を数冊本棚から取り出す。ぱらぱらと頁《ページ》をめくっていると、突発性難聴という項が目に留まった。症例を読んでみたが、聞こえたり聞こえなくなったりを繰り返す例は載っていない。

別の本を開くと、心因性難聴という頁に気になることが書いてあった。あるとき突然両耳が聞こえなくなり、特に理由なく回復する。女児に多いというのも私に合致するが、原因は心のストレスにあるという記述が引っかかった。

私にはこれといって心の問題はない。毎日が充実しているし、ささやかだが幸福を感じる瞬間も多々ある。

自室に戻って布団に入った後も、私はずっと考え続けた。

もしこの耳の異変が心因性の難聴だとしたら、私の心が抱える問題とは何だろう。まるで見当がつかない。

◆

「茉莉」

小さな声で名前を呼ばれて、私ははっと目を覚ました。そうか、私は車の助手席で眠っていたのか。

「茉莉」

あの人が再び私の名前を呼んだ。その声に張り詰めた気配を感じて、私は運転席を見る。彼女は明らかに動揺していた……あるいは、何かに迷っているような……。

「あぁ……時間がない」

時間がないとは何のことだろう。私はダッシュボードのカーラジオに目をやった。ラジオの液晶パネルに、現在時刻が表示されている。午前八時二十八分九秒。時間はまだ十分ある。

私は再び運転席に視線を向け、手のひらで額を覆い苦渋の表情を浮かべる彼女を見た。今まで私に一度も見せたことのない、絶望的な面持ちだった。

「一体どうしたら……」

弱々しい言葉が彼女の唇から漏れる。私は咄嗟《とっさ》に何か声をかけなければと思い、口を開きかけた。

そのとき。

運転席の窓の外に、不意に黒い大きな影が現れてこちらへ迫ってくるのが見えた。それは時間にして一瞬のことだったけれど、不思議なことに私にはそれが何なのかはっきりと視認することができた。私たちの車は高速道路の追越し車線を走っていた。そこに、突如として対向車線から大型のトラックが中央分離帯を乗り越えて向かってきたのだ。

声を上げる暇もなかった。周りには他の車はおらず、大型トラックはまっすぐにこちらを目指して突っ込んでくる。まっすぐに、運転席に向かって。

けたたましい轟音《ごうおん》と衝撃が、私の体と意識を吹き飛ばした。

◆

今は何時だろう。窓の外はまだ深い闇に覆われている。

私は布団の上にうずくまり、毛布を体に巻き付けた。まだ眠気はあるが、再び横になることはできなかった。眠ってしまえば、あの恐ろしい夢の続きを見るのではないかという気がしてならなかった。

私は日が昇るまで布団の上に座りこみ、恐怖に震えていた。

その日の家事をどうやってこなしたか、あまり覚えていない。気が付いたら日が傾いていたという始末で、終始不安な一日だった。

母様は口数が少ない一方で、ピアノを奏でる時間がいつもより多かった。私も無理に話しかけようとはしなかった。一言二言は口をきいたはずだが、恐らく大して意味のある内容ではなかったと思う。母様と向き合うと、どうしても夢のことを思い出してしまう。しかし黙っていれば黙っていたで、私の思考回路は勝手に夢のことを想起する。

あの大型トラックは、確か昨日の夢にも出てきた。あの繰り返される短い夢は、きっと毎回私と母様が交通事故に遭って終わっていたのだ。

このことが何を意味するのか、私にはわからない。ただあれほど大きなトラックが私たちの乗る小型車に正面衝突した場合、どれほどの惨事になるかは容易に想像できる。

夢の中の私たちは到底助かりはしなかっただろう。ことに、対向車線に近い運転席にいた母様は。

その次の日も、そのまた次の日も、私は同じ夢を見た。私が助手席で目覚めるところから始まり、母様が何か私に言葉をかけ、そして正面から大型トラックが突っ込んできて唐突に終わる。

夢の大筋は同じなのだが、細部は少しずつ変化していく。

私が目覚めるタイミングは毎回同じだが、車の振動で目覚めることもあれば、母様に声をかけられて目覚めることもある。

母様の言動は必ず毎回変わる。彼女が喋るのはせいぜい二言三言だが、早口にまくしたてることもあれば、言葉が詰まって最後まで言えないこともある。発言内容も多様で、脈絡なく礼を言うこともあれば、全く要領を得ない曖昧《あいまい》な発言に終わることもある。とにかく私に何かを伝えようとしているのは確かだが、それが何なのかはわからない。

夢の中で、私はこれが夢であることに気付けない。夢が始まると私はいつも同じ状態にリセットされ、これが何度も見た悪夢であることを綺麗さっぱり忘れている。ただ母様の言葉への反応によっては、私の行動も多少変化することがある。母様が時間に言及したときに時刻を確認することがあり、それによって私はこの夢が午前八時二十八分一秒から十六秒までの十五秒間の出来事であることを知った。

カーラジオの液晶パネルには日付も表示されていた。九月一日、月曜日。

これが、この数日間で私が得た悪夢に関する情報の全てだ。

食卓についた母様の前に、私はご飯をよそった茶碗を置く。母様はじっと黙って私が配膳を終えるのを待っている。座敷は沈黙に包まれており、私が食器を並べる音がいやに大きく聞こえた。

私も母様も、お喋りな人間ではない。テレビもラジオもない夕食の席で何も話さずに黙っているのはそれほど珍しいことではないが、今は二人とも物思いに沈んでいて、どこか気まずくて不安な静寂だった。

悪夢に睡眠時間を削られながらも、私は仕事だけはきちんとこなしていた。夢なんて所詮は幻だ。そんなもので母様のお世話という大切な役目を疎《おろそ》かにするわけにはいかない。

私はときたま、あの夢のその後について考えた。私たち二人が揃って事故死して、二人でいつまでもあの場に霊として留《とど》まっているのだろうか、なんて妙な想像をしてしまったりもした。その想像は滑稽《こっけい》だったが、そうしたら私は死後も母様のお世話を続けられるだろう、と変な安心感を抱きさえする。

けれど、もし……もしも、私だけが助かったら、私はあの後どうなっていくのだろう。私は孤独になった自分を思い描いた。それは空恐ろしい想像だった。母様との生活は私の全てだ。その母様がいなくなったとき、私は――。

「……茉莉。茉莉ったら！」

「えっ。あっ」

母様の声が空想をかき消した。同時に周囲に音が戻ってくる。私は耳が聞こえなくなっていたことにすら気付いていなかった。

そうだ、今は夕食の配膳中だったっけ。手元に湯のみが転がっており、零《こぼ》れたお茶が食卓の上と私の手を濡らしていた。

「すっ……すみません！」

私は慌てて近くにあった布巾でお茶を拭《ぬぐ》う。しまった。湯のみが倒れた音が聞こえなかったとはいえ、なんという失態だろう。

「すみませんでした、母様。考え事をしていて、集中を欠いていました」

私は母様に頭を下げ、今度こそ集中して配膳を済ませる。

「いいのよ。それより、どんなことを考えていたの？」

「それは……」

真顔で問われ、私は言い淀んだ。本人に向かって正直に話すのは躊躇《ためら》われたが、粗相《そそう》をした原因を誤魔化《ごまか》す方が不誠実に思える。

とても失礼な空想なのですが、と前置きしてから、私は視線を伏せて話した。

「もしも母様が私の前からいなくなってしまったら、私はどうなってしまうだろうかと……そう考えただけで恐ろしくなってしまったのです」

母様がはっと息を呑んだ。その視線が食卓に落ち、目元が翳《かげ》る。

「すみません、変な話をして。気にしないでください」

私は慌てて言い繕ったが、母様の沈み込んだ表情は夕食が済んでも晴れなかった。

夕食の後片付けをして戸締りをしっかり済ませた頃には、私はくたくたに疲れ果てていた。

依然として寝不足は続き、日中は常に頭の中に霞《かすみ》がかかったようだった。

けれどいざ就寝時間になると、寝室へ向かう私の足取りは重かった。明日の仕事のためには眠らなければならないが、またあの夢を見ると思うと……。

「あら? どうしたの、茉莉。こんなところに座りこんで」

寝室の前の廊下で悩んでいたところへ、浴衣姿の母様がふらっと通りかかった。

「……あ、すみません。おやすみなさい、母様」

私は重い体を無理矢理立ち上がらせ、のそのそと部屋へと向かう。眠りたくない。けれど、生きている限りは眠らなくてはならない。あの夢を見なければならない。

◆

車体の揺れで目が覚めた。それと同時に隣であの人の声がする。

「あなたがうちに来てから、もう一年になるわね」

私は微睡みから覚め切らないまま、彼女の言葉を聞いていた。そうか、この人に出会っても一年も経ったのか。

「この一年で、あなたは昔よりずっと強くなったわ」

彼女はそう言ってくれるけれど、それが真実でないことは私も彼女も知っている。私は何も変わっていない。変わりたいと思ったこともない。

一体どうして出し抜けにそんなことを言い出したのだろう。私を励ましているのだろうか。無駄なことだ。そう、桑折家での暮らしは私にとって無駄なことの連続だった。その無駄はこれからもずっと続いていくだろう。

私は一層気持ちが沈んで、再び目を閉じた。私に構わずあの人は言葉を続ける。

「自分を信じて生きなさい。今のあなたなら、何があっても大丈夫よ」

◆

目が覚めてから正午までの間に、私は二度転んだ。

朝から頭が半分眠っているような状態が続き、足元が覚束ないのが自分でもよくわかっていたが、何もない廊下で転ぶほどとは思わなかった。転んだ痛みで目がはっきりと覚めてくれればいいのだが、一週間以上にわたる慢性的な寝不足は痛みなど打ち消してしまう。

それでも何とか朝食と昼食を拵《こしら》え、掃除に取り掛かった。母様は休んでいた方がいいと言ってくれたが、じっとしていると際限のない不安が私を苛《さいな》む。

昨夜の夢では助手席でずっと俯《うつむ》いていたため、あの恐ろしいトラックの姿を見ずに済んだ。そういえば、母様の話の内容がこれまでと少し変わっていたような気がする。今までは主に過去——これまでの生活に関する話が多かったが、昨晩の夢ではまるで私のこれからについて言及しているかのようだった。

そういえば昨日、もしも母様がいなくなったらという不安に駆られている、と母様に話した。現実の母様は特にコメントしなかったけれど、あの夢の中の母様の言葉は、もしかすると私が言ってもらいたかった言葉だったのかもしれない。

夢の中で、ハンドルを握る母様はこう言った。

——自分を信じて生きなさい。今のあなたなら、何があっても大丈夫よ。

正直、あまり母様らしくない言葉だった。その前の、

——あなたがうちに来てから、もう一年になるわね。

という言葉も気にかかる。うちに来てから一年？　私は母様と二人でずっと昔から暮らしていた。いつからこの家に住んでいるのか、思い出せないほど昔から。

◆

「ねぇ茉莉」

葉の声で私は目を覚ます。

車体が揺れ、自分たちが今どこに向かおうとしているのかを思い出した。そうだ。今日から新しい学校の生活が始まるのだった。そのことを思うと気が塞《ふさ》ぐ。

私は助手席で縮こまって自分の肩を抱いた。

「……怖い？」

私の様子に気付いたのか、葉がこちらを見る気配がする。

「大丈夫よ。あなたは強い子だもの。私は信じているわ」

葉が左手をハンドルから離し、そっとこちらへ伸ばす。彼女は私を説得しようとしている。私を懐柔しようとしている。

「うるさいっ！」

反射的にその手を払いのけた。ぱしん、という乾いた音がして、右手に軽くしびれが走る。

あぁ、またやってしまった。私はいつもこうだ。手を差し出してくれるのはこの人しかいないのに、この人を拒絶して……世界の全てを拒絶して。

後悔しても、手の痛みは消えない。

私を見る葉の悲しい表情は消えない。

私は右手を左手でぎゅっと膝《ひざ》に押さえつけ、口を閉ざして俯いた。

◆

いつ目が覚めたのか、最近では覚えていないことが多い。夜になっても眠らないように自室で体を動かしているのだが、気が付けば私は布団の中にいて、外が明るくなっている。そして例の悪夢を思い出し、また眠ってしまったと自分を責める。

布団で目覚めたなら良い方で、部屋のドアにもたれかかった状態で目が覚めたこともあった。全身がひどく痛んだ。

日の出ている間も、果たして自分がちゃんと目覚めているのか自信がない。半ば無意識に日常のルーチンワークをこなし、何かの拍子に意識を取り戻すといった具合だった。その覚醒状態が保てるのはほんの数分で、しばらく働いているとまた意識が混濁し始め、全身が奇妙な浮遊感に包まれていく。

体は泥に浸かっているかのように鈍重で、私の思うように動いてくれない。起床時間は早くなっていくのに、朝食が準備できる時間は次第に遅くなっていく。母様からは何のお咎《とが》めもなかった。何か言われていたのに聞こえていなかった可能性もあったが。

のそり、のそりと、緩慢な動きでまな板の上の野菜を刻む。急がなければならないと思いながらも、これ以上早くできない。

突然隣で甲高い音が鳴り響いた。そうだ、お湯を沸かしていたんだっけ。私は慌ててやかんをコンロから持ち上げる。

食事の準備を急ぎながら、昨日の夢を思い出す。以前から気付いてはいたが、あの夢の中の私と母様の関係は現実とはかなり違っていた。私は間違っても母様の名前を「葉」と呼び捨てにしたりしないいし、乱暴な口をきいたりしない。差し伸べてくれた手を払いのけるなんてもってのほかだ。母様の手を払った感触は、今も不思議と生々しく手に残っている。あの手の痛みは……。

……痛み？

私は手を止める。

そうだ。私は夢の中ではっきりと痛みを感じていた。夢であれほど明確な痛みを覚えることがあるのだろうか。

そっと自分の手を叩いてみる。叩いたという実感はあるのだが、特に痛みは感じない。力が弱かったのかもしれないと思い、今度はもっと強く叩く。それでも痛みはない。

先ほど湯を沸かしたやかんが目に入る。火からどけたばかりでまだ熱いだろう。さすがに直に触れれば私の痛覚も戻ってくるはずだ。火傷《やけど》してしまうかもしれないが、それでも……。

ふと、数日前の夕食の光景が頭を過《よぎ》った。注意力が散漫したまま食事を並べていた私は、誤ってお茶を零してしまった。零れたお茶は私の手や袖にもかかったはずだ。

それなのに、あのとき、全く熱いと感じていなかった。

ぞくり、と冷たいものが背筋を走った。

おかしい。何かが間違っている。

俄《にわ》かに恐怖が全身を包み込んだとき、ぽろん、ぽろんとピアノの音色が聞こえてきた。優しげな旋律を聞いているうちに、不安は徐々に薄らいでいった。母様のピアノはやはり魔法だ。

深呼吸してから朝食の準備を再開する。時計に目を向けると、まだ朝の七時だった。近頃母様は私に合わせてか早く起床するようになったが、こんな朝早くからピアノを奏でるのは珍しい。私の心を落ち着かせるために奏でてくれている——と考えるのは自意識過剰だろうか。

その後も母様のピアノはずっと途絶えることなく、私を守ってくれていた。


それでも、時間が経つにつれて不安は再びやってきた。

あまりにのろのろと準備したせいで、その日の夕食が済んだ頃には夜の十時を過ぎていた。

私はそれを母様に謝っただろうか。よく覚えていない。

最後に母様と会話したのはいつだったろう。もう随分母様の声を聞いていない気がする。このところ母様はいつも物思いにふけっている。何を考えているのか、見当もつかない。

夕食を食べ終わると、母様は無言で座敷から立ち去った。私も黙って空の食器を重ね、台所へと運ぶ。私たちの食卓は、こんなに無機質なものではなかったはずだ。

座敷の敷居を跨いだとき、片足が襖に引っかかり、私はバランスを失って転んでしまった。食器や急須が派手な音を立てて割れ、急須に余っていたお茶が廊下を濡らす。

「茉莉！」

騒音を聞きつけ、すぐに母様が駆けつけてくれた。私はすみませんすみませんと謝りながら、素手で食器の破片をかき集めようとしたが、その手を母様が摑《つか》んだ。

「もういいわ。あなたは休みなさい」

「でも――」

「私が悪かったわ。ここ数日、あなたの体調が良くないことを知っていたのに働かせ続けるなんて。ごめんなさい」

「そん……な……」

私は働きたいから働いているのだ。そう言いたかったが、うまく呂律《ろれつ》が回らない。

母様は私の体を支えると、私の部屋へと連れて行った。畳の上に敷きっぱなしだった布団に私をそっと横たえる。這って布団から逃れようとしたが、母様は私の肩を押さえた。

「もう眠りなさい、茉莉」

母様は乱れていた掛け布団を私にかける。

「で、でも……」

「お願い。私の言うことを聞いて。大丈夫。大丈夫だから」

母様は私の頭を優しく撫でた。眠るのは怖いのに、一撫でごとに恐怖心は遠のき、徐々に眠くなってくる。

眠る前に、目覚まし時計をかけなくては。半ば無意識に時計へ手を伸ばそうとして、私はぎくりと手を止めた。

目覚まし時計のベルがセットされたままになっていた。

私は今日目覚ましを止めた覚えがないから、セットされたままになっているのは当たり前だ。しかしそれなら朝七時にベルは鳴ったはずだ。なのに、その音を聞いた記憶がない。きっと心因性難聴のせいで聞こえなかったのだ。そう納得しかけて、いや、と思いとどまる。朝七時……。確かそのとき、私は母様のピアノに耳を傾けながら台所で朝食の準備をしていた。ピアノの音色は一度も途絶えなかった。それなのに、同時に鳴っていたはずのベルが聞こえなかった。

私はぞっとして両目を瞑《つむ》った。

もう難聴では説明がつかない。いくら母様のピアノに聞き入っていたからといって、ベルの音に気付かないはずがない。目覚まし時計のことは意識になかったから、その音は聞こえなかった？　そんなこと、あるはずがない。

現実では、こんな食い違いは起こりえない。

——間違っている。

——この世界そのものが綻《ほころ》んでいる。

急激に薄れゆく意識の中で、私は自分に問いかけ続けた。

この世界が間違っているとしたら、本当の世界は……。

車体が揺れ、助手席で目を覚ました。そうだ、私は葉の運転する車に乗っていたのだった。

◆

「茉莉」

私が目覚めたことに気が付いたらしく、隣の運転席で葉が話し出した。

「今後あなたが私を必要としたとき、あなたの隣に私がいないこともあるでしょう」

葉の口から紡《つむ》がれたのは、らしくないネガティブな言葉だった。いつもは柔和なその声音も、今は暗く張り詰めている。

「でもどうか立ち止まらないで。それでもあなたが一人で歩き続けられたなら、私の人生には意味があったのだから」

……そうか。

葉は、私がきっと新しい環境に馴染《なじ》めないであろうことを見越して言っているのだ。私がこれから失望し、挫《くじ》け、自分のいるべき場所から逃げ出してしまうと見越して。無理もない。今日までの私を見ていたら、誰だってそう予想するだろう。私の弱さを、葉は誰よりも深く知っている。

だから、だから……今この場で、決して逃げ出すなと念を押して、いや、強要しているのだ。逃げ出さないと約束しろ、もう葉を必要としない人間になると誓え、と。

そんなにも葉は私と離れたがっていたのか。私の世話に疲れ果ててしまって、もう自分を頼らないでくれと、彼女は今、そう言っているのか。

それだけは……葉にだけは……突き放されたくなかった。この人を失ったら、もう私に居場所なんてないのに。

けれど、全ては私の自業自得だ。自分自身が一番よくわかっている。

私は後部座席を覗き込んだ。後ろに移動しようか。危ないと葉に窘《たしな》められるかもしれないが、今は彼女の近くにいたくない。

そう思い、シートベルトに手をかけた。

そのときだった。

突然大きな衝撃を受けた。視界は真っ黒に閉ざされ、耳に得体の知れない違和感が生じた直後、とてつもない爆音が私の脳を貫いた。訳もわからず必死にもがいたが、上も下も定かでなく、自分の体がどうなっているのか全く想像することができなかった。

衝撃が過ぎ去るまで、随分長い時間がかかった。

私は目を開けた。じんわりと景色が像を結んでいく。どうやら高速道路の路肩の林の中にいるようだった。体の下に腐葉土の柔らかい感触があり、すぐ頭上では灌木《かんぼく》の青々とした枝葉が視界を覆っていた。

地面に肘《ひじ》をつき、立ち上がろうと試みた瞬間、全身に痛みが走った。どこかを怪我《けが》したようだが、どこなのかはわからない。

顔を上げ、空に黒煙が立ち上っているのを見つける。その煙のもとをたどり、私たちが乗っていた車が大型トラックに押し潰されて拉《ひしゃ》げているのを発見する。

……事故に遭ったんだ。

激しく動揺しながらも、どこか冷静に理解する。

反対車線を走っていた大型トラックが、中央分離帯を乗り越えて私たちの車に激突したらしい。私はあのときシートベルトを外したために、衝撃で窓を突き破り、車の外へ投げ出されたのだ。運よく柔らかい地面に落ちたから良かったものの、標識柱やガードレールに激突していたら無事では済まなかった。いや、今も無事とは到底言えない。痛みで立ち上がることもできないのだから。

──葉は……？

目を凝らして車の方を見たが、焦点が上手く定まらずよく見えない。地面を這って、少しずつ車道へ近づく。全身が悲鳴を上げたが、葉の無事を確認しなければならないという思いの方が勝っていた。

どうにか路面のそばまでたどり着いた私は、その光景を目にした。

葉はまだ運転席にいた。

トラックは運転席側から車を押し潰していた。その中にいた、葉の体ごと。

声にならない声が私の喉から出る。

もっと近づかなければと自分を急き立てるが、これ以上の移動が不可能であり、同時に無駄であることを、体と目の前の光景がはっきりと物語っていた。

葉はもう生きていない。

私が初めて葉に出会ったのは、ほんの一年ほど前のことだ。

私がいた児童養護施設は里親探しにとても積極的だった。子供に恵まれない夫婦が来園することは珍しくはなかった。彼らに自分を必死に売り込む子供も中にはいたが、私を含め大半の子供はそういった里親候補に不信の目を向けていた。実親に虐待《ぎゃくたい》されていた過去を持つ子供は当然としても、里親候補たちの値踏みするような視線に私たちが不快な思いを抱くのは無理もないことだった。

桑折葉は、ある日突然一人で園に現れた。普通は夫婦そろって来園するため、珍しいと思ったのを覚えている。通常、里親登録は夫婦か、夫婦でなくとも育児能力のある者にしか認められない。ずっと一人暮らしで、親族のいる気配もない葉が、どうやって里親資格を得たかは知らないが、ともかく彼女は子供を一人引き取るために来園した。

園庭の隅を一人で歩いていた私の前に、葉はふらっと現れた。

「初めまして。あなたが今給黎《こんきゆう》茉莉さん?」

妙な話だが、葉の第一印象は「私の苗字を正しく読めた人」だった。勿論《もちろん》彼女は私に関する書類に予《あらかじ》め目を通していただけだっただろうが、読めない人が多い「今給黎」という名を、葉がさらりと口にしたことが少し意外だった。

穏やかな微笑みと共に、葉は名乗った。私が挨拶《あいさつ》すら返せずに戸惑っていると、彼女は不意に私の手を取った。

「よろしく、茉莉」

こうして葉はあまりに唐突に、あまりにあっさりと親になった。

なぜ葉が私を選んだのか、何度聞いても納得のいく答えは得られなかった。私が食い下がっても、そもそも選んでなどいない、と彼女ははぐらかすように答えるのだ。

「茉莉。これから知り合う相手を選ぶことなんて誰にもできないのよ。私たちは偶然出会い、偶然こんな関係になっただけ」

その言葉はある意味で真実だったのだろう。葉はきっと籤《くじ》を引くような気持ちで私を選んだだけなのだ。もし引き取る相手をきちんと選別していたのなら、私のような面倒な子に白羽の矢が立つことは決してなかったはずだから。

私は自分から出自を葉に語ったことはないと思う。だが葉は園の人間に聞いて事情を知っていたはずだ。

私の実母、今給黎美束《みつか》は私が生まれる前に実家と縁を切ったらしい。母は父親に勘当《かんどう》されたらしいが、具体的に何があったのかは知らない。私の推測に過ぎないが、父親のわからない子供、つまり私ができたことと無関係ではないように思う。ともかく母はたった一人で娘を育てた。私が五歳のときに肺炎で亡くなるまで。

五歳ともなれば母親のことをはっきり覚えていてもいいように思えるが、私の中で今給黎美束という人の影はとても薄い。生活費を得るために長時間働きに出ていたという事情もあるだろうが、私といるときも口数は少なく、二人の関係はまるで他人のように希薄だった。

母との思い出と言えば、時々古い絵本を読み聞かせてくれたことくらいだ。ある絵本の中でお手伝いさんと呼ばれる人が家のことを何でもやってくれて、幼心に羨《うらや》ましいと思ったことを覚えている。淡々と読み上げる母の声はいつも疲れ切っていた。

母が亡くなってからは園で暮らすようになった。周りの子が実親との関係を修復したり自立して園を去って行ったり、時には里親に貰《もら》われて行っても、私はきっと自分はいつまでもここにいることになるのだと考えていた。

里親候補たちは、必ず職員から話を聞いたに違いないからだ。

私が誰にも決して心を開かないことや、心因性難聴という特殊な疾患《しっかん》を抱えていること。……そして、酷い癇癪《かんしゃく》持ちで、他人に対して非常に攻撃的な子供であることを。

不安に駆られたときや心がざわついたとき、私の耳は全てを拒絶するかのように聞こえなくなる。大人たちは話をよく聞くように私を注意するが、無視したくてしているわけではない。繰り返し注意されているうちに、やがて私は爆発する。物に人に手当たり次第当たり散らし、乳幼児のように泣き叫ぶ。自分でも何故あれほどの衝動に駆られたのかわからない。ただ、スイッチが入ると体が言うことを聞かなくなる。私が癇癪を起こすときはいつもそうで、周りの人間は暴れる私を遠巻きに見ながら、嵐が過ぎ去るまで手出ししなかった。

一度、学校でクラスメイトに対して癇癪を起こしたことがあった。私を止めようとした子を突き飛ばしてしまい、転んだその子は軽い怪我を負った。あのときの教室の不気味な空気は今でも鮮明に思い出せる。誰もが私から距離をとり、異星人でも見るかのような目をしていた。

それ以来、私は学校に行っていない。


客観的に見れば、葉はとても良い養育者だったのだろう。桑折家の資産もあっただろうが、葉は私に何不自由ない暮らしを与えてくれた。

けれど、私には葉の考えがまるでわからなかった。一年という短い生活の中でも、私は一度も彼女の本心に触れたと感じることがなかったように思う。

葉の家に引き取られた初日から、私は癇癪を起こして大暴れした。きっかけは覚えていないが、恐らく些細《さ さい》なことだったのだろう。葉も最初は私の暴走に驚いていた。だが、彼女の態度が変わることはなかった。私が何度障子を破いても、何度食卓を蹴り飛ばしても、いつも落ち着いた声で私を宥《なだ》めた。

初めのうちは、そんな葉が不気味で仕方がなかった。だが彼女が全く抵抗しないと知ると、私は逆につけ上がって派手に暴れた。

あるとき暴れた拍子に縁側から落ちて頭に怪我をし、二日間入院する羽目になった。葉はその間、ずっとそばに寄り添ってくれた。私は葉に真意を尋ねた。何故私を引き取ろうと思ったのか、何故これほどの目にあっても態度を変えないのか。家族でも何でもない私のために、どうしてここまで親切にできるのか。

私なりの覚悟をもって問い詰めたのだが、葉は困ったように笑い、

「親切っていうものは、そういう性質のものでしょう?」

と柔らかな声色で言うのだった。

半年ほどそんな闘争の日々が続いたが、私はだんだんこの家に馴染んでいった。癇癪は止まなかったが、落ち着いている間は葉と何でもないような会話ができるまでになっていた。どこまでも明け透けで摑みどころのない葉だったが、実のところ、彼女は私にある意図を隠していた。それが明らかになったのは、今年三月の初め頃だった。

「学校……?」

「ええ。どうかしら」

夕食の席で葉に聞かれ、私は口を閉ざしてしまう。

私はここ数年、学校に通っていなかった。私にとって学校とは恐怖の坩堝《るつぼ》でしかなかった。周囲の児童たちも教師たちも、私の近くにいるだけで有害な存在だった。

何の寄る辺もなく、身一つで大海に放りだされるようなあの感覚。葉は私にもう一度あそこへ戻るように言うのだ。もちろん園から通っていた学校とは違う学校だが、前より悪い可能性だってある。

「もしつらかったら、その時点で無理せずにやめればいいわ。どう？」

葉にこう言われて暴れ出さないだけ、私はこの数か月で成長できたのかもしれない。それでも、学校に通うという提案にはすぐに乗ることができなかった。

結局私は決断をずるずると先延ばしにし、夏が来た。

葉は決して無理強いはせず、しかし根気よく私を説得し続けた。葉が行政から私のことで再三連絡を受けていることに私は気付いていた。だが彼女は制度や常識を私の説得材料に持ち出すことはしなかった。

葉は家から通うことができる学校の情報を全て集め、あちこちの学校へ一人で足を運んでは、パンフレットを見せたり彼女の所感を私に聞かせたりした。

結局、折れたのは私の方だった。

家からずっと離れた山間の小さな学校に、夏休み明けから通ってみると葉に約束してしまった。葉は小さく頷《うなず》き、そう、と何でもないことのように言った。

そんな決断をした自分に、私が一番驚いていた。あんな恐ろしい場所に、もう一度行ってもいいと思えるなんて。

それでもやはり、転入時期が近づくにつれて気持ちは乱れていった。以前のように精神の不安定さが暴力という形を取ることこそなかったものの、今でも自分が他人と上手くやっていける姿を想像することなどできない。結局、桑折家に来ても私は根本的に変わっていない——そんな不安がじわじわと募っていく。

葉はそんな私の気持ちをよく尊重してくれたと思う。

いよいよ転入が明日に迫った、八月末日の晩。葉と二人で買いに行った通学鞄に教科書やノートを詰めながら、彼女はいつになく真剣に私に語った。

「結局のところ、私は茉莉に願望を押し付けてしまっただけなのかもしれないわね。あなたははっきりと嫌がっていたのに。あなたがこれから苦痛に感じることはきっと全て、私に責任がある」

私は頷いていいやら首を横に振っていいやらわからず、無言で準備をしながら葉の話に耳を傾けていた。

「私ができなかったことを……学校に行って、友達を作って、色んなことを学んで……そんな人生を、私はあなたに押し付けようとしているんだわ。学校がどんなところか、よく知りもしないのにね」

葉ができなかったこと、という言葉がどういう意味なのか、結局最後まで葉は語らなかった。想像するに、虚弱体質で病気になりやすいことが、葉を一般的な子供時代から遠ざけていたのではないかと思う。

「もしも茉莉が嫌だと感じたら——あの学校なら大丈夫だと私は思うけれど——すぐに私を呼びなさい。家からはちょっと離れているけれど、私はいつでもあなたを迎えに行くから」

葉はそっと私の頭を撫でながら、膨れ上がった通学鞄の口を閉じた。

その鞄が今、後部座席から投げ出され、新品だった教科書が高速道路に散らばっている。いつの間にか、事故を起こした車両の後ろには長い渋滞が形成されている。葉の首から、頭から、だらりと垂れさがった腕の指先から滴《したた》り落ちる赤い血が、高速道路のアスファルトに広がっていく。

視界が徐々に仄暗《ほのぐら》く滲《にじ》んでいく。目の前の現実を受け止めきれずにいる私の心が、必死に思考を閉ざそうとしているかのように。

◇

目覚めると、そこはまた茉莉の夢の中だった。私はため息をついて布団から抜け出し、自室の襖を開ける。

不自然なほど長い廊下は作り物めいて清潔で、歩いても床が軋《きし》む音はしない。現実の桑折家はもっと手狭だし、築年数に見合った劣化を来《きた》しているが、ここはあくまであの子の理想の世界だ。些細な齟齬《そご》は大目に見よう。現代ではまず見かけない薪焚きの風呂釜など、所々にあの子の憧れが混入しているところも可笑《おか》しい。

台所を覗いてみるが、茉莉の姿はない。

背後で物音が聞こえ、廊下に顔を出した私は、思わず息を呑んだ。茉莉が彼女の部屋の前でうずくまっていた。

慌てて駆け寄ると、茉莉は私にしがみついた。

「あぁ……か、母様……」

こちらを向いた茉莉の顔は蒼白になっていた。

「どうしたの？　茉莉」

茉莉は私の胸に顔を埋め、震える声を絞り出す。

「ここは……ここは、現実ではなかったんですね……。私は、夢を見ているのです、母様……。あなたは、あなたは事故で亡くなったのです。あっ、あなたはっ……」

私の胸元が濡れていく。それ以上の言葉は、嗚咽《おえつ》で聞き取ることができなかった。ただ、時折母様という言葉が私の耳朶《じだ》を打った。そのたびに、私の胸の内に悔悟《かいご》の念が湧き上がる。

ついに、茉莉は思い出してしまった。私が既にこの世の者ではないことを。

あの朝、私と茉莉は車に乗って中学校を目指していた。茉莉は助手席で眠ってしまい、八時二十八分一秒に目を覚ました。そして、ちょうど十五秒後にあの事故が起きた。大事故だった。対向車線にいたトラックの運転手が、持病の発作で意識を失ったことが原因らしい。死者は私だけだったのが不幸中の幸いだ。

今の私は文字通りの亡霊だ。茉莉の脳の中にだけ残った、桑折葉という人間の残響のようなもの。重傷を負った茉莉は昏睡《こんすい》状態に陥《おちい》ったが、幸いにも命に別状はなく、いずれどこかの病室のベッドで目覚めるだろう。そのとき、私という存在は完全に消滅する。何故かはわからないが、そうに違いないという直感があった。死してなお留まっている理由も、私は不思議と最初から知っていた。

それはきっと、最期の言葉を選ぶためだ。

茉莉が目を覚ましてから私が死ぬまでの十五秒間に起こったことは、茉莉の記憶の中にしか残らない。だから茉莉が事実だと認識したことが、そのまま事実として世界に残る。

私は茉莉の記憶に干渉することができるようだった。それに気付いてから、私は長い時間をかけて最期の言葉を探し続けた。茉莉の夢を借りて最期の十五秒間を再生し、私が伝えるべき言葉を茉莉に伝える。相応《ふさわ》しい言葉が見つからなかったときは茉莉の夢に戻ってじっくり考え、慎重に言葉を選んでから再び挑む。何度も繰り返せば、そのうち最良の言葉が見つかると信じていた。

けれど、駄目だった。最も相応しい遺言など、まるで見つからなかった。

初めは茉莉に感謝を伝えようと思っていた。私と暮らしてくれてありがとう、あなたと共にいた時間が私の人生の中で一番満たされていた、と。だが、実際に言葉にすると違和感が生まれてしまう。死にゆく私がどう思っていたかなど重要ではない、茉莉の未来のためになる言葉を遺さなくてはと気付いてからは、事故から早く立ち直れるような言葉を探したけれど、それも結局見つけられなかった。あんなに短い時間では、私がどんな言葉を選んでも茉莉の幸せに繋《つな》がる気がしなかった。

私は何度も試行を繰り返した。何度も私の死を経験させることで、茉莉の心に甚大な負担をかけていることに気付きもせずに。

「か……あ、さ、ま……」

徐々に茉莉の嗚咽が消えていく。再び眠りに落ちようとしているのだ。

茉莉の心は限界まで消耗している。亡霊たる私に、これ以上この子を苦しめることは許されない。

もう決めなくては。私の人生の、最良の幕引きを。

◇

「ねぇ、茉莉」

私が声をかけると、茉莉は助手席で目を覚ました。

「お別れを言わせて」

茉莉の戸惑いを感じたが、私は一息に思いを吐き出す。

「どうか元気で。あなたが幸せになってくれるなら、私はそのために生きていたんだわ」

「な……何言ってるの……⁉」

茉莉は狼狽《うろた》え、私の方へ手を伸ばした。別離の言葉が突然すぎたため、茉莉は不安を浮かべて私の肩を揺さぶった。まずい。茉莉が私の体に触れるのは良くない。事故の原因が自分にあると自身を責めてしまう危険がある。この手を払って仕切り直さなくては。だが間に合うのだろうか。

対応を考えあぐねているうちに、十五秒が経過した。

◇

「いつか言ったわね。あなたを選んだわけではないって」

私は出し抜けに話し始めた。助手席の茉莉は目を覚まし、怪訝《けげん》そうにこちらを窺っている。

「あれは嘘。実はあなたに初めて会ったとき、この子と一緒に暮らしたいと直感したの」

このことも伝えておくべきだった。昨年の初夏の午後、園庭の並木の下で、まだ十二歳の少女が世俗のあらゆるものに疲れ果てたような目で私を見上げたとき、私はこの子の幸福のために残りの一生を捧げようと心に決めたのだ。この空虚な人生の、本当の目的を見つけた気がしたのだ。

あぁ、けれど、それは今伝えなくてはならないことだろうか？

「あなたはとても……その、魅力的だったわ。だから、……あなたは……」

言葉が震えているのがわかる。間に合わない。

「たとえ私が、いなくても……」

言葉が喉奥に詰まり、十五秒が経過した。

◇

そしてまた八時二十八分が始まる。

「……っ……」

私はハンドルに突っ伏して細い息を吐いた。

「わからない……」

隣で茉莉がうろたえている気配が伝わってくる。前を見なくていいのかと危ぶんでいるようだが、どのみち私の行動がこの先起こる未来を変えることはない。

このままではいけない、早くこの試行から茉莉を解放しなくてはと焦る一方で、最期の一言をどうしても決めかねる私もいる。

一体、何を遺せばいいのだろう。

最良の遺言など、本当に見つかるのだろうか。

車内には単調な沈黙が訪れる。私は前方を見ていなかったが、車はゆるいカーブを曲がっていく。聞こえるのは私の浅い息遣いと、高速道路の遮音壁によって増幅された重苦しい走行音、そしてカーラジオの音声だけ。

『――と思っている』

しわがれた老人の低い声が、ラジオの向こうで喋った。

反射的に顔を上げ、カーラジオを凝視する。さっきまで女性アナウンサーが喋っていたはずなのに、いつの間にか話者が変わっている。

ラジオの老人は、重々しく言った。

『どうか、死ぬ前に一目――』

◇

次の試行が始まるや否や、私はラジオのスピーカーに耳を寄せた。助手席では目を覚ました茉莉が、私に訝しげな視線を向けている。

『それでは今給黎さん。どこかで聞いているかもしれないお孫さんに、一言お願いします』

落ち着いた調子の女性アナウンサーから、しわがれた老人に話者が交代した。

『あぁ……はい』

ここまでのラジオ番組の流れは覚えていない。だが、どうやら老人が孫にラジオを通してメッセージを送ろうとしているようだ。尋ね人とは、近頃では珍しい番組だ。

それよりも重要なのは、老人の名だ。今給黎。茉莉の苗字と同じだ。私が茉莉の暮らしていた施設を訪れたとき、園児の名簿を眺めて珍しい名前だと思ったことを覚えている。

ラジオの老人は言葉を続ける。

『美束のことは本当にすまなかった』

老人は――茉莉の祖父は、声を嗄らして嘆願した。
『どうか、死ぬ前に一目――』

◇

気が付くと、私は桑折家の庭に面した縁側に腰かけていた。

目の前は真っ白で、庭の向こうに広がっている田畑は消え去っている。前髪を揺らすそよ風は心地よく、柔らかな陽光が降り注いでいる光景は、夢にしては悪くない。

茉莉は私の膝の上で安らかに寝息を立てていた。この子にはもう、この幻の桑折家で夢を見る精神力は残されていないようだ。けれど、私は間に合った。

ようやくわかった。これまでの試行は、私に沈黙という正解を見つけさせるためのものだったのだ。私は黙って茉莉にラジオの音声を聞かせるべきだった。

少しでも茉莉のためになるようにと、これまで数え切れないほどの最期の一言を考えてきた。けれど根本的に間違っていた。茉莉が本当の家族のところへ戻る道を、私の余計な言葉が塞いでいたのだ。

私は、ただ口を閉ざして逝くべきだったのだ。

「茉莉」

茉莉の頭を撫でながら、小声で語りかける。

「あなたは目を覚ました後、あのラジオの内容を思い出すのよ。あなたには本当の身寄りがいることを。ラジオ局に問い合わせれば、あなたのお祖父様《じい》とすぐに連絡が取れるでしょう。お祖父様がどんな人かはわからないけれど、ラジオに出演してまで孫を探すほどですもの、きっとあなたを悪いようにはしないわ。何といっても、血の繋がった本物の家族なのだから」

私の言葉がこの子に届くかどうかはわからない。けれどきっと――。

「あなたはきっと、幸せになる。大丈夫。物事って、結局最後はうまくいくようにできているんだわ。おめでとう、茉莉」

これから死ぬというのに、肩の荷が下りたような清々《すがすが》しい心地だった。いや、死にゆく心持ちというのは案外こんなものなのかもしれない。茉莉の寝顔に微笑みかけ、私は瞼《まぶた》を閉じた。

これで、思い残すことは何もない。

◆

がたり、と車体が揺れて、私はふと気が付いた。いつの間に眠っていたのだろうか。頭がぼんやりする。

車の中は晩夏の陽気に満ちていた。私は瞼を擦りながら右隣に視線を向ける。運転席にちゃんと葉がいるのを見て安堵《あんど》し、運転中なのだから葉がいるのは当たり前だと気付く。

だが、ぎくりとして私は固まった。

葉がとても遠くを見つめている。

運転中なのだから遠くを見るのは当然なのだが、そのどこか不自然な無表情は……複雑に絡み合ったいくつもの特別な感情に、理性で強引に蓋をしているような張り詰めた面持ちは……。私が目覚めたのを葉は知っているはずだ。けれど彼女はこちらを一瞥《いちべつ》しようともしない。ただ前を見、口を真一文字に結んで運転している。

何故だろう。彼女が急速に遠ざかっていくような気がして、私の心が戦慄《わなな》いた。声をかけようかとも思ったが、口を開くことで均衡《きんこう》が崩壊してしまうような予感がして思いとどまる。けれど、黙り続けていては不安は膨らむばかりだった。

ラジオでは老人が何か喋っていたけれど、私の耳には届かない。私は心に何か不安を覚えるほど、周囲の音が聞こえなくなる。この難聴のせいで、葉に同じ話を何度繰り返させたかわからない。

葉の瞼がぴくりと動いた。彼女の唇が震える。それまで彼女が押し殺していた感情がついに殻を破って表出したかのような、微かで一瞬の震えだった。

私は彼女の視線を追って、窓の外に目をやった。巨大な黒い塊《かたまり》が私たちの車に迫ってくるのが目に入った。

葉が、聞き取れないほど小さな声で何かを囁《ささや》いたような気がしたが、私の気のせいだったかもしれない。

首が取れても死なない僕らの首無殺人事件

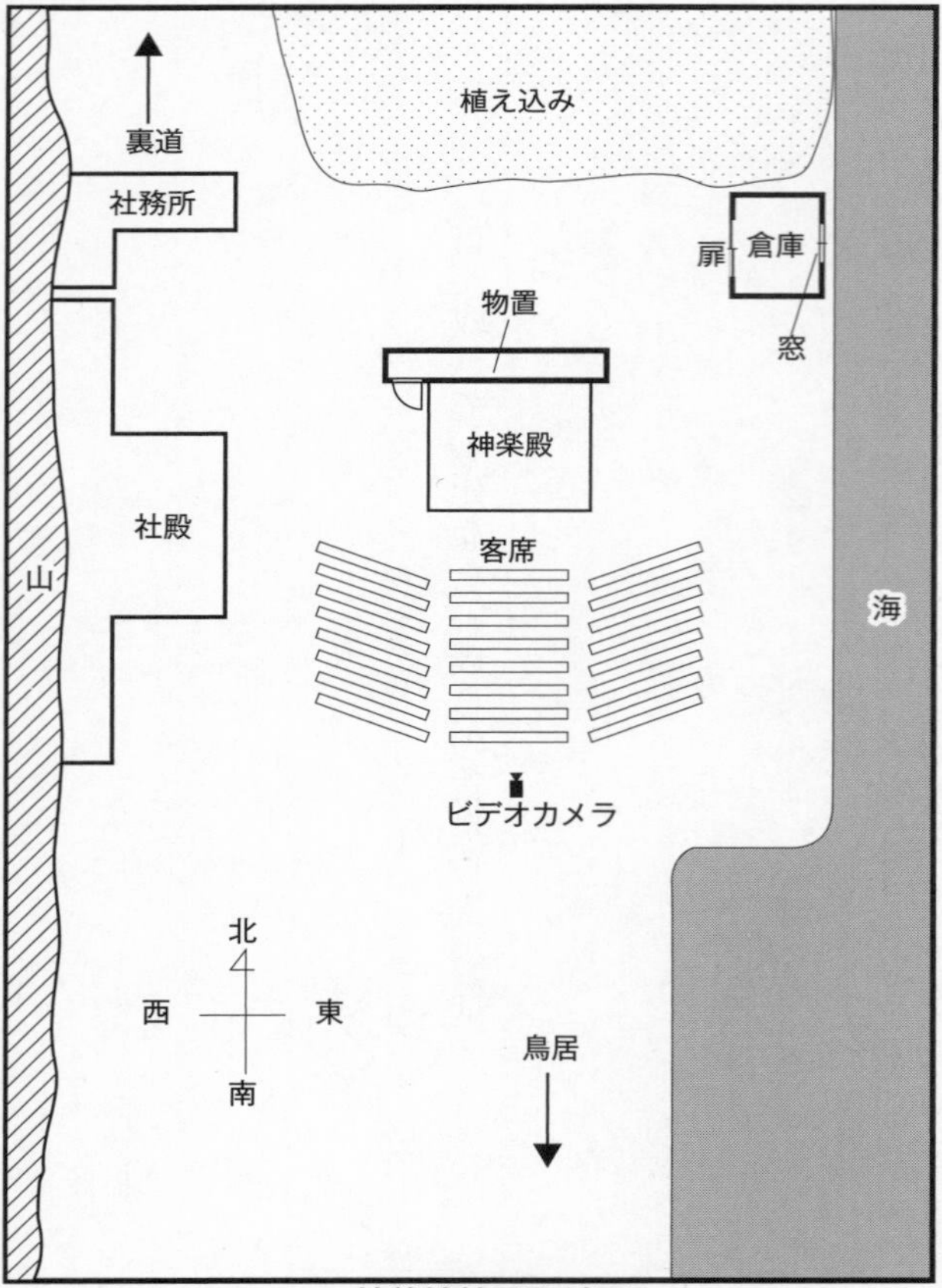

鶴首神社見取り図

白刃が空に閃《ひらめ》き、神楽殿《かぐらでん》の中央に正座する老人の首が飛んだ。

幾重もの皺《しわ》が刻まれた細い首は、瞼《まぶた》を固く閉ざしたままゆっくりと回転しながら上昇する。

神楽殿を取り囲む客たちの熱い視線が、天井近くまで跳ね上がった首を追った。

やがて首は緩やかに下降を始める。老人の横に侍《はべ》る介錯人《かいしゃくにん》が刀を鞘《さや》に納め、鍔《つば》を打つ音が響くと同時に、首は吸い寄せられるように頸部の切断面の上に着地した。

一瞬の静寂の後。かっと老人の両目が見開かれ、

「はいッ!」

数秒の間体を離れていたその口から、大音声《だいおんじょう》が放たれた。

境内《けいだい》はたちまち喝采《かっさい》に包まれる。興奮した客がベンチを蹴って立ち上がると、それにつられて神楽殿の周囲にスタンディングオベーションの波が広がっていく。両隣の客も立ち上がって拍手を送った。今この会場で座っているのは自分だけではないかという不安が過《よぎ》る。

……そんなにすごいか?

そりゃ、確かに見事な芸だった。刎ねられた首がピタッと切断面に着地する様は、いつ見て

もトリックがあるのではと疑いたくなる。さすがは首芸の大家、長部太一翁《おさべたいちおう》の秘奥義「田中《たなか》」だ。その昔田中という死刑囚が処刑後に蘇生した事件に由来する、最高難易度の首芸である。凄いのは介錯人の刀捌《さば》きの方なのではと思わないでもないが。

「何座ってんだよ克人《かつと》、失礼だぞ！」

突然後ろから羽交い締めにされ、強制的に立たされた。同級生の長部智大《ともひろ》だ。

「やめろよ、離せっ」

「ほら、拍手拍手！」

智大は背後から俺の両腕を摑《つか》んで無理やり拍手させる。智大は太一翁の唯一の孫だ。普段はさほど祖父《そぶ》を敬う素振りを見せないが、やはり祖父の大舞台に白けた観客がいるのは不愉快らしい。

太一翁は満面の笑みで介錯人と握手を交わすと、

「それでは皆々様。今年も大いに鶴首祭《かくしゆさい》をお楽しみくだされ！」

と仰々《ぎようぎよう》しく一礼した。祭りのオープニングセレモニーが終了したという合図だ。

祭り会場である鶴首神社の境内は、たちまち喧騒《けんそう》に包まれた。どこかに設置されたスピーカーからノイジーな炭坑節が流れ、社殿の軒《のき》に吊るされた提灯《ちようちん》が揺れる。所狭しと設置された屋台の前には、既に長蛇の列が形成されていた。毎年十月七日に開かれるこの鶴首祭は、島民のほとんどが参加する大祭だった。この島にはこんなに人がいたのか、と俺は毎年同じことを思う。

俺と智大は手始めに二人で焼きそばの列に並んだ。これも毎年の決まりだ。何しろ島には同学年が三人しかいない。つるむ相手はこの島にいる限り一生変わらないだろう。

「しかし、どうしたんだろうな。鶴首祭に来ないなんて」

智大はため息をついた。

「公《こう》のことか？」

公というのはもう一人の同学年の男子生徒だ。現在高校一年生の俺と智大、公の三人は「孤立世代」と呼ばれている。島には高校二年生と中学三年生が一人もいないため、俺たちは年齢的に孤立しているのだ。高三は十数人在籍しているし、中二以下も廃校にならない程度には生徒がいるため、少子化のせいではなく単に偶然だろう。

「まぁ強制参加じゃないんだし、いいんじゃない？」

どうせこんな祭り来たって疲れるだけだし、と心中で付け足す。智大の家は鶴首神社の氏子総代で、先祖代々島の祭事を取り仕切ってきた。彼の前で祭りを悪く言うのは憚《はばか》られる。

「おっ、始まったな」

智大の視線を追うと、先ほど「田中」が演じられた神楽殿に数人の法被《はっぴ》姿が並んでいた。全員虚無僧《こむそう》が被るフルフェイス編笠——天蓋《てんがい》というそうだ——を被っている。天蓋衆と呼ばれる彼らは、島民の中でも首芸を極めた男たちの集まりだ。これから彼ら天蓋衆の首芸ショーが始まる。これが祭りのメインイベントと言っていい。境内にでんと建てられた能舞台ほどの広さを持つ神楽殿は、このイベントのためだけに存在している。

一人の男が舞台中央に進み出て天蓋を外し、客席に一礼する。男は自身の頭部を両手で掴み、掛け声と共に首を取り外すと、両腕に抱えたまま一回りして見せた。「いつもより多めに回っております」と腕の中の生首が早口に喋《しゃべ》る。「ドニ」と呼ばれる上級技だ。斬首後に首を抱えて歩いたという聖人の名に由来する。

続いて別の男が天蓋を外し、頭部を首の上に乗せたままくるくると高速回転させた。初級技「ナポレオン」。似たような芸を得意とするマジシャンのコンビ名に由来する。

「よっ！　お見事！」

智大は焼きそば待機列から声援を送っている。俺が黙って首芸を見ていると、む、と智大が振り向いた。

「どうした克人。退屈か？」

「いや、そうじゃないけど」

退屈というより、首芸に対してなんとなく悪趣味なイメージを抱いているだけだ。

「前から思ってたけど、克人はちょっとひねくれ者の気があるよな。よくないぞ」

「そんなことないって。普通に楽しんでるよ」

適当に笑って本心をごまかす。

俺はやはり受け入れられない。

首を外したり投げたりする芸に血道を上げる男たち、それを大道芸か何かのように楽しむ観客たち。まぁ本人たちが楽しければそれでいいのだが、何かが間違っているような気がしてならない。

いくら俺たち赤兎《せきと》島《じま》の島民が、首が取れても死なない体質だからって。

赤兎島は日本海の北に浮かぶ人口二千人強の離島だ。

緯度は高いが、対馬《つしま》暖流の影響だか何だかで温暖な気候に恵まれ、本土から十数キロも離れているのに古くから人が住んでいた痕跡が見つかっている。島の大半は山地で占められ、人が居住できる土地は広くないものの、低地には市街地がそれなりに栄えている。

海岸は急峻な断崖になっているところが多く、十メートル以上もの高さの垂直な崖もある。南の港湾部以外は岩礁《がんしょう》が多く、船で近づくのは容易ではない。この特徴的な地形が長い間島と本土との交流を妨げ、安定した漁獲量で自給自足が成立していたこともあり、赤兎島では独自の文化が形成された……と公民館の前の案内板には書いてある。

独自の文化とは含みのある表現だ。もしそんな文化があるとしたら、それはひとえに俺たちの特殊な体質から生じたものだろう。

赤兎島の住人は、首が取れやすい。

転んだ拍子にぽろりと落ちたりはしないが、顔を殴られたり頭部にボールがぶつかったりして頭部に強い力がかかると首脱《しゅだつ》（首が外れることをそう呼ぶ）する。そのため赤兎島では球技が全面的に禁じられているし、喧嘩《けんか》が起きても絶対に相手の顔はぶたない。

それでも、俺を含め島民の二人に一人は首脱を経験したことがある。俺が生きているのは、首が取れてもすぐには死なないというもう一つの体質のためだ。

いや、実際には首脱状態で放置されればやがて首も胴体も生命活動を停止するのだが、すぐに首を胴体に継ぎ合わせれば一瞬で復活する。

先人たちは長い年月をかけてこの体質の秘密を探ってきた。数多《あまた》の実験を繰り返し、数多の成功と失敗（ここで実例を紹介するのは忍びない）を経て、彼らは首脱の重要なルールを発見した。

それは、首と胴体が十五秒以上離れると死ぬ、というものだ。

不思議なことに、このタイムリミットに個人差はない。老若男女、健康不健康にかかわらず、首が胴体を離れるときっかり十五秒で意識を失い、それ以降体に戻しても二度と目覚めない。よって正確を期して表現すれば、俺たちは「首が取れても十五秒間は死なない」ということになる。

この事実は島外不出の秘密だ。といっても島外への渡航や移住は特に禁じられていない。何故《なぜ》か島を出ると首脱現象は起きなくなるため、本土へ渡った赤兎人は普通の人間と何ら変わらない。

島唯一の病院、城戸《きど》医院の院長の見解では、我々の体内には高度な運動能力を有した微生物が無数に寄生しており、血流に乗って絶えず体内を循環しているらしい。この微生物は宿主である人間の首が飛ぶと、瞬時に断面に集合して被膜《ひまく》を作り、体液の流出を防ぐ。そして首が断面に戻ると、直ちに神経や筋肉を繋《つな》ぎ合わせて修復する。

この微生物は首以外をさほど重要視していないのか、腕を切れば普通に赤い血が流れるし、腕が取れても再びくっつくことはないという。首以外の創傷《そうしょう》は自分で治せ、というスタンスらしい。

……というのはあくまで院長個人の見解で、本当のところはよくわからない。微生物に寄生されているという想像は気分のいいものではないので、俺はあまり考えないようにしている。というか島民の大半は深く考えていない。島の人はよく「自分たちはろくろ首の子孫だから首が着脱可能なんだ」と冗談を言うが、いにしえの赤兎人が本土で妖怪伝承のもとになった可能性はあるかもしれない。

「うぉっと！」

突如、誰かが俺の背にぶつかってきた。咄嗟《とっさ》に踏み堪えるが、屋台で買ったポップコーンがぱらぱらと足元にこぼれた。

「わ、悪《わり》ぃ、へへっ。ん？　おう、克人かぁ」

聞き覚えのある声に振り返ると、顔を赤くした城戸先輩が参道の石畳に膝《ひざ》をついていた。

「大丈夫っすか。そこ、通行の邪魔になりますよ」

肩を貸し、先輩を立たせる。へへへと笑った先輩の口から酒気が漂ってくる。

「……先輩、飲んでます？」

城戸宗吾《そうご》は高校の二年上の先輩で、もちろん法定飲酒年齢を下回る十八歳である。よく後輩に絡んでくる調子のいい小男だが、こうも堂々と未成年飲酒を犯すとは。

「飲んでない飲んでない！」と先輩は大げさに両手を振る。「これ、お神酒《みき》だから、セーフ。俺、今年の祭りの設営手伝ってたんよぉ。きったない倉庫掃除したり、大変だったんだぜ？　そしたら宮司さんが、ねぎらいだから一杯やってけって。克人、知ってるぅ？　お神酒は未成年飲酒にならないの」

「なわけないでしょ」

智大のもとへ戻ろうとするも、酒気帯び先輩はしつこく俺の肩にだらりともたれかかってくる。

「ほらぁ、成人年齢引き下げる法案あったじゃん？　あれ通ったら十八から酒飲めるんだぞ」

確かに先輩は先週の誕生日で十八歳になったが、成年年齢が引き下げられても飲酒できる齢《とし》は変わらない。俺がそう指摘すると先輩は眉《まゆ》を顰《ひそ》めた。

「わぁってるよぉ。克人はお利口さんですねー」

「いいからどいてください。あんまりしつこいと、酒飲んだこと駐在さんにチクりますよ」

「大丈夫、大丈夫。明日までには酔いも冷めてるから。証拠隠滅、完全犯罪よぉ」

島の駐在所には警官が一人勤務しているが、彼は赤兎島の出身ではないため、首の秘密を知らない。俺たちは普段から首を取ったり回したりするわけではないので、駐在所員が秘密に気付く可能性はほぼないのだが、さすがに鶴首祭での首芸を見られるのはまずいため、住民が駐在所に架空の事件を持ち込んで警官を駐在所に釘付けにするという措置《そち》が取られている。従って、今夜の鶴首神社はある意味無法地帯なのだ。

「でも、この祭りって録画されてますから。ほら、先輩の姿も映ってますよ」

俺は客席の後ろに置かれたビデオカメラを指さした。一連の首芸は記念映像として毎年録画して村役場に保管される。

「あのビデオ、頼めば役場で見せてもらえますから、飲酒の証拠はばっちり残るわけです」

「あぁ？」

城戸先輩はとろんとした目でカメラを眺め、すっと姿勢をただした。

「そもそも飲酒した未成年に罰則は科されないんだぞ克人。その証拠を持ち出したら、罰せられるのは酒を勧めた宮司さんだ。お前は島のために尽くしてくれている宮司さんにいたずらに罪を負わせるのかよ、え？」

「急に冷静にならないでくださいよ。じゃ、俺はこれで」

先輩が常識人ぶった隙を突いてその場を離脱し、そそくさと客席へ向かう。

神楽殿では首だけが真後ろを向いた男がおどけた仕草で笑いを取っていた。「司馬懿《しばい》」と呼ばれる技だ。首脱の奇妙な性質の一つで、首が繋がっていさえすれば正面を向いていなくても生きていられる。首の内部で食道や気管がどうなっているのかは謎だ。

智大は俺からポップコーンを受け取ると、眉を顰めた。

「ん？　何か少なくない？」

「ちょっと食べた。悪い」

今度は二人の男が出てきて向き合い、気合一閃《いっせん》、それぞれの頭部を外したかと思うと、互いに交換して自分の首の上に乗せた。満場割れんばかりの拍手が巻き起こる。そう、十五秒以内であれば別の首を体に接続することができるのだ。首を取ったら脳から体の運動神経に命令を出せない気がするが、頭部が胴体のどこかに触れてさえいれば体をコントロールできるらしい。不思議だ。

初めてこの性質を知ったとき、自分より若い奴の体を奪えば永遠に生きられるんじゃないか、という邪悪な考えが頭を過った。だが事はそう簡単ではない。先人の教えによると、満年齢が一歳以上離れた首と体は拒絶反応を起こして交換できないらしい。ちなみに男女間でも首交換は不可能だ。

「すごい。やっぱり館林《たてばやし》さんと木村《きむら》さんの腕は本物だ」

智大は羨望《せんぼう》の眼差《まなざ》しで首芸に見入っている。

長部家は太一翁を始め、首芸名人を多く輩出してきた。智大自身も時々稽古《けいこ》をつけてもらっているという。首芸は命がけの高度な伝統芸能だが、友人が首を取ったり付けたりする様はあまり想像したくない。

退屈になってきたため、俺は首芸が終わる前に客席を抜け出した。神社の鳥居をくぐり、夜の参道を一人で降りていく。鶴首神社は山の中腹に位置し、社殿は断崖に造られている。社殿の一部は海側へせり出すように組まれた木組みの上に造られている。有名な清水《きよみず》の舞台の懸《かけ》造《づく》りに近いが、うちの神社の下は岩礁になっているため、飛び降りたらまず助からない。参道は山の中を複雑に枝分かれしながら町へと続く。

「ん?」

ふと足を止める。暗い林道の奥に、懐中電灯の光が揺れるのが見えた。すぐに持ち主の姿も目に入り、俺は思わず声を上げそうになった。

そんな馬鹿な。

懐中電灯を手に林道を上ってくるのは、赤兎村駐在所の両角《もろずみ》巡査だった。

一体どうして両角巡査が神社へ向かっている? 確か今夜は赤兎小学校の長島《ながしま》教諭が架空の盗難事件を駐在所に持ち掛けて足止めしているはずなのに。

俺がその場で逡巡《しゅんじゅん》しているうちに、巡査は俺の姿を目にとめ、こちらへやってきて、

「どうも、水藤《すいとう》君。こんばんは」

野太い声で挨拶《あいさつ》した。両角巡査は筋骨隆々の偉丈夫で、レスラーかラグビー選手のような威圧感の持ち主だ。見た目よりは齢が若く、確かまだ三十前後のはずだが、軽く会釈《えしゃく》されただけで泣き出す子供もいるほど厳しい顔立ちをしている。

「ど、どうもこんばんは……。あの、ええと、神社へ行かれるんですか?」

「はい。見回りに」

「えっと……そういや、長島先生が小学校から何か盗まれたとかって言ってた気がするんですけど、そっちはもういいんですか?」

む？　と巡査の眉が寄る。

「その話は誰にもしていないと長島先生は仰《おつしや》っていましたが、誰に聞いたんですか？」

「え？　あ、そうっすか。おかしいっすね、智大から聞いたんですけど」

言い逃れつつ、巻き込んでしまった友人に心の中で詫《わ》びる。

「そうですか。その件は先生の勘違いだったと判明しました。それでお祭りの方へ顔を出そうと思ったのですが」

「なるほど、そうっすか」

もうそろそろ首芸披露は終わっているだろうから、巡査が境内に現れても問題ないか？　いや、赤兎島のちゃらんぽらんな大人たちは、酒が入るとふざけて首を外したりする。巡査が境内に入るのはまずい。

「水藤君」

凄みを増した声で名前を呼ばれ、「へぇっ」と変な声が出る。

「何か、私に隠し事でもあるんですか」

両角巡査はぐっと腰を屈めて俺に顔を近づける。

そのとき、視界の端に赤い光が揺れた。

「おや」

巡査も俺の視線をたどった。波止場にある船小屋がゆらゆらと燃えている。

助かった。あれは通称「駐在避《よ》け」と呼ばれる小屋の一つだ。この島の住民はとにかく警官を——余所者《よそもの》に首の秘密を知られることを恐れている。そのため、このような緊急事態に警官の日を逸《そ》らす目的で、いつでも火事を起こせる小屋が島内にいくつか設置されているのだ。

駐在避けは屋根以外不燃素材で作られた掘っ立て小屋で、周りに延焼するものがない場所に建てられている。滅多に使用されることはないが、今回はきっと長島先生が巡査を呼び戻すために火をつけたのだろう。

巡査は即座に踵《きびす》を返すと、駆け足で来た道を引き返していった。

俺は胸を撫《な》で下ろした。今頃消防隊も駐在避けに向かっているだろうが、彼らは決して消火活動を急がない。まさか巡査も、自分をその場に釘付けにするためだけに小屋を燃やしているとは思うまい。

なんだか急に疲れが押し寄せてきた。確かこの近くの林道に休憩所があったはずだ。そこで一休みしよう。夜風に額の汗を冷やされながら、俺は暗い林道へと進んでいった。

◆

鶴首祭から一夜明けた、十月八日の早朝。

両角巡査は日が昇る前から制服に着替えて出勤した。

赤兎村駐在所赴任に伴って両角が島に越してきてから、一年と半年が経過しようとしていた。

赴任当初は威圧感のある風貌から島民に恐れられた両角だったが、熱心な仕事ぶりが受け入れられ、今では多くの島民の信頼を得ていた。

だがその一方で、島民が何かを隠している気配を両角は常に感じていた。去年の鶴首祭では、会場の警護をしようとした両角の申し出を島民たちは頑として跳ね除け、当日はそれとなく鶴首神社に近づかせないようにしていた。

昨晩起こった盗難騒ぎも、どこか作為的な臭いのするものだった。小学校勤務の長島教諭が、理科室の骨格標本が盗まれたと通報してきたのは夕方のことだった。両角は手短に実況見分を済ませ、盗難事件として受理しようとしたのだが、長島教諭は何故か盗難届の提出を拒んだ。

その後起きた港湾での小火《ぼや》騒ぎでは、両角が現場に駆け付けるより先に消防団が消火活動を始めていたが、さほど熱心に消火を行っていないように感じられた。

どちらも祭りから警察官を遠ざけるための狂言なのではないか。だとすると、そこまでして隠さなければならない秘密とは何なのか。

軒先で両角が腕を組んで考え込んでいると、昨夜も顔を合わせた消防団の青年が交番に現れた。

「お巡《まわ》りさん、ちょっとお話が……」

挨拶《あいさつ》もそこそこに、青年はおどおどと両角を手招きする。

「何かありましたか?」

「実はその……神社で人が死んでいるんです」

両角が鶴首神社に到着すると、境内には多くの島民が集まっていた。

境内の北東に、他の社殿から孤立した倉庫があった。人々は倉庫の周囲を取り囲んで右往左往していたが、両角に気が付くと誰もが気まずそうに視線を逸らした。

そんな中、島の長老的存在である長部太一翁が両角の前に進み出て会釈した。

「こちらです」

太一翁は厳粛《げんしゅく》な顔で倉庫の戸を開く。その途端、焦げ臭い異臭が両角の鼻をついた。木材の燃焼とは明らかに異なる、肉の焼け焦げた臭いだった。

戸口から差し込む朝の淡い光に照らされながら、床の中央に黒々としたものが横たわっていた。両角は顔色一つ変えずに屈んで覗き込む。人間の焼死体であることは疑いようがなかった。それも首から上のない、いわゆる首なし死体だった。床には首の断面を中心として血だまりが広がっていたが、炎で干からびたためか赤黒く変色していた。

遺体の肌は焼けただれていたが、服装の端々が焼け残っている。長袖のカッターシャツに黒のスラックスは、島でよく見る赤兎高校の制服に間違いなかった。その制服の上から、袖の長い法被を羽織っている。

周囲には微《かす》かに油の臭いが漂っている。液体燃料を全身に浴びせた後に火をつけたのだろうと両角は見当をつけた。消火からかなり時間が経っているようだが、通報が遅れた理由を住民たちはどう説明するつもりだろうか。

両角は立ち上がり、殺風景な倉庫内を見回した。ここは祭事用具を保管する倉庫だが、昨晩の祭りのためにほとんどの所蔵品を外へ出しており、まだ片付けていないのだと太一翁は説明した。照明の類《たぐい》はなく、東側に広い窓が一つ、北側の床付近に小さな換気口が一つあるだけだった。

ふむ、と嘆息すると、両角は不安げな表情を浮かべる人々を見回した。

「市警に連絡しますので、一旦駐在所に戻ります。私が戻るまでこの倉庫には立ち入らないでください」

両角は消防団の男性二人に現場の見張りを言いつけた。

「それから、被害者の名前を伺っておきたいのですが」

人々の間に困惑が広がる。島民を代表して、太一翁が首を横に振った。

「まだ何とも言えません」

「何とも？　というのは？」

「ご覧になったでしょう。首がないために、誰だかわからんのです」

「しかしあの制服は赤兎高校の男子生徒でしょう。高校生は島に二十人しかいないのですから、全員の安否を確かめれば――」

「既に確かめました」と太一翁は再び首を振る。「しかしわかったのは、高校一年生の三人……公君に克人君に、それからうちの智大が、揃って昨晩から家に帰っておらんということだけでして」

両角巡査は駐在所に戻り、島に最も近い市の警察署へ連絡を取った。

被害者が頭部を失っていること、被害者も含めて三名の少年の行方がわからなくなっていることなど、両角が伝えた事件概要は重く受け止められ、市警に捜査本部が設置される運びとなった。

午前十時頃、数名の警察官が警備艇で赤兎島に乗りつけた。彼らは両角の案内で神社に向かい、実況見分に当たった。

「首を切った上に灯油でローストか。まだ高一の子供にここまでするかねぇ」

遺体の前で手を合わせながら、土門《どもん》警部補は渋い顔をした。土門は県警捜査一課に所属するベテランの刑事であり、かつて両角が本土で勤務していた交番の所長を務めていたこともあった。

「何故ここまでする必要があったのでしょう」

土門の傍《かたわ》らで両角も眉を顰める。警官としては小柄な土門と両角が並ぶと、体格差がありすぎてどちらかが人間ではないかのように見えた。

「身元を隠したかったんだろう。行方不明者のご家族は何と？」

「水藤克人の両親は現在ヨーロッパ旅行に出かけており、未だ連絡が取れていません。兄弟も祖父母もおらず、身元を確認できる身内がいない状況です。もう一人の姫路《ひめじ》公は数年前に両親と姉を相次いで事故で亡くしており、ほぼ天涯孤独の身です。遠戚の新里《しんざと》家に身を寄せていましたが、さほど親密な関係ではなかったようです。長部智大はやはり一人っ子ですが、両親も祖父も智大かどうかは断言できないと言っています」

「何かしら特徴が見いだせはしないのか。息子の遺体かもしれないのに。直視できないだけということは？」

「いえ、母親でさえかなり遺体を詳しく見ていました。息子ではない気がするが、断定はできないとのことです。実際、三人の不明者は身長も体重もほぼ同じだったので、判別は容易ではないと私も思います」

両角は職業柄、人の顔を覚える能力に長《た》けている。面長な智大とシャープな顔立ちの克人、童顔の公。両角が思い浮かべる三人の顔立ちはかなり異なるが、遺体にはその顔がない。

「まぁいい。鑑定結果を待つとしよう」

検視官の報告によると、遺体の手のひらは熱傷が激しくて指紋が採取できず、被害者の特定には精密な鑑定が必要ということだった。土門は行方不明者の自宅へ捜査班を派遣し、鑑定に必要となる毛髪などのサンプルを採取するよう命じた。家族の血液サンプルもあったほうがいいという検視官の言葉に従い、島の医院に電話して長部家の採血の段取りをつけた。

しかし現場が離島ということもあり、県警の科捜研にサンプルを送って鑑定結果が出るのは明日以降になる見込みだった。遺体そのものは今日中に本土に搬送され、司法解剖を待つことになる。

「少なくとも首の切断と全身の火傷《やけど》は死後のものです。それ以上はなんとも」

現場を訪れた検視官は、死体をまじまじと見分しながら報告した。

「切断に使われた刃物は特定できますか？」

「首周りは燃焼が激しくて難しいかもしれません。恐らく鋸《のこぎり》の類でしょうが」

「なるほど。死亡推定時刻は？」

「これほど損壊が激しい死体では確かなことは言えません。司法解剖を待つしかないでしょうね。ただ、熱傷の具合と体内温度からすると消火から十二時間は経っていると思われます」

「すると、昨日の夜には消し止められたということか。しかし通報があったのは今朝だったね？　両角君」

「はい」

通報の遅れについて、住民たちはこう弁明した。彼らが倉庫内の出火に気付いたのは昨夜の十時過ぎ、そろそろ祭りが終わろうとしている頃のことだった。火は直《ただ》ちに消し止められたが、焼死体を前に住民たちはたじろいだ。すぐに駐在所へ通報すべきという意見もあったが、もう夜も遅く、巡査は港湾での火事に出向いていて疲れているだろうから通報は明朝にしたほうがいい、という声が多かったため、その場は解散となった。

「疲れているからぁ？　君がか？」

「下手な申し開きのように聞こえました。個人的な印象ですが、彼らはどうしても祭りを私に見られたくなかったようです」

土門は腕を組んで唸《うな》る。この島での捜査は混迷を極めそうだ。長年培《つちか》われた彼の勘はそう囁《ささや》いていた。

その日のうちに捜査官たちは事件関係者への聞き込みに乗り出した。

土門警部補は案内役として両角を引き連れ、赤兎高校を訪れた。赤兎島には小学校、中学校、高等学校が一つずつあったが、それらは市街地の中心にある一つの敷地内にまとめられていた。

応接室で土門と両角に応対したのは、行方不明者三人の担任教師の佐川《さがわ》だった。筋肉質な中年男性で、肌は黒々と日に焼けている。

土門は佐川に捜査状況を丁寧《ていねい》に説明し、捜査への協力を仰いだ。

「まだ被害者が特定できておりません。ただ、行方不明の生徒も事件への関与を疑わざるを得ない状況です」

「それは、三人とも無事ではないという意味でしょうか」

「現時点では何とも」

佐川はどこか釈然としない顔で「なるほど……」と頷《うなず》いた。

「何か気にかかる点でも？」

「いえ。ただ、今一つ信じられないというのが正直な気持ちです。姫路ならともかく、水藤か長部が死んだとは……」

「というと？　姫路公君が何らかのトラブルに巻き込まれていた様子でも？」

土門に追及されると、あくまで私の印象ですが、と断った上で佐川は話し始めた。

姫路公はここしばらく体調不良で学校を欠席していた。佐川は一度公の家を訪れて様子を確かめたが、さほど具合が悪そうには見えなかった。それよりも、表情に陰鬱《いんうつ》とした翳《かげ》が落ちていたことの方が気にかかったという。

「姫路は幼少時に両親を交通事故で亡くして、遠戚の家に八歳上の姉と二人で引き取られました。とても仲のいい姉弟だったのですが、その姉も六年前、崖からの転落事故でこの世を去っています。あのときは島の誰もが不憫《ふびん》に思ったものです。それから学校を休みがちになって……。近頃はだいぶ明るさを取り戻していたのですが、ここ数日の姫路はまた昔に戻ったような雰囲気でして、私も気をもんでいるんです」

「ほう。様子がおかしかった原因に心当たりは？」

「さぁ……」

土門は両角と視線を交わすと、「では」と話題を切り替える。

「他の二人についてはいかがです？　同級生の間に不和などはなかったのでしょうか」

「えっ？　まさか、生徒が生徒を殺したっていうんですか？」

「いえ、決してそのような意味ではありません。一刻も早く真相を解明するために、できるだけ多くの情報を集める必要があるのです」

佐川はあまり納得がいかない様子だったが、二人の生徒について事細かに語った。

水藤克人はやや斜に構えたところのある生徒で、大人に対してどこか皮肉めいた態度で接することが多かった。両親は共働きで島の郵便局に勤めているが、二人とも奔放《ほんぽう》な人柄で知られている。

「水藤夫妻は海外旅行中だとか」

「ええ。よく突発的に思い立って旅行に行くんです。水藤はその間いつも一人で自炊しています。『いい加減な両親への反発でひねくれた子』と水藤のことを言う者もいるくらいで」

「なるほど」

「しかし、要領がいいというんですかね、水藤は成績も一番だし、運動もできます。あれで意外と世渡りが上手《うま》いのか、滅多に人と摩擦《まさつ》を起こさない子です。ある意味、長部とは対照的ですね」

長部智大はまっすぐで一本気な生徒で、愛想もいいため年配の島民には人気がある。その一方でやや自尊心が強すぎるきらいがあり、村会議員の父親や、PTA会長の母親といった存在を少なからず重圧に感じている節もあった。何より同級生の克人の存在が大きいと佐川は語る。

「長部は水藤を一方的にライバル視している節があります。水藤は勉強でも運動でも常に長部の一歩先を行くんです。それでいて飄々《ひょうひょう》としているものですから、長部は内心穏やかじゃなかったかもしれませんね。あ、だからって険悪な仲だったわけではありませんし、二人の間でトラブルがあったなんて思わないでくださいよ」

「ご心配なく」と土門は柔和な笑みを浮かべる。「お話は大変参考になりましたが、それをもとに予断を持つことはありません」

佐川は快《こころよ》くその他の情報も提供したが、事件に光明を投げかけるものはなかった。

土門と両角は『城戸』と表札のかかった門扉《もんぴ》の呼《よ》び鈴《りん》を鳴らした。城戸邸は純日本家屋で、平屋だが広々とした家だった。門扉から玄関までの間には飛石の道が庭を横切っている。

「ううむ、立派な家だな」

「城戸家も長部家と同じく島指折りの旧家です。その上、家長の城戸清《きよし》は城戸医院の院長を務める人物ですから」

そのとき、庭先に面する縁側の戸ががらりと開いた。奥の座敷から十代後半の少年が飛び出し、庭をつっきって門前まで駆けつけ、

「どうもどうも、お勤めご苦労様です！」

やや強張《こわば》った顔で土門に敬礼した。

「ええ、先ほどお電話した土門です。水藤克人君らの失踪事件について、お話を聞かせていただけないでしょうか。ええと、君が城戸宗吾君？」

城戸は「はいっ」と元気よく答え、土門たちを邸内へ招き入れた。

「いやー、ドラマみたいだなぁ。本当にやるんすね、関係者への聴取って」

「勿論《もちろん》です。あなたのように進んで協力していただけると大変助かります」

丁寧に社交辞令を述べながら、土門は城戸をそれとなく観察する。

佐川教諭の話では、不明者三人と最も親しい同年代の子供は高校三年生の城戸宗吾だという。城戸は落ち着きのない軽薄な性格のためか、三年生の中では少々浮いた存在だった。そのためいつしか自然と年下の一年生三人に絡むようになったのだが、一年生たちはそんな城戸と表面

上は慇懃にしつつ、内心では鬱陶《うっとう》しがっていたらしい。

「で？　で？　何から話します？　あ、その前に結局誰が死んだんすか？」

和室に二人を通した後、城戸は身を乗り出して話を切り出した。口数は多いが、その表情には疲労が窺《うかが》える。非日常な事件に遭遇して一時的にハイになっているのだろうと土門は見当をつけた。

土門は不明者三人の交友関係について尋ねたが、城戸の回答は佐川教諭と大差なかった。

「それじゃ、彼らが何らかのトラブルに巻き込まれていた可能性は？」

「ないっすよ、トラブルなんて。この前うちに泊めてやったときも、特に悩んでる様子なんてなかったし。何かあったら絶対俺に相談したはずです」

城戸は自信満々に言い切った。

「ほう、先輩の家に泊めてもらうとは。君たちは本当に仲がいいんですね」

「そりゃもう、かわいい後輩ですよ。なんてったって同じ島外組ですからね」

「島外組？」

「島の外で生まれたってことです」

城戸院長は医学の博士号を持っており、若い頃に単身渡米し医科大学で研究職についていた。だが渡米直後、島に残った妻の懐妊が判明し、夫人も渡米して城戸宗吾を出産した。一家はそのまま数年を米国で過ごし、宗吾の小学校入学に伴って帰国した。

「智大も似たような境遇なんすよ。親父さんの職場が本土で、智大は生後数か月くらい本土で過ごしてから島に来たんです。克人の場合は逆で、生まれは赤兎島なんですけど、一歳になる前に新潟だか秋田だかに移住して、小学校に入る前までは本土にいたんじゃなかったかな」

城戸が語った情報は全て事前に両角の口から土門に伝えられていたが、土門は城戸の話に丁寧に相槌《あいづち》を打った。

「なるほど。姫路公君はどうです？　彼は確か、生まれも育ちも赤兎島でしたが」

「あー、公？　うーん……俺、あいつとはちょっと距離あるんすよねぇ。何せ色々あったでしょ、姫路家。どう接していいかわからないんですよ、正直」

「ええ、ええ。お気持ちは大変よくわかります」

土門の慇懃《いんぎん》な態度に乗せられて城戸は矢継ぎ早に語り続けたが、大半が世間話程度の情報だったため、土門たちは早々に城戸邸を辞した。

両角は午前いっぱいで土門の案内役を切り上げた。午後には本土から十名以上の捜査官が到着し、島での本格的な鑑識活動が始まったが、両角の本来の任務は殺人事件の捜査ではない。

駐在所に戻ると、二人の中年婦人が両角を出迎えた。

「あぁっ、両角さん！　やっと戻ってきた」

「どこへ行ってたんです？　ずっと待ってたんですよぉ」

一人は市街地の北端でピアノ教室を開いている女性で、もう一人は鶴首神社の神主夫人だった。二人とも話好きで知られ、島のあちこちで井戸端会議をしているのを両角は何度も目にしていた。

「留守にして大変申し訳ありませんでした。本日はいかがされました？」

「泥棒ですよ！　神社の備品が盗まれたんです」

「うちなんかピアノ部屋に泥棒に入られたんですよ」

同時に喋り出す夫人たちをうまくいなしながら、両角は二人の話を聞き出した。

神主夫人の話では、天蓋と呼ばれる被り物が一つ神社から紛失していた。天蓋は祭りの出し物で使われ、祭りが終わると神社に返却される。几帳面な神主夫人は、返却時に予備も含めて天蓋が全て揃っていることを確認したのだが、今朝見ると一つ数が足りない。現場には何者かが忍び込んだ形跡があるとのことだった。

ピアノ教室の方も似たような話だった。今日の昼頃レッスンのために生徒と共にピアノ部屋に入ると、電子メトロノームが一つ見当たらない。物の配置も少し変化している気がしたため、もしやと思って部屋を調べると、窓枠に微かに土の跡が残されていた。

「間違いないわ、泥棒は窓から入ったのよ。ゲソ痕っていうんでしょ？　そうそう、昨夜の午前三時頃ね、ピアノ部屋の方から物音がして目が覚めたのよ。気のせいだと思っていたけど、あのときに盗人に侵入されたのね。絶対そうよ」

あぁ怖い、と彼女は大げさに身震いした。

「うちの島じゃ、泥棒なんて滅多にないでしょう？　私もうびっくりしちゃって。昨日はあんな事件も起こったし、何かとんでもない悪党が上陸したんじゃないかって、私もう心配で心配で……」

「ご安心ください、警察が全力で捜査に当たっていますので」

両角は時間をかけて夫人たちを宥《なだ》めつつ、二つの盗難事件について考えを巡らせる。赤兎島では盗難は滅多になく、防犯意識の薄さから施錠の習慣を持たない島民も多い。殺人事件の夜に起きたこれらの盗難は、事件と何か関連があるのだろうか。

警官たちの多くは日没までに島から引き揚げていった。本土の捜査本部で捜査会議が開かれ、明日以降の捜査方針が話し合われた。

その晩、両角は駐在所に戻ると直ちに土門に電話をかけた。捜査会議の内容は、両角にも後から共有されることになっていた。

『やぁ、両角君。たった今捜査会議が終わったところでね。ちょうど君にかけようと思っていたところだ』

「こんな遅くまで会議をされていたのですか。お疲れ様です」

電話口に出た土門の声は、疲労を全く感じさせなかった。

『捜査資料はさっきメールしておいたが、口頭でもざっくり伝えておこう。あの後診療所の医者や産科医にも当たってみたんだが、今のところ被害者を特定できそうな証言は上がっていない。身長体重だけでなく血液型まで同じなんだから恐れ入ったよ。ついでに全員六月生まれだ。ここまでよく似た三人組はそうそうお目にかかれまい。ただ今朝、市街地で長部智大らしき人影を見たという新聞配達人の証言が得られた。人目を憚っている様子だったというんだ』

「すると、被害者は水藤克人か姫路公のいずれかであると？」

『かもしれん。ま、じきにはっきりするだろう。目撃証言と言えば、犯人の情報も入っている。こちらはかなり有力と見ていいようだ。何せ物証があるからな』

捜査官たちが島を引き揚げる直前になって、住民たちから「物証」が届けられた。それは、境内で行われる出し物を撮影するために設置された、ビデオカメラの撮影テープだった。

『倉庫からかなり離れたところから撮影されているんだが、怪しげな人物が倉庫に入る様子が映りこんでいる。資料と一緒に送信しておいたが、見られるか？』

両角はメールに添付されていた映像を再生した。秘祭の内実を垣間見ることができるかもしれないと期待したが、祭りの映像はたった二十分しかなく、全編無音だった。その内容も神楽殿の前で村長が延々と挨拶を述べるだけという単調なものだった。神楽殿の上に虚無僧のような出で立ちの男たちが鎮座している様子が独特と言えば独特かもしれない。

土門の言う通り、映像の中盤で画面右奥の倉庫に白い人影が人体のようなものを運び込んでいる様子が映っていたが、顔はおろか身長も特定できないほど遠く、これだけでは決定的な証拠とは言えなかった。

やがて倉庫の屋根から煙が立ち上り、観客が気付いて騒動になったところで映像は途切れた。

「これだけですか？」

『あぁ。本来は祭り全てを通しで撮影するはずだったが、機材トラブルでそこしか映像が残っていなかったそうだ。音声が入ってないのも機材の問題だと』

両角は「なるほど」と気のない相槌を打った。島民は事が殺人事件に及んでも祭りの内容を秘匿《ひとく》したいらしい。

「しかし、妙ですね。犯人が遺体を運び込む様子は映っていますが、出てくる様子は映っていません。島民の話では、消火活動が始まった時点で倉庫の中には遺体以外に人影はなかったとのことですが」

『あぁ。犯人は倉庫の東の窓から脱出したのだろう。東の窓は映像に映っていないからな。そうそう、その窓枠から身元不明の指紋が検出されたんだ。犯人のものかもしれん。メールにも添付したが』

「はい、先ほど確認しました。しかし、東の窓のすぐ下は断崖です。脱出すると言っても、海に身を投げるほかないのではありませんか」

『それなんだが、祭りに参加した島民の何人かが、村長の挨拶の間に水音を耳にしたと証言している。重いものが海に落ちるような音だったらしい。あの高さだ、犯人が海に身を投げたとしたら無事では済まなかったろう。明日から海中を調べる方針でまとまっている』

「しかし、それでは矛盾が生じます」

『ん?』

「実は、私の方からも報告がありまして」

両角は昼に発覚した二件の盗難事件について詳細に報告した。

「現場を捜査したところ、ピアノ教室の方はめぼしい痕跡は見つかりませんでしたが、天蓋の方は指紋が出ました。天蓋は神楽殿の裏にある物置に保管されており、天蓋が並べられている棚のガラス戸の表面にくっきりと指紋が残されていました。物置は祭りの前に念入りに掃除したため、断じて神社関係者のものではないと夫人は証言しています」

『ガラス戸に指紋か。そりゃまた随分間抜けな盗人だな』

「焦っていたのかもしれません。天蓋を盗むことができたのは祭りの後から警察が来るまでですが、その間境内には常に人がいましたから。それよりも問題は、その指紋が先ほど仰っていた指紋と一致したことです」

『倉庫の窓枠から検出された身元不明の指紋か？』

「はい。私が採取した指紋の画像をメールでお送りしますが、明日改めて見分していただいた方がよろしいでしょう。倉庫も祭り前に清掃されていますから、祭りの後に新しく付着した指紋の可能性が高いと思われます。先ほどの映像では、出火の時点では天蓋衆は全員天蓋を被っていました。天蓋の返却はその後ですが、返却時に一つ足りなかったら気付いたはずだと神主夫人は言っていました。つまり――」

『犯人は生きていて、騒ぎが収まってから翌朝警察が到着するまでに天蓋を盗みに物置に入ったと？』

「はい。海に身を投げて無事に済んだとは思えませんが、窓から出て倉庫の北側に回り込めば、神社の裏鳥居まで植え込みが続いていますから、姿を隠しながら逃げ出すことは可能ではないでしょうか」

『しかしなぁ。あの倉庫は隅々まで調べたが、窓の外に人が通った痕跡は発見できなかった。屋根の上も、歩いた跡はおろか、縄か何かをひっかけられそうな場所もなかった。あの窓から出たら海に落ちるしかないというのが我々の見解だ』

捜査陣は倉庫から出る方法を余すところなく検討した。倉庫の北側の床付近には換気口があったが、鉄格子ががっちりはまっており、猫やネズミならともかく人間はとても通ることができない。

「そうですか……」

両角の声音が微かに暗くなる。

『どうした。やけに犯人脱出説にこだわるな』

「無論です。犯人が生きているとしたら、島民が危険に晒《さら》されているということですから」

ふふん、と電話口から土門の笑い声が聞こえた。

『明日、島民と協力して山の捜索を始めることになっている。状況からすると、長部智大が山に隠れている可能性は十分あるんでな。彼の失踪が事件に関係するのなら、身柄を確保できれば一気に解決に向かうかもしれん』

事件発覚から丸一日が経過した、十月九日の朝。

両角が駐在所へ出勤すると同時に電話が鳴り響いた。電話をかけたのは山の麓《ふもと》の墓地を管理する老人だった。管理人は、昨夜遅く墓地で姫路公を見たと話した。

『いや、えらくたまげたよぉ。午前零時を回った頃でね、明かりもつけずにふらっと歩いてたんだから。声をかけようと思ったら、すぐにいなくなっちまったけどなぁ』

両角は情報提供に礼を述べ、通報があったことを土門にメールで伝えた。念のため墓地を見ておこうと、両角は駐在所を後にした。

まだ人通りの少ない市街地を歩きながら、両角は事件について考えを巡らせる。

行方不明者のうち、長部智大と姫路公の目撃証言が得られた。ならば被害者は水藤克人だ。彼が殺された理由は不明だが、それよりも長部と姫路がどこかに姿を隠しているという事実の方が気になった。倉庫の窓枠や神楽殿の物置の棚に残されていた指紋は、二人のどちらとも一致していない。指紋が犯人のものならば長部と姫路は無実だが、何故彼らは姿を隠すのか。二人と事件との関わりが、まるで見えてこない……。

「ん?」

両角は不意に足を止めた。曲がり角の向こうから、人の話し声と共にごろごろと車輪の音が聞こえる。目を凝らしていると、台車に乗った人影が角を曲がって現れ、両角の姿を見るなり慌てて引き返した。

両角は駆け出した。勢いよく角を曲がったところで、そこにいた人物とぶつかりそうになる。

「なっ……」

両角は呆気に取られてぽかんと口を開けた。

彼の眼前には、つい先ほど死亡が確定したはずの水藤克人が立っており、思いつめた顔で両角の視線を受け止めていた。

◆

十月七日、午後八時過ぎ。俺は一人暗い林道を歩いていた。

林道は神社の懸造の下をくぐって山向こうの浜まで続いている。この上では鶴首祭が大盛り上がりを迎えている。まったく、呑気なものだ。俺が両角巡査を押しとどめていなかったら、今頃とんでもないことになっていたかもしれないってのに。

更に歩くこと数分、俺は休憩所までやってきた。ベンチと屋根があるだけの東屋《あずまや》のような建物だが、林道のちょうど中間地点にあるため山歩きの休憩所としてはうってつけだ。眺めがいいので展望台としても島民に親しまれている。

俺はひんやりとしたベンチに座った。足元を見ると、金属缶がいくつか置いてあった。神社から届く僅《わず》かな光に翳《かざ》して見ると、どうやらペンキの缶らしい。嫌な予感がしてベンチに手で触れるが、表面は乾いている。よかった、塗りたてではないようだ。そういえば、この近くにある別の休憩所が最近ペンキを塗り直してピカピカになっていた。現村長が島の公共設備を新しくすると前の選挙で公約していたので、その一環なのだろう。

ため息をつき、缶を足元に戻す。ベンチの背にもたれかかり、星空を眺めながら冷たい夜気を吸い込んだ。

どのくらいそこでぼんやりしていただろうか。

突然、目の前の暗闇の中で何かが身じろいだ。

ぎくりと体を強張らせる。気のせいか？　いや、違う。確かに人の気配がする。休憩所の前の砂利《じゃり》を踏む音、押し殺した息遣い。神社の明かりが届かない陰の中で、何かがこちらににじり寄ってくる。

誰かいるんですか、と声をかけようと思った次の瞬間、砂利を蹴る音が聞こえた。陰の中から何かが猛然と突進し、俺に正面からぶつかった。

「うぐっ⁉」

咄嗟に身をのけぞらせた俺の顎《あご》を、固く握りしめられた拳《こぶし》が掠《かす》めた。何者かに殴りかかられた――その状況を理解するのに数瞬かかった。無我夢中になって足を突き出すと、うまく襲撃者の鳩尾《みぞおち》に入って体を引きはがすことに成功する。

数歩後ずさってたたらを踏んだ襲撃者は、頭にすっぽりと天蓋を被っていた。暗くてそれ以上の身体的特徴は摑めなかったが、先ほどの拳の大きさからすると成人男性のようだ。

男は再び猛然と俺に殴りかかってくる。その拳はまっすぐに俺の顔を目掛けていた。

「くそっ、何なんだよ！」

踵を返して逃げ出そうとした途端、足首に鋭い痛みが走った。無理な姿勢で避けたために捻《ひね》ったらしい。だが痛みでバランスを崩したことが幸いし、男の拳は俺の耳元を掠めただけだった。がむしゃらに突き出した俺の腕が男の天蓋にぶつかり、天蓋はぐるんと横回転する。その拍子に男は足をもつれさせて派手に転倒し、ペンキ缶がけたたましい音を立てて転がる。

俺はふと気付いた。襲撃者は二度とも俺の顔に狙いを定めている。あの勢いで顔を殴られたら、俺の頭部は確実に吹っ飛ぶ。つまり襲撃者は俺の首を外して――要するに、殺そうとしている……？

背筋が凍り付く。生まれて初めて他人に殺意を向けられ、恐怖で足が竦《すく》む。襲撃者は地面に手を突いて立ち上がる。抵抗しなくては、逃げなくては……そう叫ぶ俺がいる一方で、体は言うことを聞かない。

天蓋は俺の真正面に立つと、右手を大きく振りかぶり、手の甲で俺の頭を殴った。

う、裏拳……？

めき、と喉の辺りで嫌な音がして天地がひっくり返る。浮遊感に包まれると同時に、視界が満天の星で覆いつくされる。その景色は瞬《また》く間に回転して闇に消え、後頭部に鈍痛が走った。世界は猛烈に回転し続け、上下感覚が消失する。抗うすべもなく、俺は言葉にならない絶叫を上げ続けた。

ごん、と側頭部に何かが激突して意識が遠のきかける。視界はぐにゃりと歪《ゆが》んでいるが、気付けば世界は静止していた。

俺は殴られて山の斜面を転がり落ちたのか。だとするとここは海岸沿いの遊歩道の辺りだろうか。頭上高くにおぼろげな蛍光灯とそれに集まる羽虫が見えた。遊歩道に設置されている電灯だ。やはり俺は斜面を落ちて、と辺りを見回そうとして、俺は息を呑んだ。

俺の体が——首から下にあるべき身体が、視界に映らない。

自分の前髪は見える。決して幽体離脱などではない。俺は確かに遊歩道の砂利道の上に転がっているはずなのに、首から下の感覚が一切ない。

——まずい、首脱だ！

殴られた衝撃で首が取れ、頭部だけがここまで転がってきたのだ。その認識と同時にどっと恐怖が押し寄せる。

俺たち赤兎人は、首が体を離れてから十五秒きっかりで絶命する。

あれから何秒経った？　林道は海抜十メートル程度で斜面は急峻《きゅうしゅん》だから、転がり落ちるのは一瞬だっただろう。だが、落ちてから何秒考えた？　あと何秒残っている？

助けを呼ばなければ。赤兎人は首だけでも声を出すことができる。だが口が震えて開けない。いや、仮に大声で叫びを上げたとして、こんな人気《ひとけ》のない場所では何の意味もない。そもそもこの場に誰かいたとしても、あと数秒で首を休憩所の体まで戻せるわけがない。

駄目だ、どうあがいても間に合わない。

あと五秒ちょっとで俺は死ぬ。

もしくは二秒、一秒……！

「克人！」

誰かが俺の名を叫んだ。視界の端に、こちらに駆け寄ってくる制服姿が映る。

全ては一瞬のことだった。後頭部の髪がぐっと引っ張られたかと思うと、頭全身が宙に浮き、首の下に何かが押し付けられた。

喉の奥から熱い呼気がこみ上げてきて、

「かはっ！」

俺の口は数秒ぶりに呼吸の役割を果たした。

足がもつれて砂利道に倒れこむ。肘《ひじ》をしたたかに打ちつけ、口の中に砂の味が広がった。待て、足とは誰の足だ。肘とは？　俺は頭だけで落ちてきたんじゃなかったのか？

「あぁ、よかった。間に合った」

背後で聞き覚えのある声が言った。最近声変わりしたばかりの、それでもまだ甲高く子供っぽい声。

急いで起き上がって振り返ると、足元に人の生首が転がっていた。

「こ、公……⁉」

首だけになりながらも安堵《あんど》の表情を浮かべていたのは、島でたった三人しかいない高校一年生の一人、姫路公だった。

はっとして両手を見る。指は丸っこくて小さく、肌の色は薄い。これは俺の手じゃない。そうか、公が首を交換したんだ。俺の首を自分の体に挿《す》げ替え、自分の首は地面に捨てた。首交換――首芸の中でも高難易度の上級技だ。何故そんなことを？　決まっている。

俺を助けるためだ。

「あ……ありがとう」

思わず礼を口にしてから、はたと気付く。そんなことをしたら公はどうなる。

「じゃあ……元気でね、克人」

公は満足そうに微笑《ほほえ》むと、両目を閉じた。

「ちょっ、馬鹿野郎、勝手に死ぬな！」

周囲を見回すが、夜更けの遊歩道に人気があるはずもない。

躊躇《ちゅうちょ》している暇はなかった。

俺は砂利道に仰向けに寝転がり、頭の横に公の頭を添えた。両手で俺の頭と公の頭を一緒に抱え、力任せに横へずらす。再び体の感覚が消失し、俺は生首となって地面に転がった。

「えええぇ!?」

公は起き上がり、信じられないといった目で俺を見下ろした。その首はちゃんと胴体に繋がっている。首交換は上級技だが、命のかかった土壇場《どたんば》だからか、俺は見事に成し遂げたようだ。

「何やってんのさ、克人！　せっかく助けてあげたのに！」

「いや、そう言われても……」

俺だって死にたいわけじゃない。だが、誰かに命じられたかのように自然と体が動いたのだ。

友人を見捨てるなと。

「ええと、それじゃあ……元気でな、公」

「勝手に死なないでよ！」

よく似た応酬がつい十五秒ほど前にもあったな、と思いながら俺は目を閉じる。すぐに俺の髪が摑まれ、頭が持ち上げられる。再び首の下に何かが押し付けられ、身体の感覚が復活した。再び首が交換されたのだ。

「よし、これで大丈夫」

満足げな公の声が何故か苛立《いらだ》たしく感じた。

「何が大丈夫だよ。お前が身代わりになるのはおかしいだろ。襲われたのは俺なんだから」

「襲われた？　誰に？」

「さっきこの上の休憩所で――」

言いかけてはっとする。世間話に興じている時間はない。急いで再び地面に仰向けになり、公と首を交換する。

「じ、じゃあ改めて、元気でな、公」

「だから死なないでってば！」

案の定、公はすぐさま再び俺に体を譲り渡した。

その後も俺たちはその場で首を交換し続けた。まるで導火線に火のついた爆弾を二人で押し付け合うコントのように。あれは死を押し付け合うシチュエーションだが、今俺たちが押し付け合っているのは命だ。いや、友人を見捨てて自分だけが生き残ったという最悪の結末を押し付け合っているとも言える。

だが、この首お手玉のおかげで俺はまだ死んでいない。襲われてからもう十分以上は経ったはずだ。ひょっとすると俺は、人類史上最も長く首だけで生きた人間かもしれない。それを人間と呼べるかどうかは甚《はなは》だ疑問だが。

ともかく、このまま道端で首交換を続けていても埒《らち》が明かない。

「なぁ、公ってスマホ持ってたっけ？」

「ごめん、家に置いてきた」

「そうか。となると……そうだ、とりあえず一旦場所を変えよう」

「場所を変えるって、どこに？　あっ、ごめん」

一瞬首交換を忘れかけた公は慌てて俺に体を譲る。話しているとうっかり交換を忘れそうで危ない。

俺は公の首を抱えると、遊歩道を走り出した。走りながら五秒数え、また地面に寝転がって公に体を返す。数秒後に公から体を譲り受け、再び走る、というサイクルを繰り返す。

人の頭部は重い。頭の重さは体重の一割と聞いたことがあるから、五キロ以上はあるだろう。抱えて走るのは著《いちじる》しく体力を消耗する上に、公の体は俺より遥かにスタミナがない。遊歩道の中間地点にある小屋にたどり着いた頃には、完全に息が上がっていた。

この付近の入り江は波が穏やかで、島民たちの海水浴スポットとして人気がある。俺がたどり着いた小屋は夏場は海の家として使われている。

「そっか、ここって電話もあったよね」

「誰でもいいから助けを呼ぼう。さすがに首お手玉しながら町や神社に行くのは厳しいからな」

二人で交代しながら備え付けの電話機を発見したが、電気が通っておらず電話機は使えなかった。

「駄目か……」

そのとき、こん、という音がどこかから聞こえた。音は十秒ほどの間隔で断続的に繰り返されている。この海の家はなかなか洒落《しゃれ》た造りで、建物の隣には人工池があり、ししおどしが設《しつら》えられていた。

俺と公はこのししおどしの音を合図に使うことにした。音が鳴ったら首を交換すると決めておけば、うっかり交換し損ねる危険がだいぶ減り、心に余裕が生まれる。

「これからどうするの？」

小屋の床に仰向けになったまま、公が疲れ果てた声で言った。

「誰かに助けを求めるべきだけど……ここから一番近い人家でも走って十五分はかかる。さっきみたいな方法で移動するのは厳しいな。途中で力尽きるのがオチだ」

「ごめん……僕の体、鍛《きた》えてなくて」

「そういう問題じゃなくないか？　多分、二つの首を一つの心臓で動かしてるから、普段より消耗が激しいんだ。脳は大量に酸素を消費するって聞くし」

「でもそれじゃ、こうしていてもいつか力尽きるよ」

「ったく、相変わらず弱気だな。最初に俺と首を交換した胆力はどこ行ったんだよ」

「だって、あのときは夢中で……このままじゃ克人が死んじゃうって思ったから」

「あぁ、ほんとに助かったよ」

まあ完全に助かっているかというと微妙だが。

現在時刻は恐らく午後九時頃だろう。もうじき祭りは一旦締めとなり、午後十時には閉幕式が始まる。その後社務所で夜通し打ち上げの酒宴が開かれるが、誰もが朝まで神社に残るわけではない。

「島北の生簀《いけす》の管理人たちは朝までに打ち上げを抜け出すはずだ。毎朝生簀を見ないといけないからな。神社から島北に行くにはこの道が一番近道だから、あと数時間もすればきっとここを通る」

「そっか、そのとき助けてもらえばいいんだ」

「あぁ。それまでここで耐えれば——」

はっとして口を閉じる。生簀を管理している木和田《きわだ》さんも林《はやし》さんも天蓋衆の一員だ。俺を襲った男は天蓋を被っていた……いや、天蓋は神社にいくつか予備があったはずだ。犯人が予備を使ったのなら天蓋衆とは限らない。

いずれにせよ俺たちは、犯人が来ないことを祈りながらここで助けを待つしかない。問題はそれまで公の体力が持つかどうかだが……。

俺はすぐに考えが甘かったことを思い知る。

十秒に一回、同じ行為を繰り返し続けることがこれほどきついとは思っていなかった。

「克人、首！　パス！」

「あっ、悪ぃ」

慌てて体を公に明け渡す。

まずい。ししおどしの音を聞いても反応できないことが増えてきた。公よりも俺の方が危うい。公は昼過ぎまで家で眠っていたため目が冴えているそうだが、俺は今日も朝から登校して授業を受け、家に帰らず祭りの準備に出向き、そのまま祭りに参加している。体の疲労は今となっては関係ないが、脳の疲労は如何《いかん》ともしがたい。

「や、やべぇ……眠い……」

これが有名な「眠ると死ぬぞ」というやつか。このまま寝てしまって、目が覚めたら隣には冷たくなった同級生の生首が……なんて体験をしたら、俺は一生笑顔を失うかもしれない。

辺りは真っ暗闇で、ししおどしや波音が耳に心地いい。海の家に移動したのは失敗だったか。

「何か話そうか。僕が休んでた間、学校で何かあった？」

「別に……。つーか黙ってた方がいいかもな。話してると体力が削られていく感じがする」

歯を食いしばって耐え続ける。だが、一向に人が通りかかる気配はない。

「まだかな……。もう零時は過ぎてるよね」

「だといいな」

それにしても遅すぎやしないか。もうそろそろ帰らなければ、明日の朝起きることはできないのでは。よもや神社で何かが起きて、木和田さんも林さんも帰れなくなった……なんてことがなければいいのだが。

「あのさ……」

公がぽつりと呟《つぶや》く。声は小さく、微かに震えていた。

「もし克人が寝ちゃっても、何ていうか、後悔しないでほしいんだ」

「はぁ？」

「だって、最初に首を交換したのは僕なんだから、順番から言っても僕の首が落ちるのが順当っていうか……。そうなっても、僕は全然、後悔しないから」

何が後悔しないだ、馬鹿言うな——と一蹴《いっしゅう》することは簡単だ。だが公の口調には、何が何でも俺に体を譲ろうという頑強な決意が感じられた。無論、その決意を認めるわけにはいかない。ここは軽く流しておくか。

「それ以前にさ、漏れそうなんだけど」

「えっ」

俺は公に体を交代する。

「そ、そうかな。まだ大丈夫じゃない？」

話題逸らしの発言でもあったが、実際問題尿意は無視できない脅威だ。今はまだ尿意に留《とど》まっているが、その先の大事故を考えるとそれはそれで死である。

「この近くにトイレってあったっけ」

「浜の反対側に仮設トイレがあったけど、移動するのは厳しいな」

公の体の疲労は限界にきているし、移動中に首を落としたら一巻の終わりだ。

仕方ない、いざとなったら茂みで済ませるしか——とプライドをかなぐり捨てかけたそのとき。

ざっ、と砂利を踏む音が聞こえた。

俺たちは揃って息を呑む。間違いない。市街地の方面から誰かの足音がこちらへ近づいてくる。

「誰かーっ！　助けてーっ！」

ありったけの大声を張り上げる。その声は届いたらしく、足音は揺れる懐中電灯の光と共にこちらへ走ってきた。

やがて眩《まばゆ》い懐中電灯の光が俺たちを照らし、嘘だろ、と耳馴染《みみなじ》んだ声が言う。

「公……それに、克人……」

俺たちの前に現れたのは、長部智大だった。

「智大っ！　お願い助けてっ！」

「おい公、十五秒十五秒！」

「あっごめん」

興奮してタイムリミットを忘れかけた公から体を譲り受け、俺は早口にこれまでの経緯を説明した。

「もう体力が限界なんだ、誰か呼んできてくれ！」

懐中電灯の逆光で智大の顔は見えない。何を押し黙っているのだろう。

じり、と智大が踵を返す気配。

「と……智大？」

「克人、パス！　パス！」

俺が慌てて公と首を交換すると同時に、智大はだっと来た道を引き返していった。

「待てっ、せめてそこのトイレまで体を貸せーっ！」

俺の叫びは暗闇に吸い込まれていった。


「……遅いね」

智大が立ち去ってから三十分以上は経っただろうか。

俺たちは相変わらず意気消沈して海の家に転がっていた。首交換は続けているが、いつ手元が狂って首を取り落とすかわからない。

「ったく、智大の野郎、絶対許さないからな……」

「きっと助けを呼んできてくれるよ。何か事情があって遅れてるんじゃないかな」

公は性善説論者だが、俺は性悪説を推す。

「びびって逃げたんだよ。公、俺が死んだらあいつをぶん殴っといてくれ」

襲い来る睡魔と闘っているうちに、俺の中で徐々に覚悟が固まってきていた。

やはり俺が死ぬべきだ。どうあれ襲われたのは俺で、公が死んでいい理由はどこにもない。

だからせめて、公が力尽きて首交換に失敗するまでは寝ずに頑張ろう。最後まで起きていた方が死ぬというのも妙な話だが、人生の最後に張る意地としては悪くない。友人に命を託して死ぬのなら、無論本望ではないにせよ、有終の美と言えなくもないいんじゃないか。

智大が再び海の家に現れたのはその数分後だった。

智大の姿を見るなり、俺は公の体を借りて智大に躍《おど》りかかった。その首を引っこ抜き、公の首を強引に挿げ替える。突然のことにパニックに陥《おちい》る智大をなんとか宥めつつ、事情を簡単に説明する。

首交換で公の体の疲弊が限界に達していると知ると、智大は渋々体の提供を承諾した。だが智大は、体の一時的共有は許すが体の貸し出しは認めない、共有している間もできるだけ体に注意を向けるなとあれこれ注文を付けてきた。自分の体を見られるのが恥ずかしいらしい。

そういえば、智大は修学旅行のときも一人だけ風呂の時間をずらしていた。もしかすると恥ずかしいだけでなく、体に隠したい傷跡でもあるのかもしれない。別に興味はないが。

俺は智大と公がちゃんと首交換できているのを見届け、トイレに向かった。

「た、助かった……」

仮設トイレから出た俺は、放心して砂浜に膝をつく。

急いで海の家に戻り、床に仰臥《ぎょうが》する二人——否、二首一体を見下ろす。改めて客観視すると、十五秒ごとに首を入れ替える様はなかなかおぞましい。ろくろ首の末裔《まつえい》もかくやといった様相だ。

「で？」

智大と公の前に屈んで話しかける。

「何でさっき逃げた？　おかげで俺と公は本当に死にかけたんだぞ」

「……悪かったよ」

智大はばつが悪そうに視線を逸らす。交換を忘れている様子だったので、俺が智大と公の首を入れ替える。交換に不慣れな智大は「ううう」と気色悪そうに呻《うめ》いた。

「普段は責任感が強い雰囲気出してるくせに、命の危険に晒されてるクラスメイトをほっといて逃げちまうんだから。ほんと見損なったよ」

「……出たと思ったんだよ」

「あ？」

「真っ暗闇の中からいきなり声が聞こえたんだぞ？　何かやばいのが出たと思うだろ、普通」

高校生にもなって何言ってんだ。俺と公が呆気に取られていると、智大は「とにかく」と軌道修正を試みる。

「人のいるところに行かなきゃと思って、俺はまっすぐ神社に向かった。そしたら、神社でもっと大変なことが起こってたんだ」

「いや、これより大変なことってそうそうないだろ」

「あったんだよ。人が死んでたんだ」

眠気が吹き飛んだ。

昨夜、智大は午後九時頃に神社を離れて帰宅していたらしい。祭りで疲れていたため早く寝たかったのだという。ところが自宅で床に就いても、祭りの興奮が残っていたためかすぐに目が覚めてしまい、夜の町に散歩に出た。それが午前二時頃で、ぶらぶらと遊歩道を歩いているうちに海の家の近くを通りかかった。俺たちが助けを求める声は恐ろしげに聞こえたらしく、恐れをなした智大は神社に逃げ込むが、境内の雰囲気が何やら物々しい。

「大人たちが境内の倉庫の周りに集まって、深刻そうに話してたんだ。倉庫の中で高校の制服を着た焼死体が見つかったって。しかも首なしの。それで俺はようやく、さっき聞いた声は克人だったんだと思って引き返してきたんだ。途中道に迷って遅れてしまったけど、こうして間に合ったんだからいいだろ。なぁ、そろそろ首交換代わってくれよ。お前ら、ここでずっと交換を繰り返してたのか……」

智大が何かぶつぶつ言っているが、俺の耳には入らない。

焼死体。

その一言が俺の胸の底にずしんと沈み込んだ。いや、この体は公のものだからその表現は不適切か。

男子生徒の焼死体というのは間違いなく俺の体だ。林道の休憩所で襲われたはずの俺の体が、どうして境内の倉庫に移動したのかはわからない。あの天蓋の男の仕業《しわざ》だろうか。何故？　いや、そんなのは今となっては些細《ささい》なことだ。

俺の体は……生まれてから十六年もの間付き合ってきた自分の肉体は、今や消し炭になってしまった。もう二度とその足で立ち上がることも、その心臓が拍動することもない。

そうか。俺は、死んだんだ。

殺されたんだ。

あの、訳のわからない天蓋の男に……。

「……克人？　どうした？」

内心が表に出ていたのか、智大と公は心配そうに俺の顔を見る。

どうする。これからどうすればいい。

いや、俺に「これから」などない。公の馬鹿げた善意で一時的に救われはしたが、俺は本質的にもう死んだ。公や智大と首を交換し続ければ多少は生き永らえることも可能だろうが、ここ数時間の公の体の消耗具合からすると、首お手玉もいつかは限界が訪れる。

ならば考えなくては。残り僅かな時間を何に費やすか。

突如終わりを告げられたこの人生の幕切れをどう飾るか。

――復讐だ。

あの天蓋の下の素顔を突き止め、目にもの見せてやるのだ。

奴が俺と同年齢であれば、首から上を殺して体を奪うという道もあったかもしれない。俺は殺人罪に問われるだろうが、ともかく生き延びることはできただろう。だが、首交換は満年齢差が一歳未満の者同士しか行えない。この島に俺と首を交換できるのはここにいる二人しかいないのだ。

つまり俺にできることは、せいぜい犯人を道連れにすることだ。そのためには……。

「なぁ、公、智大」

首を交換し続ける二首一体に、俺は頭を下げる。

「協力してくれ。しばらく身を隠したいんだ」

子供の頃、俺たち三人は毎日のように一緒に遊んでいた。互いの性格の違いがうまく嚙み合ったのか、あの時期の俺たちは自他ともに認める仲良しトリオだった。

三人の関係が変わってしまうきっかけは、公の家族を襲った二度の不幸だった。

姫路夫妻が交通事故で亡くなったとき、公はまだ八歳だった。それほど悲しんでいる様子を見せなかったのは、恐らく死というものをきちんと理解していなかったためだろう。「本土に旅行に行った両親が何かの事情で帰れなくなった」程度の認識だったのかもしれない。だがその二年後、公の姉が神社近くの高台から転落死したときは、しばらく外へ出られないほど塞《ふさ》ぎこんだ。

三人の間で成立していたバランスは、一人が欠けると途端に不安定になる。公との距離が開くにつれて、俺と智大の距離も少しずつ開いていった。学校では三人とも毎日顔を合わせるが、お互いどことなく壁を感じていた。

こうして三人で山道を進んでいると、まるで昔に戻ったかのような気分になってくる。

俺たちは朝日が昇る前に海の家を離れた。海の家の物置にあった台車の上に公が座り、十秒ごとに俺と首を入れ替え、その台車を智大に押してもらっている。斜面で首を落としたら一巻の終わりなので、俺と公はベルトを鉢巻きのように頭に巻き、智大の法被の襷《たすき》で胴体と接続している。未舗装の山道の上で台車は揺れに揺れ、俺たちはしばしば首を取り落とした。その度に智大が素早く首を拾って挿げ替える。この連携プレーで、二人三首でもある程度は安全に移動することができた。

問題は交換のタイミングだ。ししおどしの代わりに俺たちが十秒経過の合図に選んだのは、電子式のメトロノームだった。海の家から島南方向に走って十五分ほどのところに一軒家があり、そこの奥さんが自宅でピアノ教室を開いていたことを俺が思い出したのだ。可能ならそこへ行ってメトロノームを盗んでもらえないかと俺は智大に懇願した。智大はかなり渋ったが、最終的には俺のために人生初の窃盗を働いてくれた。

山道は次第に険しくなり、ほとんど獣道のようになってきた。台車の扱いに苦心しながら、俺たちは草木を掻き分けて山奥へと進んでいく。

「案外覚えてるもんだな。下手したら十年近く来てないのに」

智大がぽつりと呟いた。

「大丈夫かな、こんな山の中入って。猪が出たりしない？」

公はびくびくと周囲を警戒している。赤兎島の山には熊こそ出ないが、野生の猪と野犬が度々作物を荒らしては問題になる。猟友会が定期的に狩っているが、被害を根絶することはできないようだ。

「ま、大丈夫だろ。猪も野犬も山の西側に生息してて、この辺りにはほとんど出たことないって聞くし」

やがて、山の岩肌にぽっかりと空《あ》いた洞穴《ほらあな》の前に俺たちはたどり着いた。ここは昔、三人で山を探検していたときに偶然見つけた秘密の場所だった。島の北東の山奥に位置しており、恐らくほとんどの島民に知られていない。幼い子供が秘密基地にするにはうってつけの場所だった。

「前は立って歩けたんだけどなぁ」

公の言葉通り、成長した俺たちは腰を屈めないと洞穴の中に入れない。奥行きも記憶より浅く、二人が寝そべったらそれで終わりだった。

「でもま、しばらく身を隠すにはちょうどいい。雨が降ったら一発アウトだけど」

「そういえば、台風のときに中が滅茶苦茶になっちゃったから来なくなったんだっけ。泣いたなぁ、あのときは」

智大の法被を洞穴の地べたに敷き、その上に公が仰臥する。やはり首交換はこの体勢が一番楽だ。

「それで、今後のことだけど」

一段落ついたところで、俺は二人に自分の考えを再度伝える。

「正直、この状態で長生きできる気はしない。公の体と智大の体をうまくやりくりしても、いつか限界は来ると思う。そうなったら今度は大人しく俺が死ぬから、もう助けてくれるなよ」

「そんなこと……！」

「待てよ公、この議論はひとまず後回しだ」と智大が公の抗言を遮《さえぎ》る。「限界がいつ来るかはともかく、それまでどうするつもりだ？」

「犯人が知りたい。あと、俺を襲った動機もな。自分が殺される理由すら知らずに死ぬなんて最悪だ」

どうせ死ぬなら犯人を道連れに——という真の目的は胸の内にしまっておく。さすがにこの二人も報復には賛同してくれないだろう。

「本土から警官がわんさか来るだろうから、事件そのものはすぐ解決するんじゃないか。犯人が逃げられる場所は島内に限られているだろうし」

「それでも今日中に犯人逮捕ってわけにはいかないよな。こっちは明日までもつかどうかもわからないってのに。だから智大、公。俺に協力してくれないか。幸い俺たちは三人だ。二人が首交換で動けない間も、もう一人は自由に行動できる。そのもう一人に山を下りてもらって、捜査の進展具合を調べてほしいんだ。たとえ犯人逮捕の前に俺が力尽きたとしても、少しでも真実に迫りたい。俺の人生最後の頼みだと思って、どうか力を貸してくれ」

智大は逡巡もなく「わかった」とだけ答えた。公は少し躊躇《ためら》う素振りを見せたが、智大の視線に押されてか協力を承諾した。

意外にあっさり話が通って、俺は内心ほっと胸を撫で下ろしていた。もし二人に「なら山を下りて大人たちに保護してもらおう」と提案されたら、それを却下するだけの理由を提示できないからだ。俺の本願である報復は、大人たちの保護下では決して達成できない。

そのためにはしばらく人目を避ける必要がある。この洞穴は決して居心地がいいとは言えないが、他に相応《ふさわ》しい隠れ場所は思いつかなかった。

「でもさ、克人は犯人を見てるんでしょ。ならそれを警察に言えばいいんじゃない？」

公にしては鋭い指摘だ。

「いや、俺は直接顔を見たわけじゃないし、休憩所は暗かったからな。わかってるのは、犯人は多分成人男性で浴衣の上に法被を着てたことってだけだ。あと、頭に天蓋を被っていたこと」

「え⁉」

智大が目を剝いた。

「どうした、そんなに驚いて。言ってなかったっけ？」

智大はしばらく黙考し、

「それ、本当に天蓋だったか？　何かと見間違えたってことは？」

と聞いてきた。

「暗いとはいえ目の前に迫ったんだ、間違えるわけないって。つーか何でそんなに気にするんだよ」

「いや、だってお前、天蓋衆の中に犯人がいるってことだろ。天蓋衆は全員俺と顔見知りなんだ。驚きもするさ」

「天蓋は神社に予備もあるんだから、誰でも持ち出せたさ。天蓋衆が犯人とは限らない」

とはいえ、あの天蓋は証拠になるかもしれない。襲われたときに俺は素手で天蓋を殴ったから、俺の指紋が……いや、腕が当たっただけだから指紋は残っていないか。

「なんにせよ、まずは一眠りしないとな。俺も公も、もう限界に近い」

昨夜自宅で一眠りした智大はまだ平気そうだが、先ほどから公はしきりに欠伸《あくび》をしている。

相談の結果、まずは俺が二時間眠り、その後公が五時間眠ることになった。智大の腕時計によると今は午前四時頃だから、昼までは睡眠に費やすことになる。一人が一体使って眠っている間、あとの二人は二首一体で首交換し続けなければならないため、二人以上同時に眠ることはできない。

「克人は二時間しか寝なくて大丈夫？」

「問題ないよ、俺、ショートスリーパーだから。いつも三時間くらいしか寝ないし、二時間程度でも十分回復できる。そういう体質なんだ」

智大が隣に体を横たえ、俺から公の首を受け取る。しばらくは智大の体で交換を続けてもらうことになる。智大は相変わらず妙に恥ずかしがっていたが、すぐに交換のコツを摑んだようだ。さすがは太一翁の孫といったところか。

「そういや、城戸先輩の誕生日会でも克人はずっと起きてたよな」

誕生日会に参加していなかった公が「えっ」と驚く。

「何それ、そんなことがあったの？」

「先週だっけか。城戸先輩が俺の誕生日を祝えって、無理矢理付き合わされたんだよ。先輩の家に泊めてもらったんだけど、あの人は逆にロングスリーパーだからすぐ寝ちゃって。人の家だから無茶もできないし、勝手に帰るのも悪いし、とんでもなく暇な夜だった」

「へぇ、面白そう。僕も参加したかったな」

「公も学校に来てたら誘ったんだけどな」

そう口にしてから、まずいと思って口を閉ざす。智大も心なしか緊張している様子だ。俺も智大も、公が学校を休んでいる理由を未だに知らない。その理由が触れていいものなのかどうかも。

「……ごめん」

何故か公が謝り、洞穴の中に気まずい沈黙が訪れた。

黙っていると途端に眠気が膨れ上がり、俺の意識は闇へと落ちていった。

予定通り二時間で目覚めた俺は、公に体を明け渡した。元は公の体なので、返したと言うべきか。

公は眠気の限界だったらしく、自分の体で瞬く間に眠りに落ちた。

「ちゃんと寝たんだろうな克人。俺から体を奪ったまま寝落ちするなよ」

「大丈夫だって、俺を信頼しろよ」

寝息を立てる公の隣で、俺と智大は首を交換しながら囁き合う。

智大の体に接続するのは初めてなので、最初はかなり違和感があった。間近で見ると、智大

の体は意外と細身だった。じろじろと両手を見ていると、

「あんまり見るなよ。人の体だぞ」

智大から叱責された。手を見られるのも恥ずかしいのか。

「つーかさ。なんかお前の体、酒臭くないか？」

俺が指摘すると、智大はぎくりと息を呑んだ。

「もしかしてお前……飲んだのか？」

「し、仕方ないだろ。祭りの間、親父の挨拶回りに付き合わされたんだけど、酔った旦那衆はすぐ酒を勧めてくるんだ。俺も長部の長男だし、断るに断れないんだよ」

「断れないっつってもなぁ。お前まだ十六じゃん。先輩よりやばいんじゃないの？」

「平気だよ。昔から長部家の子は何かある度に酒を飲んでいたんだ。酒に強い家系なんだよ」

かなり言い訳がましく聞こえる。ひょっとすると、体の貸し出しを嫌がった理由は飲酒を知られたくなかったためか。

会話が途絶えた後は、一人で事件について考えを巡らせる。一体全体、動機は何なのだろう。殺されるほどの恨みを買ったことは天地神明に誓ってないし、俺の死で利益を得る人物がいるとも思えない。しかし、遺体を移動させて焼くという犯人の行動からは、俺に対する深い恨みが感じられる。

耳元で電子メトロノームがピッと鳴り、智大に体を明け渡す。寝そべっていても、智大の体は徐々に疲れが溜まってきているようだ。やはり首お手玉は永遠にできる芸当ではない。

「おい、公。起きろ」

突然、智大が公の体を強く揺さぶった。公は目をこすりながら、

「え？　あ、ごめん、もう朝？」

呂律《ろれつ》の怪しい声で言う。地面に置かれた智大の時計は、午前七時を少し回ったところだった。

公はまだ一時間しか寝ていない。

それなのに、智大はとんでもないことを言い出した。

「悪い、用事を思い出した。俺は帰らないといけない」

「は!?」

「えっ」

智大は俺の首を摑んで無理矢理公の首と交換すると、立ち上がって制服の土埃《つちぼこり》を払った。地べたに転がる俺たちが止める間もなく、智大の足音はそそくさと遠ざかる。

「あ、あの野郎……！　何考えてやがんだ、おい！」

立ち上がって追いすがろうとするが、

「克人！　交換、交換！」

公の声で我に返って首を交換する。この二首一体状態では五体満足の智大に追いつけない。

智大はそれをわかっていて、俺たちを……見捨てた？

「ふざけやがって、智大の野郎……」

「き、きっと急ぎの用事だったんだよ。色々あって忘れてたんじゃないかな。仕方ないよ、こ

こで智大の帰りを待とうよ」

公はどこまでも楽観的だ。楽天的と言うべきか。

「くそっ」

そもそも、首を交換してくれだなんて頼み自体が無茶な願いだったのだ。智大が嫌になって投げ出すのも無理はない。その行為を許せる余裕が、俺にあるかどうかは別として。

智大の離脱で状況は一変した。

俺と公は洞穴で首交換を続けたが、やはり公にとって一時間という睡眠時間はあまりに短かったらしく、首を挿げ替える手つきは危なっかしい。頭に巻いたベルトとこめかみの間に手を挟み、簡単には首を取り落とさないように固定してみたものの、公が寝落ちしてしまえばこんな工夫など無意味だ。公が失敗するということは俺の首が落ちるということだから、公が死ぬよりかはいくらかましだが、俺とて死にたいわけではない。

こうなってはきっぱり報復を諦め、大人たちに保護してもらおうか。だがここは人が偶然通りかかるような場所ではない。足が使えれば十数分で山道に出られるが、二首一体ではそれもままならない。

「あのさ」

欠伸を嚙み殺しながら公が言う。

「正直言って、ちょっと、まずいんだ。このままだと僕、寝ちゃうかも」

「そうか」俺はあえてさばさばと答えた。「そうなったら俺もすっぱり諦めるよ。先に言っとくけど、公は悪くないからな。悪いのは全部あの天蓋野郎だ。あと智大な」

「……違うよ」

「ん？」

「結局、最後に克人を死なすのは犯人でも智大でもなくて、僕なんだ。僕はそれが、すごく怖い。自分が死ぬよりも。だから……」

公の言葉は尻すぼみになって途切れた。ひょっとして、自分の命を諦めて俺に体を明け渡したいとでも言うつもりか。見上げた自己犠牲精神だが、冗談じゃない。

「言っとくけど、お前に死なれたときの俺の後悔はお前の比じゃないぞ。後悔しすぎて自殺するかもな。そんなの誰も得しないだろ。な、だからもうちょっと頑張ろうぜ」

公は今にも意識を手放しそうな声で「うん……」と返した。本当に限界が近いようだ。

「えーと、とにかく睡魔をどうにかして吹き飛ばそう。眠気覚ましには体を動かすのが一番だけど、この状況じゃ体操もままならないか。何か目が冴えるような話でもするか？」

「そう、だね。克人、怪談話持ってる？」

「強いて言うなら昨日、天蓋被った男に殺されたことかな」

「そっか。それは怖かっただろうね」

公は苦笑する。少し余裕が出てきたようだ。

「あ、そういえば一つあったな。不思議な体験ってほどじゃないけど。お前も関係する話だよ」

「え？」

「ずっと公に確認したいと思っていたんだ。ちょうどいい機会かもな。多分、小四くらいのことだと思うんだけど。あの頃、俺たちよく一緒に遊んでただろ。低学年の連中と一緒に、毎日飽きもせず走り回ったりかくれんぼしたり」

球技や激しい運動が禁じられている赤兎島の子供たちにとって、比較的安全なかくれんぼや鬼ごっこは定番中の定番だった。

「ちょうど今くらいの季節だったかな、あるとき鶴首神社でかくれんぼをしようって話になったんだ。神主さんが用事で留守にするから今日だけは遊び放題だって誰かが言い出して、放課後、ガキどもを連れて神社まで歩いて行ったんだ」

「えっと……そんなことあったっけ?」

「あったよ、一度だけな。智大が鬼に決まって、境内で数を数えている間に俺たちは散り散りに隠れた。俺はちょっと意地悪しようと思って、神社を思いっきり離れて海岸沿いの遊歩道まで下りたんだ。海の家に隠れてじっとしてたんだけど、誰も来ないからだんだん暇になってさ。やっぱり上に戻ろうかと思ったとき、突然木の陰から女の子の声がはっきり聞こえた。何て言ってたと思う?」

「え……?　な、何だろ」

「公に告《コク》ってたんだよ」

「えぇっ!?　そんな、何かの間違いだよ。女の子に告白されたことなんて一度もないし」

「けど俺は確かに聞いたんだ。こうちゃん愛してるよーって。お前は上級生にも下級生にもこうちゃんって呼ばれてたし、他にそんな名前の奴いないし。そこからはしーんと静まり返って、何の気配もしなくなった。どうしたんだろうって顔を出したところで智大に見つかったんだよ」

俺が神社の外に出たことを下級生が智大にチクったらしい。卑怯だなんだと智大は俺を非難したが、俺は公のことが気になってかくれんぼどころではなかった。

「それから智大と一緒に神社に戻ったんだけど、途中で神主さんに見つかって滅茶苦茶怒られて。そのまま家に帰らされたんだ。公、お前あのときどこに隠れてたんだ？　なぁ……」

はっとして言葉を切る。たった今首を挿げ替えた公から、意識のある反応が途絶えていた。

「公？　おい、公っ!?」

公は安らかに息をしながら、深い眠りについていた。

嘘だろ、もう時間切れだってのか。公が眠ったら俺の首を交換する奴はいなくなって、じ、じゃあ俺は、もう……！

再び眼前に「死」の一文字が突きつけられた。天蓋に襲われたときは公が助けてくれた。だがもうこの場に俺を救う者はいない。恐怖に全身が怖気立《おぞけだ》つ。全身と言っても首しかないが。

「くっ……！」

そのとき、不思議なことが起こった。

公の両腕が俺の首と公の首を左右から挟み、ぐい、と横にずらした。これまで何百回も繰り返してきた首交換のモーションだ。俺の首は公の体に接続し、肺から空気が逆流する。

驚いて隣を見るが、公の生首は昏々と眠り続けている。今の交換は公の意志によるものではない。俺の意志だ。

その後も俺は一人で首交換を続けることができた。公の体と繋がっていなくても公の体が動かせるというのは奇妙な感覚だが、動かせるものは仕方がない。

首脱状態であっても、体のどこかが頭部に触れてさえいれば体を動かせる。首芸の「ドニ」は首脱したまま自身の体を動かす技だが、どうやら首が触れてさえいれば意識のない他者の体も動かすことができるらしい。これは首芸における新発見かもしれない。

とはいえ、ドニが上級技とされていることが示すように首脱状態では体のコントロールが極めて難しい。首二つを摑んで横にずらすという単純な動作でさえままならない。うまく力が入らずに残り二秒まで死が迫ったり、逆に力が入り過ぎて首が二つとも体から離れてしまったりした。手をベルトで側頭部に固定しているため首を取り落とすことはないが、うかうかしているうちに十五秒が過ぎてしまう恐れもある。

それでも俺は歯を食いしばり、一人で交換を続けた。

恐怖と孤独がいやがうえにも生への執着と復讐心を燃え上がらせる。公が目を覚ますまで、意地でも生き抜いてやる。これは公のためでもある。目覚めたときに冷たくなった俺の首が転がっていたら、公はもう立ち直れないかもしれない。

時計が午前十時を示す頃、公はようやく目を覚ました。実質は三時間弱しか経っていなかったが、俺の人生で最長の三時間だったことは確かだ。

泣いて謝罪する公を宥めるのに、たっぷり三十分は費やしただろうか。

「悪い、遅くなった」

正午を過ぎてから突然洞穴にひょっこり姿を現した智大は、悪びれもせずに言い放った。

「ほ、ほう……？」

俺はありったけの憎悪を込めた笑顔で出迎える。

「死にそうな友人を見捨ててトンズラこいて、よくもまぁノコノコ戻ってこられるもんだと思ったら、第一声が『遅くなった』とはなぁ」

「克人、そんな言い方悪いよ。智大にだってきっと事情があったんだよ」

「無論だ」性善説論者の支持を得て智大は開き直る。「俺だって、何も説明せずにばっくれたのは悪かったと思う。でも本当は一時間くらいで戻るつもりだったんだ。ほら、これ」

智大は背中のリュックサックを下ろし、中から食パンのパックやペットボトル入りのお茶などを取り出した。家から持ち出したのだという。智大の家は神社の近くにあり、走ればここから一時間ほどで行き来できる。

「克人ならそのくらい持ちこたえられると思ったんだ。けど、人目を避けて迂回《うかい》してるうちにどんどん時間が過ぎて行って」

「そうかい。正直に言えよ。逃げたかったんだろ？　こんな厄介《やっかい》ごとから」

智大は俯《うつむ》き、下唇を噛んだ。

「……そうだな。山を下りた時点で俺は精魂尽き果てていた。全部忘れて家に帰りたいって心底願ったこともあった。でも、お前らを見捨てることなんてできなかった」

「よく言うよ。公が寝落ちして俺が死ぬかもしれないって考えなかったのか」

「大丈夫だろ。意識がない相手の体でも、首が触れていれば操れるんだから」

さも当然かの如《ごと》く言い放つ智大。知っていたのか。なら先に言えよとぼやくと、知らなかったのかと意外な顔をされる。

考えてみれば、智大は首芸の達人が出入りする長部家の長男だ。首脱について俺たちより詳しいのは当然か。念のため他に何か知らないか問いただしたが、これ以上首脱に関する特殊な情報はないとのことだった。

首交換に参加するよう智大に言ったのだが、今は体が疲れていて危険だと固辞されたため、俺と公は首を交換しながら一口ずつ食事をとった。面倒ではあったが、公の体はすぐに満腹になったため食事の時間は短かった。誰の体にも一つや二つ優れた点があるものだ。

「じゃ次。何でこんなに遅くなったのか納得の行く説明をしてもらおうか」

「思ったより大騒ぎになってたんだよ」

智大は食パンをぱくつきながら町の状況を語った。

食料確保のために真っ先に実家へ向かった智大だったが、敷地内にある首芸道場に大人たちが大勢集まって鳩首《きゅうしゅ》会談を繰り広げていたため、なかなか家に入ることができなかったのだという。首なし焼死体を発見した大人たちは、道場に集まって一晩中対策を練っていたらしい。

幸運だったのは、道場の裏口に身を潜めていた智大まで話し声が届いたことだ。彼らは、当初俺の不審死をもみ消す方策を検討していたそうだ。警察の検死で首の秘密が露見することを恐れたのだろうが、被害者当人としては憤懣《ふんまん》やるかたない。死んだと思われているのは甚だ不本意だが、遺体をしっかり弔《とむら》ってもらえないのもそれはそれで気分が悪い。

「結局隠し通すのは無理ってことになって、大急ぎで祭りの後片付けをしてから駐在さんに通報したみたいだ」

「ふーん。で？　連中、犯人の目星はついてたのか？」

智大は首を横に振る。

「さっぱりだ。警察に任せたのも、純粋にプロの手で捜査してもらいたいってのが大きいらしい。そもそも、連中は被害者が誰かもわかってないいんだ」

「え？」

「俺も公も昨日から行方不明ってことになってる。それで惑わされてるんだよ。遺体は燃やされていたし、服は特徴のない学生服だし。俺の親父も夜のうちに遺体を見分したんだが、息子の体なのかどうか判別できなかったって嘆いてた」

「はぁ。それは何つーか……お前としても複雑だな」

「無理もないさ」と智大はさして気にした風もない。「一緒に風呂に入らなくなって何年も経つし、親にまじまじと裸を見られる機会なんてそうそうないし。さすがに警察が調べたらわかるだろうけど」

そうは言っても、俺の体には明らかに他の二人とは違う外見的特徴がある。うちの両親なら真っ先にそこを確認して判別できるのに。……あ、ということは。

「もしかして、まだ俺の親と連絡取れてない?」

「あぁ、そういえばそんなことも言ってたな。旅行会社が設定した観光ルートを初日から無視して、今は行方がわからないって」

「はぁ……」

仕方がない。気まぐれが服を着て歩いているような夫婦なのだから。

「それともう一つ重要な情報を仕入れた。犯人はもう死んでいるかもしれない」

「えっ?」

「実は、犯人が克人の死体を遺棄する様子は目撃されていたんだ。というより、昨日の午後十時過ぎ、倉庫に死体を運び込むまさにその瞬間をビデオで撮影されていた」

「何だって⁉」

犯人は犯行後、俺の首なし死体を神社の倉庫に運び込み、保管されていた灯油をかけて火をつけた。そこまではわかっていたが、死体が運び込まれたまさにその時分、境内では天蓋衆たちが神楽殿に集まって祭りの閉幕式を執り行っていた。これは毎年恒例で、閉幕式ではその年最も島に貢献した者や最も優れた首芸を披露した者が村長に表彰される。無駄に長いので島民にはもっぱら不評だが。

「まさかその閉幕式のビデオが犯人の姿を捉えていたとか?」

「あぁ、そのまさかだ。神楽殿から倉庫はだいぶ離れてるからはっきりとは映ってないが、誰かが人を抱えて倉庫に入る様子が確認できるらしい。克人が言ったような天蓋は被っていなかったが、頭から白い布を被っていたため風体はわからない。俺は直接映像を見てないが、犯人の物腰は成人男性のように見えるんだそうだ。ま、そこは克人の証言でわかりきってるんだが、重要なのはそいつが倉庫に入ってから出火するまで誰も倉庫から出てこなかったってことだ」

火が消し止められたとき、倉庫には俺の死体だけが残されていた。犯人が倉庫の入り口から出ていないのであれば、残る脱出口は窓しかない。だがあの窓の外には足場などなく、そこから出れば十メートル下の荒海に落ちるしかない。

犯人は死体を遺棄した後に身投げした——大人たちはそう考えているらしい。

「実際、閉幕式の最中に何かが海に落ちるような音を聞いたと複数人が証言していた。島中で行方不明者がいないか確認中だが、今のところ俺たち以外にいないということだ」

「じゃあ、犯人は外から来た人ってこと?」

「かもな」智大は肩を竦めた。「余所者の犯行と仮定すると、倉庫が撮影されていることを犯人が知らなかったことにも説明がつく。犯人は島外から渡来したおかしな奴で、灯油で遺体を燃やすために倉庫に遺体を運び、身投げした。これで筋が通る」

「筋が通るっつってもなぁ」

余所者犯人説は突っ込みどころが多すぎる。倉庫に灯油があることを知っていたことや、この島特有の文化である天蓋を被っていたことも説明がつかない。

「それに今思うとあの男、天蓋を被り慣れていたような気もするんだよな。天蓋衆は閉幕式のビデオに映っていたのか？」

「あぁ。犯人が倉庫に入ったとき、ちゃんと全員神楽殿の上で首を揃えていた」

上手いこと言ったつもりか。

「つーことは、天蓋衆には全員アリバイがあるってことか」

「でも、閉幕式って天蓋を被ったままやるよね。全員揃ってたかどうかはわからないんじゃ？」

公にしては鋭い指摘だ。いずれにしろ現段階では容疑者を絞れないということか。

恐らく警察の手によって崖下の海中が捜索されるだろうが、あの辺りは離岸流が激しくて船を寄せるのが難しい。犯人が身投げしたとしたら、遺体は上がらない可能性が高い。言い換えれば、犯人の自殺を偽装する者にとってはおあつらえ向きのスポットということになる。

俺としては犯人が自殺しただなんて結末は受け入れがたい。だがそれを否定すると、ビデオカメラで監視されていた倉庫から犯人がどこへ逃れたのかを考えなくてはならなくなる。

「そのビデオ、何とかして手に入らないかな。例年通りなら役場に頼めば見せてもらえるけど、今年は事情が特殊だろうし」

「難しいだろうな」と智大は渋い顔をする。「けど、捜査状況を知ることはできる。親父たちは今後も道場に集まって対策を練るみたいだから、道場の裏口に半日は録音できるＩＣレコーダーを起動して隠しておいたんだ」

「へぇ、やるじゃん。お前がいて心底助かったよ」

「何だよその言い方。皮肉か？」

「好きに受け取ればいいだろ」

「二人とも、言い方が悪いよ。こんなときこそ仲良くしないと」

俺と智大の険のある応酬を、公が必死に取りなそうとする。こんなやりとりを昔はよくしていた気がする。今だって毎日のように学校で顔を合わせているのに、三人でこれほど話したのは久しぶりだ。

俺は相変わらず死の淵にいて、事件は五里霧中だというのに、洞穴の中にはどこか弛緩《しかん》した空気が流れていた。しかし、不思議と居心地は悪くはない。

智大はリュックから取り出したビーチマットを膨らませ、その上で長い午睡をとった。何か問題があったら遠慮なく起こしてくれと言っていたが、よほど疲れていたらしく死んだように眠り続けた。快適そうで少し腹が立つ。

俺と公はレジャーシートの上で首を交換しながらじっと耐えた。二首一体に慣れたおかげか、昨夜ほどの苦行ではなかったが、それでもほんの少しずつ体が弱っていくのを感じる。

「できるだけ何も考えないようにしよう。今だけは馬鹿になるんだ」

「うん」

「落ち着いて、心を空っぽに……。深く深呼吸しよう」

ちょうど首が離れていた公は「今は克人にしかできないよ」と冷静に反論した。

今日はずっと薄曇りで、夕方にはうら寂しげに小雨が通り過ぎた。町は大騒ぎというが、ここは静かだ。

「あのさ」

不意に公が口を開く。

「何て言うか、こんなときに本当に悪いんだけど……」

「何だよ。遠慮せずにさっさと言えよ」

「ごめん。……僕、ちょっと町に下りちゃ駄目かな」

「ん？」

「ほんのちょっとでいいんだ、すぐ帰ってくるから。夜になってからでいいから」

首交換中は公の表情は見えず、真意が窺えない。何か用事があるのかと問うと、うん、まぁ、と曖昧《あいまい》に頷いた。

その口調から、俺はなんとなく公の考えを察する。

「なら行ってきな。首交換は智大に代わってもらうよ。ただ、人に見られないように気を付けてくれると助かる。それと、住人が寝静まるまで待った方がいい。俺としてはまだ隠れていたいんだ」

「大丈夫だよ、本当にちょっとした用だから」

「待て、公」

俺たちの話し声で目を覚ましたらしく、智大がのっそりとこちらを向いた。

「急用でないなら後にしてくれ。先に俺が山を下りる」

「あぁ？　何でお前が決めるんだよ」

「当然の判断だろ。俺なら簡単に家から食料を持ち出せるし、ＩＣレコーダーの回収もとっとと済ませておくべきだ。安心しろ、逃げたりしないから」

「当たり前のことを何偉そうに言ってんだ」

俺と智大の応酬がエスカレートする前に、「わかった、僕はそれでいいから」と公が割って入って場を収めた。

午後十時を過ぎ、島民全員とはいかないまでも大抵の人は寝静まった頃合いを見計らって、智大は山を下りて行った。そういえば、結局智大が戻ってきてから一度も体を貸してもらっていない。できる限り首交換はしたくないらしい。友達甲斐のない奴だ。

それでも智大は宣言通り一時間足らずで洞穴に戻ってきた。智大が担ぐリュックサックには、携行食や食パンといった食料だけでなく寝袋やタオルも詰め込まれている。ちゃんとＩＣレコーダーも回収していた。色々思うところはあるが、ひとまず誠意を見せたと受け取っておこう。

小さな懐中電灯の明かりの下、俺たちは夕食をとった。山中での深夜の夕餉《ゆうげ》は静粛《せいしゅく》で厳《おごそ》かで、何故かほんの少しだけ心が弾んだ。十秒に一回の首交換さえなければ、この奇妙なキャンプはそれなりに楽しめたかもしれない。

食事が済むと、約束通り俺は公の体から智大の体へと移った。

「ん？」
二、三度智大と首を交換し、俺は智大の体から石鹸《せっけん》の匂いがすることに気付いた。

「何だよお前、風呂に入ってきたのか？」

智大は一瞬返答に窮したが、直ちに開き直った。

「いいだろ別に。お前だって、汗臭い体に首を乗せたくはないだろ」

「いや、そうじゃなくて。風呂にまで入ったのに、本当に誰にも見られなかったのか？」

「あぁ。うちの風呂は寝室から遠いし、明かりをつけなければそうそうばれないって。そうだ、公も家に帰るなら風呂に入ってこいよ」

「い、いいよ僕は。すぐ戻るから」

公は懐中電灯を携え、そそくさと洞穴を立ち去った。ただでさえ夜の山道は危険なのに、公のようなトロい奴が足早に下れば間違いが起きかねない。無事に戻ってくることを祈るしかない。

「何をあんなに慌てているんだろうな。公のやつ」

智大の鈍さにはため息をつきたくなる。

「お前、やっぱわかってなかったんだな」

「え？　克人は知ってるのか？」

「知ってるのかじゃねぇよ、忘れる方がおかしいって」

俺はため息をつく。

「十月八日は香奈《かな》さんたちの命日だろ」

さすがの智大も「うっ」と言葉に詰まった。

今日は公にとって一年で最も特別な日だ。何しろ公は、六年前のこの日に姉を、八年前のこの日に両親を永遠に失ったのだから。

姫路夫妻は八年前、夫婦旅行の最中に命を落とした。高速道路での玉突き事故に巻き込まれたのだ。誰もが犠牲者を悼み、残された姉弟《きょうだい》——香奈さんと公を憐《あわ》れんだ。事故の後、初めて登校してきた公にどう接すればいいのかわからなかった俺と智大は、今はそっとしておいたほうがいいだろうと自分自身に言い聞かせてろくに手を差し伸べなかった。その頃に生まれたしこりが、俺たちの間には未だに残り続けている。

一方で、当時高校生だった香奈さんはつとめて明るく振舞っていたようだ。

香奈さんは全島民の中でも抜群に美人で、その場にいるだけで部屋の明るさが数ルクス増すような人だった。彼女は言わば赤兎島のアイドル的な存在で、事故以前は男子高校生全員のハートを摑んでいたと当時を知る大人たちは語る。

事故以降、逆境にもめげず笑顔を絶やさない香奈さんの健気さは更にファンを増やす結果になった。それでも香奈さんが一番大切にしていたのは弟の公だった。その意味でも、つくづく残念でならない。六年前の香奈さんの転落事故は。

姫路夫妻の死とは違い、香奈さんの事故死の詳細はよくわかっていない。山で足を滑らせて崖から落ちたらしい、という噂《うわさ》が切れ切れに俺の耳に届いたときには既に四十九日が終わっていた。

今思えば、大人たちは意図的に情報を隠していたのかもしれない。不幸が続いたため、古老たちが姫路家そのものを忌《い》むようになったのではないか——これは俺の想像に過ぎないが、未だ迷信深い島の高齢者たちのことを考えると十分にありうる。

公は丸一年学校に来なかった。祭りなどの場にも姿を現すことはなく、毎日引きこもっていたらしい。

もう公は帰ってこないのではないかと俺は危ぶんだ。だが公は不定期ながら徐々に学校へ来るようになり、笑顔も見せるようになった。

『学校を休みがちだったということですが、近頃の公君に何か変わった様子はありませんでしたか?』

ICレコーダーから男性の声が流れてくる。智大の父親、長部智一《ともかず》氏の声だった。

『さて、どうでしょうか。公とは普段あまり話をしないもので……』

煮え切らない返答をしたのは、公の後見人の新里氏の声だ。

俺と智大はビーチマットの上で首お手玉をしながら、レコーダーが捉えた島民会議の音声に耳を傾けていた。この会議の音声は昨日の昼過ぎに録音されたものだった。十数人もの関係者が道場に集まって事件について情報を交換している。

『そういうあなたはどうです。実の親でしょう』

『何とも言えません。今はただ、息子が生きていることを祈るだけです』

やはり、まだ誰が死んだのか判明していないようだ。……と思っていたら、新里の口から爆弾発言が飛び出した。

『そういえば、今朝方正木《まさき》地区で目撃されたのは、やはり智大君で間違いなかったのでしょうか』

「おいおい、お前目撃されてんじゃん！」

智大は言葉を失っている。

どうやら〝用事〟とやらで山を下りた際、智大は島民に姿を見られていたらしい。

「わ……悪い。しくじった」

「しくじったじゃねぇよ、ったく……」

息子が生きていたとわかり、長部夫妻は一安心したようだが、智大が事件に関与しているという説が有力視され始めると、夫妻は最近の智大の行動について根掘り葉掘り質問攻めにされた。

「親に心配かけてんな。お前」

智大を煽《あお》ると、苦虫を嚙み潰したような顔で睨《にら》まれた。

『ま、智大君が事件にどう関係していようと、直接問いただせばいいだけだ』

『明日の山狩りで捕まえられればいいんだが』

「山狩り？　また物騒な単語だな」

会議内容から察するに、警察と島民が協力して大規模な捜索が行われるらしい。目的は智大の保護、あるいは確保だ。

「智大、完全に犯人扱いだな」

冗談のつもりで言ったのだが、智大はそっぽを向く。

会議には警察関係者は列席しておらず、参加者は首芸や鶴首祭について遠慮なく口にしている。この会議の目的は真相の追及だけでなく、首の秘密をいかに隠し通すかという点にもあった。

『ほんで、例の閉幕式のビデオは？　もう編集できたんか？』

村会議員の越田《こしだ》氏の声。

『いえ、まだです』

『早く警察に渡した方がええよ。あれをしっかり調べてもらえりゃ、一発で事件解決だ。何せ下手人も殺された子もはっきり映ってんだからな』

『大勢の人が映っているものですから、慎重に確認しないと。映像の中で一人でも首を落としていたら、えらいことになります』

話題は警察の捜査状況へと移った。島民が警察から引き出せた情報は、俺の死体が既に医大だかどこだかに送られ、近日中に司法解剖を受けるらしいということだけだった。

他には、神社に保管されていた天蓋が一つ盗まれたという新情報もあった。祭りの首芸終了後、使われた天蓋は神楽殿の物置に返却され、そのときは全ての天蓋が揃っていた。ところが翌朝、神主夫人が物置を調べると一つ足りない。警察が物置で指紋を採取していた様子からすると、盗まれた可能性があるという。

「んんん？　天蓋が盗まれた？」

「事件とは無関係だろ」と智大。「神主夫人の勘違いじゃないか？　仮に盗まれたとしても、お前が襲われた後のことだ」

確かにそうなのだが、何か引っかかる。

会議は結局一時間ほどで終わった。

「これ以外には何も録音されていないみたいだ」

智大は残念そうにレコーダーを置いた。それにしても、片手に収まるサイズなのに半日も録音し続けられるとは、なかなか高性能な製品だ。

「よくこんな便利なもん持ってたな」

「誕生日に買ってもらったんだ。授業を録音して聞き返すと効率的に勉強できるって話を本で読んでな」

「ほー。誕生日プレゼントにお勉強道具と来たか」

智大は「悪かったな」と不機嫌な声で言った。からかいすぎたか。

「公が帰ってきたら、またレコーダーを設置しに行く。食料も確保しないといけないしな」

それだけ言うと智大はむすっと押し黙った。

智大はよくこんなふうに不機嫌になる。最近になってようやく、この態度が大本《おおもと》をたどれば俺への対抗心から来るということに気付いた。

俺と智大は中学まで陸上部に所属していた。公は学校を休みがちで、たった二人しかいない俺たちにできる運動は陸上種目くらいしかなかった。生真面目《きまじめ》で負けん気が強い智大は毎日欠かさずトレーニングを積んだが、どの競技でも俺の記録を上回ることはできなかった。二人の練習量にさほど違いはなく、記録の差は持って生まれた身体能力の差としか言いようがない。だが、智大は俺のことを不真面目で軽薄な奴だと思っている節があり、そんな俺に負け続けたことで彼は猛烈な対抗意識を自身に根付かせていったのだ。

高校に入って部活動をしなくなってからは、智大はもっぱら勉強に打ち込んだ。運動で勝てないなら勉学で俺を圧倒してやるという気概が隣の席から伝わってきて、正直ちょっと鬱陶しいこともある。

そこまで肩肘張らなくていいのに、と言ってやりたいが、そんな言葉は更に対抗心を煽るだけだろう。

日付が変わって少ししてから、公は洞穴に帰ってきた。いくら家族の墓参りとはいえ、深夜の墓地に一人で行くなんて怖がりそうなものだが、公は何かが吹っ切れたようなさっぱりした顔をしていた。

智大と公に首お手玉をしてもらい、俺は公の体で睡眠をとった。たっぷり三時間も眠ることができた。目が覚めてもまだ日は昇っていない。

予告通り、智大は自分の体で山を下りていった。再び俺と公の二人態勢になるが、公はまだ眠らなくても平気そうだった。互いに首交換にも慣れ、少し余裕が出てきた。せっかく二人きりなのだし、この機会に普段聞けないことを聞いてみようか。さほど親しくない親戚との暮らしはつらくないのか、最近学校に来ないのは何か原因があるのか……。

公との間にある見えない壁を完全に取り払うことはできずとも、言葉を交わすことでその厚さを推し測ることはできるかもしれない。あるいはそれが俺の遺言になるかもしれないし。

などと考えていると、

「あのさ克人。日の出を見に行かない？」

と公の方から提案してきた。

「外に？　いくら首交換に慣れたからって、さすがに二首一体で出歩くのは危険だろ」

「出歩くってほどじゃないよ。すぐそこに、見晴らしがいい場所があるんだ」

珍しく公が食い下がってくる。外で話したいことでもあるのだろうか。

うっかり首を取り落としたときのために法被の襷でベルトと肩を繋いで、俺と公は洞穴を出た。もちろん電子メトロノームをポケットに入れることも忘れない。

公の言葉に嘘はなかった。洞穴から数メートルのところに開《ひら》けた斜面があり、そこから東の海が一望できた。黒々とした日本海は静かに波打ち、雲一つなく晴れ渡った未明の空と共に夜明けを待っている。海の向こうには、霞《かす》んだ本土の大地が広がっている。

「俺の体、今はあそこにあるんだなぁ」

「そうだね」

俺は斜面の倒木に腰を下ろし、公と首を挿げ替えた。十月の朝の冷気に震えながら、首を交換しつつ二人で朝日を待つ。

「なかなかないよな、まだ生きてるうちに自分の体が司法解剖されるって。ま、もう死んでるようなもんか」

「そんなことないよ。克人はまだ生きてるし、これからも生き続ける」

「一生お前や智大に寄生して？　あんまりいい人生じゃなさそうだな」

公は返答に詰まり、「あ、解《ほど》けてるね」と白々しく靴紐を直した。

ピッとポケットのメトロノームが鳴った。公は俺の首を右肩に乗せ、右手を俺の頭とベルトの間に挟む。左手は自分の頭とベルトの間に挟み、一息に二つの首を左へとずらすと、うまい具合に俺の頭が公の首の上に乗って交換が終わる。

通常、交換を終えた首は肩に乗せたままにする。十数秒後に訪れる次の交換に備えるためだ。だが、今は何故か肩が軽かった。

「えっ？」

反射的に左を見る。左肩には何も乗っていなかった。

もしや落としたか？　だが慌てることはない。頭のベルトと肩は襷で結ばれている。今までも何度か手を滑らせることはあり、その度にひやっとしたが、この襷によって俺たちは難を逃れてきた。

俺は肩から伸びる襷を手繰《たぐ》り寄せ、その先端が風に揺れているのを目にした。

戦慄《せんりつ》が走る。と同時に、ごろごろという不穏な音が遠ざかっていくのを耳が捉えた。慌てて周囲に視線を走らせると、目の前の急斜面を公の首が転がり落ちていくのが視界に入る。

「公っ！」

叫ぶのと駆け出すのはほぼ同時だった。直後、足がもつれてつんのめり、俺は草むらの上に倒れこんだ。足が動かない。

確認しなくてもわかる。左右の靴紐が絡まっているのだ。スタートダッシュを阻害する古典的な手口だ。

一体どうして……いや、考えるのは後回しだ。両靴を乱暴に脱ぎ捨てて、転げ落ちていく公を追う。だがすぐに靴下一枚で斜面を駆け下りるのがどれだけ危険か俺は思い知ることになる。足が何かを踏んづけて激痛が走った。しかし痛がっている暇はない。公の首は絶望的なスピードで遠ざかっていく。一度でも転んだり立ち止まったりしたら届かない。

俺はこの一日、ほとんど休まず十秒をカウントし続けてきた。首交換までの時間感覚は頭に刻み込まれている。公の首が体を離れてから、スタートダッシュまでに費やした時間は恐らく四秒。公が死ぬまで残りは十秒ちょっとだ。

走りながら、俺の思考は目まぐるしく回転する。

靴紐を絡ませたのは誰か——考えるまでもない。公は先ほど靴紐が解けていると言って屈んだ。あのときだ。ならば当然襷を解いたのも公だろう、公が首交換に失敗して首を落としたのもわざとだろう。もはや公の狙いは明白だ。

死んで永久に体を俺に譲渡すること——そして俺が公を救出することを阻《はば》むこと。

「ふ……ざけ、やがって……!」

がむしゃらに足を動かすが、公との距離は開く一方だった。おいおい何やってんだよ俺、中学三年間の陸上でみっちり鍛えたはずだろ……あ、違うか。この体は公の体だった。あのクソ引きこもり野郎、普段から体を動かさないからこういうときに困るんだ。いや、この状況は公の意志に沿ってはいるのか。忌々《いまいま》しい。

ポケットの中で呑気に秒数を数え続けていたメトロノームがピッと鳴った。十秒経過……残り五秒。生死を決する五秒間だ。

思い返せば、洞穴に帰ってきたときの公の表情は雄弁にその決意を物語っていた。公が何のために山を下りたのか、墓地で公は何を思ったのか、少しは想像すべきだった。墓参りとは亡き家族に会いにいく行為だ。愛する家族の墓碑を前にして、家族の元へ行きたいという強烈な願望に襲われたとしたら。しかも、自分が死ねば人一人の命を救うことができると来た。友人に体を譲って死ぬという、これ以上なく美しい死の誘惑。

あと三秒。

転がる首の勢いは衰えない。だが、このまま逃してなるものか。こんな騙し討ちみたいな手で人を出し抜こうなんて、許すわけにはいかない。

俺の呪詛《じゅそ》めいた友愛が天に届いたのか、公の首は坂を塞ぐ大木の根に激突して止まった。あと二秒、偶然こちらを向いた公の口が「しまった」と開かれる。ざまあみろと叫びたかったが俺にそんな余裕はない。俺は地面を蹴り、サッカーゴールへと吸い込まれていくボールに食らいつこうとするゴールキーパーのように、あるいは芝にこぼれたボールをセービングしようと果敢にも飛び込むラガーマンのように、公の首へと飛びついた。

一秒。

気が付くと、俺の首は顔面を土に埋めながら転がっていた。既に公がタイムアップを迎えていたとしたら、俺もここで死ぬことになるのか。まぁ、それならそれで構わない。それは自分のミスでもあるのだし、第一俺だってもともと死ぬ決意を固めていたのだから。

数秒後、メトロノームの音が聞こえると同時に俺の首は持ち上げられた。首が再び公の体に接続され、公の首がどさりと地面に落ちる。また逃げ出されてはたまらないので、素早くベルトを襷で肩に繋いだ。その間、公は無言で大人しくしていた。

「……何か言えよ」

何度か首の行き来を繰り返し、徐々に息切れも収まってきたので話しかけてみる。すると公は無言ですすり泣き始めた。泣きながらも、メトロノームが鳴るたびに律義に首を交換してくれる。さしあたり、今すぐ死ぬ気はないようだ。俺の執念は勝利した。

悲しみを感じているのは公の脳のはずなのに、泣いている体に接続されると俺まで悲しい気持ちになってくる。心はどこにあるのかと聞かれて胸と答える人が多いことと、何か関連があるのかもしれない。

「ごめん」

朝日が本州の山の端に覗いた頃、公はようやく口をきいた。

「お前、さては朝日なんて興味なかったな」わかりきったことだが、改めて口にして確認する。

「最初から自殺する気だったな？」

公はしおらしげに「うん」と認めた。

俺は先ほどから考えていたある予想をぶつけてみることにした。

「あのさ、これは完全に俺の勝手な予想なんだけどさ。祭りの夜、遊歩道を歩いてたとき、お前、死のうって思ってたんじゃないか？」

「……うん」

やっぱりそうか。道理で躊躇なく首を交換できたわけだ。どんな聖人でも、ああもあっさり自分の命を捨てることはできないだろう。それができるのは、最初から死を覚悟した人間くらいなものだ。

「ついでにもう一つ。これもただの予想なんだけど、お前が死のうと思った原因って、俺が襲われた理由と関係があったりする？」

「……多分」

「やっぱりそうか。お前がこうまでして俺を助けようとしたのは、本来死ぬべきなのは姫路公の方だと考えていたから――つまり、俺がお前と間違えられて襲われたことを、お前が知っていたから。……ってことで、合ってるか？」

公は従容《しょうよう》として何もかも認めた。

一昨日《おととい》の夜、公のもとに一通の手紙が届けられた。差出人は匿名だが、まず間違いなく俺を襲った犯人だろう。お姉さんに関する大事な話があるから、午後九時に神社の下の休憩所に来てほしい——手紙に書かれていたのはそれだけだったが、「お姉さんに関する大事な話」に心当たりのあった公は犯人に会うため休憩所へ向かった。ところがここに行き違いが生じる。犯人が指定したのは山の中腹にある休憩所兼展望台だったのだが、公が向かったのは海岸沿いの休憩所、つまり海の家だった。

行き違いはこれだけにとどまらない。展望台へふらっと訪れた俺を、犯人は公と間違えて襲いかかったのだ。俺と公は背格好がほぼ同じだし、展望台はかなり暗かったため、犯人の見間違いを責めることはできないだろう。殺人に関してはともかく。

俺の首が山の上から転げ落ちてきたのを見た公は、咄嗟に自分の首と挿げ替えた。あの一瞬で全ての状況——呼び出し場所の行き違いや、犯人が自分と間違えて俺を襲ったこと——を推測することはできなかっただろうが、自分の命と引き換えに友人を救えるという考えに公は飛びついたのだ。

「なるほどなぁ……。悪かったな」

「え?」

公は、何を謝られたのかわからない、という声を上げる。

「だから、気付いてやれなくて悪かったって。何かさ、テレビでよくあるじゃん。自殺した子の同級生が、全然普通の子でした、何の兆候もなかったです、みたいなの。いやいや友達なら気付けよっていつも思ってたんだけど、いやー……気付かないもんだな」

「謝ることないよ。全部僕が悪いんだから」

否定すべきか肯定すべきかわからなかったので、俺は痛みを我慢して靴下のまま慎重に斜面を上がり、何とか洞穴まで戻った。智大が持ってきた荷物の中にあった消毒薬と絆創膏で足の手当てをする。擦り傷と切り傷でひどい有様だが、この程度では死にはしない。

「今にして思えば」

一言一句選びながら、ゆっくりと話しかける。

「一昨日から、何度も死んで俺に体を譲りたそうにしてたよな、お前。俺は全然本気にしてなかったけど、お前に本当に死にたいって気持ちがあるんだってわかった今じゃ、何というか……悪かったな。真剣にお前の言葉を聞くべきだった」

首お手玉の最中は互いの顔を見ることはできないが、公は真剣に聞いてくれているようだ。

「でも、さっきみたいなやり方は卑怯だよ。何もかも自分で抱え込んだまま騙し討ちみたいに死のうとするなんてさ」

「……本当、ごめん」

「謝罪よりも事情が聞きたいかな、どっちかっていうと」

公は少しの間逡巡していたが、ぽつりぽつりと事の次第を語り始めた。

公が死を考え始めたのは数週間前。その日、公は新里氏に連れられて公民館に赴いた。月に一度そこで親睦会と称して大人たちの酒宴が開かれるのだが、準備や段取りを子供に手伝わせることがある。公は料理の手伝いが済んだら帰宅するはずだったが、宴が盛況を見せたため、遅くまで給仕をさせられた。

廊下で食器を運んでいたとき、座敷で泥酔した漁師たちの言葉が公の耳に届いた。漁師は、香奈という名を口にした。

——香奈ちゃんは可哀想だったなぁ。まさか、弟に殺されるなんて。

公は食器を取り落としそうになるのを必死に耐えた。その間にも漁師たちの不穏な話題は止まらない。

——例の事故の話か？　俺ぁ詳しく知らねぇんだが、実際何があったんだ？

——あの日、ガキどもが神社でかくれんぼをして遊んでいたらしいんだ。そのうちの一人が、坂の上に置いてあった空のゴミ箱の中に隠れたんだ。大型で、キャスターがついたゴミ箱に。蓋を閉めて息を潜めてたんだろうな。

——まさか、そのゴミ箱が……。

——あぁ。何かの弾みで坂を転がっていったんだ。その坂の下にちょうど香奈ちゃんがいて、まぁ一種の交通事故みたいなもんだ。香奈ちゃんの体は弾き飛ばされて、崖下に落ちちまった。いや、誰も見てたわけじゃねぇよ。衝撃音を聞いた参拝客が駆けつけたら、坂に車輪の跡があって、坂の下で止まったゴミ箱の中から気絶した公君が出てきたってだけさ。

——それじゃ、つまり公君のせいで香奈ちゃんは死んだってのか。なるほど、だから事件のことは子供に言うなって……。

──あぁ。ゴミ箱の中で頭をぶつけたのか、公君はよく覚えてないみたいだった。それに、不幸な事故には違いねぇんだ。下の展望台で香奈ちゃんの転落死体が見つかって、事のあらましがわかったときゃ頭を抱えたよ。姫路さん家の受難はどんだけ続くんだってな……。

「それで僕は……走って家に帰ったんだ」

話を終え、公は口を噤《つぐ》む。

なるほど。漁師たちの話が公に与えたショックは、想像するに余りある。最愛の姉を殺したのは自分──。実際には事故だったとしても、自分がゴミ箱に隠れなければ姉が死ぬことはなかったという思考に囚《とら》われてしまったら、学校をしばらく休むどころの話ではない。

「すぐに死にたいって思ったわけじゃないんだ。数日間はずっとふわふわしていた気がする。はっきり死のうって意識したのは一昨日、怪しい手紙を受け取ったときだった」

文面を読んだ公は直感した。差出人は自分を殺そうと思っている。七日、つまり姉の命日の前日を指定してきたのは偶然ではない。犯人は島に数多くいた姫路香奈の熱烈なファンの一人かもしれない。動機は香奈を殺した公への復讐──あるいは、制裁。

「こんなことを言うのも変だけど、僕、犯人の気持ちもよくわかるんだ。だから一昨日、誰にも姿を見られないようにして休憩所に向かった。けどまさか、こんな行き違いが起こるなんて思っても見なかった」

「いや。……いや、違う」

俺は語気を強めて否定する。

「犯人の動機はその通りかもしれない。香奈さんの事故の原因がお前ってのもそうかもな。けど、お前が死んだ方がいいってのは絶対に違う。慰めじゃない、俺は知ってるんだ」

「え……?」

「前に話しただろ。神社でかくれんぼをしたとき、海の家の近くで女の人の声を聞いたって。その声はお前の名を確かに呼んだんだ。これ以上ないくらい親しみを込めて。あれ、きっと香奈さんの声だったんだ」

公が言葉を失う気配が伝わってくる。

「体は上の展望台で見つかったって話だが、きっとゴミ箱がぶつかった衝撃で香奈さんは首脱したんだ。胴体は展望台に落ちて、首は更に下の遊歩道まで転がり落ちた。ちょうど一昨日の俺と同じようにな。香奈さんは何が起きたのかわからなかっただろうけど、自分があと十五秒で死ぬってことはわかったんだ。それで香奈さんは、最後の十五秒をどう使うか即決した。誰かに声が届くのを信じて、たった一人残されるお前に言葉を遺したんだ」

言葉を吟味する時間など無かったはずだ。口をついて出たあの言葉は、香奈さんの命そのものだ。

——公ちゃん愛してるよ。

この言葉が公を救えなかったら嘘だ。

公が落ち着くまで、俺は黙って考えを巡らせていた。公はずっと俺を助けようと振舞ってきたが、真の目的は自殺だった。この事実はあることを俺に気付かせた。果たして、面従腹背《めんじゆうふくはい》は公だけだっただろうか……。

智大が洞穴に戻ってきた頃には、俺の推理はまとまっていた。

「つまり、この事件は一種の後追い自殺だったのか」

公から聞いた話を伝えると、智大は驚いてそう言った。なお現在、公には公の体を返し、俺と智大が首を交換している。

「犯人が本当に倉庫から海に飛び降りたんなら、確かに香奈さんの後を追った自殺って言えるかもな。何でわざわざ俺の死体を倉庫に運んだのかはすこぶる不可解だが」

その点の答えは既に見えていたが、あえてぼかす。

「それより重要なことがある。犯人が今更、公への復讐を企《くわだ》てたってことは、犯人も公と同じように親睦会の席で香奈さんの死の真相を知った可能性が高いってことだ」

公がはっと息を呑んだ。

「まさか……」

「心当たりがあったりするのか」

「う、うん。その日の親睦会は、鶴首祭準備会の顔合わせでもあったんだ。だから、首芸を披露する人たちも出席していた」

「天蓋衆ね。やっぱり犯人は天蓋衆の中にいるっぽいな。それも多分若い奴だ。そいつは六年前、香奈さんの死の真相を隠す側にいなかったんだからな」

「天蓋衆と言えば」

と智大はリュックサックから小型のデジタルビデオカメラを取り出した。俺の遺体が遺棄される現場を押さえたという例の映像だ。よく持ち出せたなと俺が言うと、映像は一旦智大の父親が預かり、編集してから警察に渡したのだという。編集といっても音声を消して犯人が映っているシーンを抜き出しただけらしいが、編集前の音声入り映像が智大の家のパソコンに残されていた。

ビデオカメラの小型モニターに表示された映像を、俺たちは顔を寄せ合って確認した。映像の内容はおおよそ事前に知っていた通りで、閉幕式の最中に怪しげな人影が倉庫に入っていく姿を見ることができた。人影は白い布を巻いた人体らしきものを両腕に抱え、自身も頭から白い布を被って風体を隠している。これでは警察といえども人物の特定は無理だろう。

早送りしてその後の映像を確認するが、確かに人影が再び倉庫から出てくることはないまま、倉庫から煙が立ち上り始めた。

「……ん？　ちょっと待て」

俺は巻き戻しボタンを押して倉庫から煙が出る直前まで戻し、今度は通常の速度で再生する。だらだらと閉幕式が行われている最中、画面手前にいた観客の一人が矢庭に立ち上がり、

『おい、倉庫から煙が！』

と倉庫を指さして叫んだ。神楽殿に並んでいた天蓋衆が一斉に倉庫の方を振り向き、会場は騒然となる。

これは……もしかすると、そういうことなのか？

「どうした克人。何が気になってるんだ？」

「ここ、よく見ろよ。『倉庫から煙が』って声が上がった瞬間」

「ん……？」

俺は映像中の天蓋衆を拡大して智大と公に見せた。

「天蓋衆の中に一人だけ左を向いた奴がいるだろ。最前列の向かって右から四番目。ずっと腕を組んでる男」

倉庫は画面向かって右奥にある。火事に気付いた観客が指さしたのも当然画面の右方向だ。全員の視線がそちらを向く中、一人だけ逆方向に振り向いた天蓋がいる。

「あ、本当だね」

「確かに。だがそれがどうかしたか？」

「いや……」

俺は言葉を飲み込む。この映像の重要性を、今ここで説明してもいいのだろうか。既に真相は九割がた見えている。残る謎は犯人の名前だけだ。その名前も、この映像を元に導き出せる可能性が出てきた。ならば万全を期して今は黙っておこう。

「これからどうするの？　今日あたり、山の捜索が始まるんだよね？」

「らしいな。ここはそんなに山奥じゃないし、すぐに見つかるかもしれない。場所を変えるか？」

「いや。これ以上俺たちのために無駄な労力を割かせるのも悪いし、もう出て行こう。もう十分情報は集まった。ほれ、撤収だ」

俺と智大を乗せた台車を、公に押してもらって山道を下りる。腕時計を見ると、既に午前八時半。山狩りが始まる前に下山しなくてはならない。

市街地の入り口の細い路地まで来たところで、智大が俺に尋ねる。

「で、どこへ行く?」

「道場がいいな。今時分、山狩りの準備で誰かしらいるだろう。まずは大人たちに事情を説明して——」

台車が民家の塀の角を曲がりかけたそのとき、見覚えのある人影が視界に入った。

「やべっ!」

俺は咄嗟に地面を蹴って台車を止めた。台車を押していた公がよろめいて後ずさる。

「両角巡査がいる!」

小声で状況を伝えた。直後、こちらへ駆けてくる重い足音が聞こえてくる。

まずい。引き返そうにもここはずっと一本道だ。あの大男に追われたらすぐに追いつかれる。首を交換している現場を見られたらどうなるか——。

迷っている暇はなかった。

俺は台車から飛び降りると、公に智大の首を押し付けた。

「ちょっと二人で交換してろ」

急いで台車を道端のポストの陰に隠す。

振り返ったときには、目の前に両角巡査の巨体があった。突然現れた俺を見て、狐につままれたような顔をしている。

「……おはようございます」

とりあえず挨拶してみる。

「水藤……克人君か？」

「はい」

両角巡査は混乱の極みにあるようだった。

「どうして君が生きているんだ？　それじゃ、あの遺体は誰なんだ？」

「まだ誰も死んでないんですよ」

巡査は「はぁ」と間の抜けた声を出した。常に厳しい顔をして町角に立っているこの人も、こんな顔をすることがあるのか。それなら寧《むし》ろ信頼できるかもしれない。

「両角さん、お願いがあるんですけど」

「何？」

どのみち、今の俺はこの人の協力に賭けるしかない。

「俺が知っていることを全部話します。その代わり、俺の頼みを聞いてもらえませんか」

久しぶりに長部家に来たが、やはり島有数の旧家だけあって敷地の広さには驚かされる。智大の手引きで敷地内に入ると、多くの人の気配が感じられた。山狩りに参加する島民たちが敷地内にある道場に集まって準備しているようだ。

道場の玄関前に立った巡査は、呼び鈴も鳴らさずに扉を開けた。道場の中からざわめきが聞こえてくる。

「突然お邪魔して申し訳ありません。皆様に大事なお話がありまして」

大人たちが我を取り戻す前に、俺は巡査の広い背の陰から出て彼らの前に姿を現した。

「かっ、克人君⁉」

俺の姿を見た大人たちは概《おおむ》ね予想通りのリアクションを取る。半分ほどは俺とも顔見知りだった。恐らく天蓋衆や消防団、青年団などの集まりだろう。壁際で猟銃の手入れをしているのは猟友会のお歴々だ。これだけの面子が山狩りをすれば、どんな犯罪者でも炙《あぶ》り出されていただろう。

その中には城戸父子《おやこ》の姿もあった。

「嘘だろ⁉ 克人は死んだはずなのに！」

城戸先輩は幽霊でも見たかのように慄《おの》いて後ずさった。

「いやいや、生きてたことを喜んでくださいよ」

「ご覧の通り」と巡査が声を張り上げる。「山狩りの必要はなくなりました。今はここにいませんが、公君も智大君も無事です」

男たちのざわつきは、有無を言わさぬ両角巡査の眼力によって鎮《しず》められた。

俺と巡査は道場の中に招き入れられた。玄関は固く施錠してもらった。今からここで語るのは、無闇に広まっていい話ではない。

「それで、一体どういうことだね？」

一同を代表して、太一翁が巡査を問い詰めた。

「事情は俺から説明します」と俺が前に出る。「両角さんにはさっきある程度話しましたけど、何分事情が複雑なんで。あ、ちなみに両角さんには首脱のことも全部話しちゃいました。すみません」

道場内が再び色めき立った。無理もない。気の遠くなるほど昔から守られてきた禁を、俺があっさり破ってしまったのだから。彼らは口々に俺を非難したが、太一翁が一喝《いっかつ》して黙らせた。

「事情があったと克人君は言っている。まずは話を聞くべきだ」

「あ、ありがとうございます」

太一翁の凄みに俺も若干びびりつつ話を続ける。

「じゃあまず、俺が何で生きてるのかって話から。その前にちょっと聞いてもいいですか？ここ、天蓋衆の人ってどのくらいいます？」

「今年の祭りに出とった者って意味なら、全員揃っとるよ。皆、克人君たちの捜索のために集まってくれたんだ」

「それはどうも。体を失った俺がどうやって生き延びたのか、天蓋衆の人なら薄々感づいてるかもしれません。俺たち赤兎人は、首が取れてもしばらくは死にません。だからあの焼死体が俺の胴体だとしても、俺が死んだとは断言できないわけです」

俺は、山での潜伏生活の仔細を語った。天蓋を被った男に襲われたこと、公に救われたこと、智大も加えた三人で首お手玉をしながら生き延びたこと。智大が何度か町へ下り、事件の情報を収集していたこと。公が自殺しようとしたことや香奈さんの事故の真相はまだ伏せておく。

「なんてこった。すげぇなお前ら」

城戸先輩は素直に感心しているようだった。気楽なものだ。

話が一段落したところで、裏口に待機させていた公と智大に姿を現してもらった。一度に多くのショックを与えないほうがいいと思って二人の登場は後に回したのだが、正しい判断だったようだ。それまで硬い表情を崩さなかった長部智一は、無事に戻ってきた息子を見るなり感極まって男泣きしてしまった。

「質問をしてもいいかね」

まともに話のできなくなった息子を横目に、太一翁が手を上げる。

「何故、君らは子供だけで姿を隠したんだ？　どうして大人を頼ってくれなかったのか……そこが納得できん。儂《わし》らの中に犯人がいると思ったからか？」

「まぁそれもあるんですけど……」

俺は、当初犯人を自力で見つけて復讐するつもりだったこと、そのために智大と公の手を借りて事件を調べていたことを正直に話した。

「皆さんには不要な心配をおかけしてしまって、その点は本当に申し訳ありませんでした」

太一翁と智一氏に頭を下げる。

「ふむ。時間が経ち、冷静になったから山を下りたのかね？」

「そうですね。なんだか脱力しちゃって。もちろん今でも犯人は憎いですけど、事件の複雑な経緯がわかってきたんで」

俺の言葉にどよめきが走った。

「君はもしや、犯人を知っているのか？」

「いえ、そうじゃないんですが、色んな情報を整理してたらだいたい見当がついちゃったんで、山を下りたんです。両角さんに首の秘密を話したのも――見つかっちゃったからってのもあるんですが――警察の人に協力してもらって、事件をうまくごまかしてもらおうと思ったんです。首のことを伏せて真相を伝えるのは無理だったんで」

俺は巡査に取引を持ちかけた。この島の秘密も含めて全ての事情を話す代わりに、首の秘密を外部に漏らすことなく、しかも法的に問題がないように事件を処理してほしい、と。要するに、あの焼死体は俺たちの誰でもなく、何らかの目的で島に来た余所者Aの物であり、犯人も何らかの目的で島に来た余所者Bである――何故なら犯人は投身自殺した形跡があり、島の住人は誰一人いなくなっていないのだから。巡査はしばらく考えた後、可能な限り力になると約束してくれた。

「ことによると、捜査陣の一部には事情を話して協力を願うかもしれませんが、信頼できる人間に限定しますのでご安心ください」

「ふむ……。どのみちこうして知られてしまった以上、両角さんを信じて任せるしかないようだ」

太一翁は諦観したように首を振った。

「いずれにせよ、克人君の話を聞いてからだな」

「はい。えっと、どこから話せばいいのかな……。事件直後、俺は犯人が本当に投身自殺したのか頭を悩ませていました。自殺の場合は神社に死体を運んだ理由が謎だし、生きている場合はどうやって倉庫から抜け出したかがわからない。でも事件後に天蓋が一つ盗まれて、棚に謎の指紋が残されていたことで、俄然犯人が生きてる可能性が高くなった。さっき両角巡査に聞いたんですが、この指紋は倉庫の窓枠にも残っていて、関係者のどの指紋とも一致しないそうですね」

両角巡査が首肯する。

「とするとやはり犯人は倉庫から無事脱出できたと考えた方がよさそうです。脱出方法が存在するなら、犯人が死体を運んだ理由も明らかです。下手人が投身自殺したとしか思えない状況を作りたかったんです。神社にいた人が聞いた水音も、そのための偽装だと思います。けどこの仮説に上手く当てはまらない事実もあります。例えば天蓋盗難事件。犯人はどうして危険を冒してまで天蓋を盗む必要があったのか。それは天蓋が盗まれていなかったと仮定すれば見えてきます。事件後に物置の天蓋が全て揃っていることが判明すれば、俺を襲ったときに犯人が被っていたのは予備の天蓋ではなく、最初から犯人が被っていたもの——即ち犯人は天蓋衆のうちの誰かということになります。けど、死体が倉庫に運び入れられたとき、天蓋衆は全員神楽殿に集まっていました。ここに矛盾が生まれ、投身自殺が偽装であるとばれてしまうわけです。それを防ぐために天蓋を盗んだんです」

「もともと犯人が予備の天蓋を盗んでいて、克人君を襲った直後に物置に返したという可能性も成り立つんじゃないかね」

太一翁が論理的な反論を投げてきた。もしかすると、俺の推理の行く先を既に察しているのかもしれない。

「いえ、神楽殿は首芸の上演中から閉幕式までずっとビデオカメラで撮影されていました。物置の入り口もカメラに映っていましたから、こっそり天蓋を物置に返すことは不可能です。だから犯人は、『下手人は祭りの前に予備の天蓋を盗んだ余所者で、犯行後に天蓋をどこかに捨てて倉庫から投身自殺した』というハチャメチャな筋書きを成り立たせるために、天蓋を盗まなくてはいけなかったんです。それでも一応筋は通りますからね。まぁ、警察の捜査が始まる前に天蓋を盗む必要があったためか犯人は焦って指紋を残してしまったわけで、そこはご愁《しゅう》傷《しょう》様って感じですけど。祭りの後に天蓋が揃っていることを神主夫人が確かめていたことを知らなかったのも、犯人にとって不運でした。知っていたらそもそも盗む意味がありませんから」

「君の考えが正しいとしても」太一翁が再び反論する。「何も死体発見の後に危険を冒して盗むことはあるまい。事前に盗んだほうが安全だ」

「そう、そこが重要なんです。天蓋を盗むのが死体遺棄より後ってことは、犯人は当初、襲撃犯が天蓋を被っていたことを知らなかったんじゃないかと思ったんです。つまり天蓋を盗んだ者は、俺を襲撃した男とは別人なんじゃないか？　天蓋を盗んだのが死体遺棄犯なら、襲撃犯と死体遺棄犯は別にいるんじゃないか――。そう考えたとき、たくさんの疑問がすとんと氷解しました」

余所者の犯行に見せかけようとしている犯人が、顔を隠すために島独自の文化である天蓋を使ったのは何故か。別人だから。襲撃時に天蓋を被っていた犯人が、遺棄時に白い布で人相を隠していたのは何故か。別人だから。俺の首をもいだ犯人が、わざわざ死体に火をつけたのは何故か。別人だから――つまり襲撃犯と遺棄犯には全く別の目的があったから。

「二人の犯人の行動を振り返ってみますか。天蓋を被った襲撃犯は犯行後現場を立ち去り、その後現場にやってきた死体遺棄犯が俺の死体を発見します。遺棄犯は死体を倉庫に運んで犯人が投身自殺したように偽装しました。しかし、その後彼は襲撃犯が天蓋を被っていたことを知ります。あらかじめ知っていたら、天蓋に似てる竹籠《たけかご》なり何なりを被ってビデオに映ったはずですからね。そこで遺棄犯は辻褄《つじつま》を合わせるために物置から天蓋を盗み出し、どこかに捨てた。さて、ここまでの推理が全部当たっているとしたら、死体遺棄犯の正体は一人しか該当しません。犯人は、死体遺棄の後で襲撃犯が天蓋を被っていたという情報を手に入れた人物です。事件発生から天蓋盗難までの間に俺がその情報を伝えたのは、ずっと俺と首を交換していた姫路公を除けば、長部智大だけなんです」

一瞬の空白の後、どよめきが一気に広がった。

その場の全ての視線が、道場の上座に座った智大に注がれる。ピッと電子メトロノームが鳴り、智大は無言で公に体を明け渡した。直後、公も驚愕《きょうがく》の眼差しを智大の首に向ける。なんだかシュールだ。

「克人君」

太一翁が重々しく口を開いただけで、聴衆は水を打ったように静まり返った。

「君は、人の孫を犯罪者呼ばわりしておる。その言葉に相応の責任が宿ることを自覚しているかね」

「あ、はい。根拠が足りないのなら、もう一つ。俺が山に籠ったのは復讐のためでしたけど、その真意は公にも智大にも伝えてませんでした。止められるに決まってますから。俺はただ、犯人が知りたいから協力してくれと二人に頼んだだけです。二人は快諾してくれましたが、今思うとそれって不自然じゃないですか。どう考えても大人に保護してもらった方がいいに決まっているのに、俺が『人生最後の頼みだから』と言ったら公も智大も二つ返事で了解してくれました。冷静に考えると、だいぶ薄情ですよね、その態度。俺が助かる可能性を一顧だにしていないとすら言えます。その時点で、二人にも俺が大人に保護されるわけにはいかない事情があるんだと気付くべきでした。公の目的は後でお話ししますが、それは決して責められるようなものではありませんでした。しかし智大の目的は擁護できません。自らの犯罪が露呈しないよう、秘密裏に事後工作を行うことだったんですから」

振り返れば、何とも奇妙な二日間だった。俺たちは三人とも腹に一物抱えていた。他の誰かが山を下りようと提案したらどんな理由をこじつけて反対しようか、全員が同じように考えあぐねており、そこに奇跡的な均衡《きんこう》が生まれて山籠りが始まったのだ。

「なるほどな」太一翁は全く納得していない口ぶりだった。「言いたいことはわかるが、智大が死体を遺棄したと言うのなら、どうやって倉庫から脱出した。まさか窓から荒海に飛び込んで、泳いで上陸したとでも？」

「いやいや、逆です。あの倉庫からの脱出は、智大だからこそ可能だったんです。出入り口はカメラに監視されていて、窓の外は断崖絶壁だった。その二つは出口として利用できません。けど、あの倉庫にはもう一つ出口があります。床の近くに作られた換気口です。換気口は建物の裏手に繋がっているので、そこから出ればカメラには映りませんし、植え込みの陰を進めば人目に触れずに神社から出られたはずです。智大はその換気口から脱出したんです。あ、仰りたいことはわかりますよ。あんな小さな換気口を智大が通れたはずがない。確かにそうです。換気口は鉄格子で塞がれていて、子供でも出入りできません。しかし、頭を通すくらいならできました。俺たち赤兎人にとってはそれで十分です。何しろ首を着脱できるんですから。換気口の前に寝そべって、首脱して換気口から首だけ外に出せば、とりあえず脱出には成功します。生首のままだと死んでしまいますから、倉庫の裏には首を受け取る新たな体が置いてあったのでしょう。こうすれば、倉庫の中には首のない体が残ります。この体こそ、焼死体として発見された遺体だったんです。つまり、智大はそもそも首なし死体を倉庫に運び込んでいないんです」

「えっと……。んん……？」

その場にいた者の心中を代表するかのように、城戸先輩が首を捻った。説明をはしょりすぎたか。

「最初から話しましょうか。事件の晩、俺が襲われた現場に智大も偶然来合わせたのだと思います。智大は襲撃犯の正体を知らない様子だったので、物音を聞いて展望台に駆け付けたときには襲撃犯は既に逃亡していたのでしょう。現場には襲われたばかりの俺の体が残されていました。そこで智大は何を思ったか、急いで自分の首を取って俺の体に挿げ替えたんです」

「はぁ!? 意味わかんねぇよ、何でそんなことすんだよ！」

「動機は後できちんと解明します。ともかく、そう考えれば脱出の謎が解けるんです。俺の体に首を移した後も智大の体はしばらく生きてますよね。十五秒以内に再び挿げ替え直せば、智大の体が生き返って俺の体が死んでいく。この交換を繰り返せば、智大は二つの体を生きたまま保つことができたんです。言うなれば二首一体の逆、一首二体です。片方の体に首が乗っているとき、もう片方の体を抱えて走り、十五秒以内に体を交換する、というのを繰り返せば移動もできたでしょう。抱えるものが大きい分、二首一体の首お手玉より遥かに難しかったと思いますが」

この可能性に気付いたとき、そのまま海の家まで来て俺たちを助けてくれればよかったのにと正直思った。だが当時の智大にとって、俺が生きながらえている可能性など皆無だった。まさか自宅にいるはずの公が遊歩道に来ていて、俺と首を交換しながら命を繋いでいたとは夢にも思わなかっただろう。だから後に俺を発見したとき、智大はあれほど驚いたのだ。

「智大は二つの体を生かしたまま、その場から移動を始めます。展望台から神社までの裏道はほとんど人目がありませんし、裏道は社務所の陰になっているので、境内に入る姿を見られる可能性は低いです。一首二体のまま社務所の裏に回り込んだ智大は、そこから死体遺棄のために思い切った行動に出ます。まず、海に捨てるためのダミーの死体を作ります。恐らく社務所からシーツや布団を拝借したのではないでしょうか。自らも頭からシーツを被って人相を隠し、これで準備完了です。ここから倉庫脱出まで、全ての行動を十五秒以内に済ませないといけません。それ以上経てばどちらかの体が死んでしまいますから。智大は片方の体を倉庫のすぐ裏に寝かせると、もう片方の体に首を移し、急いでダミー死体を抱えて倉庫の表に回り、カメラに姿を晒しつつ中に入ります。ダミー死体を窓から海へ投げ捨て、多くの客がその水音を耳にします。倉庫にあった灯油を体にかぶり、素早く換気口前の床に寝そべり、首脱して首を換気口から外に出し、倉庫裏に寝かせておいた体に乗せます。十五秒以内であれば首は外の体にくっついて、智大は晴れて倉庫から脱出することができます。後は簡単な事後処理だけです。死体を棒か何かで倉庫の中央まで押し戻し、木の枝か何かに着火して換気口から投げ入れれば全工程完了。犯人が首なし死体を燃やして投身自殺したとしか思えない状況の完成です。では、この方法が使えたのは誰でしょうか？　俺と体を交換することができる人物、つまり俺と年齢差が一歳未満の人物です。智大だけが、あの倉庫から姿を見られずに脱出することができたんです」

「できたんですっつっても……」

先輩を始め多くの聴衆はまだ納得していない顔をしている。ならば、そろそろ決定的な証拠を見せてやるか。

「この説はまだ、仮定の上に築いた推測でしかありません。不可解な部分もたくさんありますよね。真っ先に動機の問題が立ちふさがります。智大がそうまでして奇跡の脱出ショーを演じなくてはならなかった動機は何か。俺には燃やされるほど恨まれてる覚えはありません。そこで、智大が俺のことをどう考えているのか真剣に想像してみたんです。中学まで俺と智大は陸上をやっていました。部って言っても二人だけですから、チームメイトでありライバルでした。けど記録の面では、全部の種目で俺が智大に勝っていたんです。智大ってね、人一倍プライドが高いんですよ。俺は記録で勝つ度に、智大から強烈な対抗意識を感じていました。実のところ、あの頃智大は俺が思っている以上に悔しがっていたんじゃないか。俺の身体能力に嫉妬《しっと》していたんじゃないか……それは動機になり得るか？　優れた身体能力を手に入れるために、俺の体を盗んだなんて」

聴衆の誰もが「そんな馬鹿な」という顔をする中、太一翁と智一だけは心なしか青ざめて口を固く結んでいる。

「体を盗むことが目的だとすると、智大が真っ先に俺の体に首を挿げ替えた行動には説明がつきます。襲撃現場に偶然来ていた智大は、襲撃犯が去った直後に俺の体に駆け寄り、首が崖下に落ちたことに気付きます。水藤克人が助からないのは確実だが、その体はまだ生きている。そして自分は克人と首交換が可能だ。今ならこの体を……。智大の決断と行動は一瞬でした。彼は先ほど説明した方法で二つの体を倉庫に運び、『いらない方の体』に火をつけたんです。焼いたのは個人の判別をできなくするため、もっと言うと指紋を消すためです。この仮説は一見突飛かもしれませんが、検証する簡単な方法があります。智大が今使っている体が本当に本人のものか、じっくり確かめればいいだけです。洞穴にいる間、智大は執拗に首交換を嫌がっていましたし、交換中も体を見ないように口うるさく言ってきました。けど今、智大は公の体で首交換中で身動きが取れません。俺が使っているこの体には、さっきまで智大の首が乗っていました。というわけで、一つ確かめてみましょうか」

俺はしゃがんで左の靴下を脱いだ。裸足《はだし》になった左足を、聴衆たちにぐいと見せ付ける。

「はい、よく見てください。足の小指、他の指に比べて若干太いでしょ。ということは間違いなく俺の体です。この小指は、多指症の名残《なごり》なんで」

そう、俺はもともと多指症だったのだ。

多指症は最も有名な先天性奇形の一つだ。手や足の指が六本以上ある状態で生まれてくる疾患だが、六本目は完全な形をしている場合もあれば、五本目と癒合している場合もある。いずれにせよ普通は幼少期に過剰指を切除して形を整える。俺の場合も、本来の五本目の指が未発達だったため、六本目と五本目を接合するような形で指を五本にしたそうで、そのため今でも左足の小指が少し歪《いびつ》な形をしているのだ。

「ば……馬鹿な……」

多指症の話を聞いて、最も驚いたのは智大だった。そう、こいつは今の今まで気付かなかったのだ。さすがに指が六本あったら気付いたかもしれないが、足の小指など普通は注意して見ないものだ。俺自身、親から聞かされなければ一生知らないままだったかもしれない。

「指紋なんかより遥かにわかりやすい特徴です。さて皆さん、もうわかってもらえたでしょうか。脱出トリックも体泥棒も全て事実なんですよ。先ほどのトリックが用いられない限り、黒焦げになったはずの俺の体がここにあることはありえないんですから」

聴衆たちの間に、ようやく納得の空気が広がり始める。同時に、公と首交換する智大に罪人に向けられる眼差しが集まる。

「……思えば智大も不運でした。多指症のことは誰にも話していなかったので、智大もまさかこんなわかりやすい特徴があるとは思わなかったでしょうね。そういえば、うちの両親ってまだ捉まらないんですか？」

両角巡査に尋ねると、巡査は「いえ」と首を振る。

「先ほど捜査本部から、ご両親がフランスの田舎町《いなかまち》に滞在しているらしいという情報が入りました。じきに連絡も取れるでしょう」

「はぁ……。せめて連絡くらいつくようにしとけよ……。ほんと間の悪い親ですみません。もし電話で事件のことを伝えていたら、両親は真っ先に足の指の形状を確かめろと言ったでしょう。そしたら少なくとも焼死体が俺じゃないことは判明していたのに」

「その点は、正直まだ腑に落ちません」と巡査が反論する。「今、焼死体の司法解剖の手続きが進められています。先んじて血液から抽出したDNAも鑑定中です。いくら首や指紋がなくても、DNA型鑑定をすれば焼死体の主の特定は容易です。智大君がその点に思い至らなかったとは思えない」

「勿論です。智大はDNA鑑定をしても問題ないと確信していました。これは、智大のもう一つの動機にも関係します」

「もう一つ?」

「不幸中の幸いと言うべきか、両親に連絡が取れなかったことは巡り巡って一つの推論を俺に与えてくれました。俺、ずっと不思議だったんです。何でまだ死体の正体がわからないんだろうって。両親に連絡が取れないとわかったら、警察は次に島の産婦人科に聞き込みをするはずじゃないか。島外で産まれた智大はともかく、俺や公は島の産院で生まれました。俺の出産に立ち会った産科医の先生や助産師さんには話を聞かなかったんですか? 両角さん」

「無論、産院にも聞き込みに行きました。しかし……あっ」

巡査の威圧的な顔面に驚きの色が広がる。

「そう、出産に立ち会った産科医が俺の多指症を知らないはずがないんですよね。警察に聞かれて『足を調べればわかります』と答えないはずがない。さぁ話が変わってきましたよ。被害者が未だに特定できない事実は、産科医ですら俺の多指症を知らないという推論を導きます。

あれ？　だとすると俺、生まれたときは多指症じゃなかったってことにならないか？　でも後から指がにょきっと生えたとも思えません。なら話は簡単です。俺の体は、生まれた直後に誰かの体と入れ替えられていたんです。左足の指が一本多い誰かと。ここまで来れば、さっきの巡査の反論にも答えることができます。俺が十六年間使ってきた自分の体は元は智大のものであり、逆に智大の体は俺の『持って生まれた体』だったんです。だんだんややこしくなってきたので、ここからは俺が十六年間使った体を『俺の体』、智大が使った体を『智大の体』と呼びますね。あの焼死体は『智大の体』ですが、その体を産んだのは俺の母親です。従って、遺伝情報を調べれば焼死体は水藤夫妻の息子、水藤克人であると判定される可能性が高い。そう踏んだ上で智大は体を盗んだわけですから、当然二人の体の交換についても知っていたんでしょう。いや、盗んだ盗んだと連呼したら智大としては心外かもしれません。本人にしてみれば、盗まれたものを取り返しただけなんですから。な、智大」

そろそろ自白してくれてもいいんじゃないか。俺は目で智大にそう訴えたが、智大は下唇を嚙んで俯くだけだった。

「マジなのか……どうなんだよ、智大っ！」

城戸先輩に詰め寄られて癪《しゃく》に障ったのか、智大は「あぁそうですよ！」と勢いよく立ち上がった。手にしていた公の首が畳に落ち、「いたっ」と声を出す。

「全部克人の言う通り！　俺は克人の体が欲しかったんですよ、最初から！」

なかなかアグレッシブな自白が智大の口から飛び出した。

「バカお前、言い方考えろよ。変な意味に誤解されるだろ」

「誤解しなくても十分変な意味だけどな……」

先輩にしては的確な指摘だ。

智大は十秒ごとに公と首を交換しながら、忸怩《じくじ》たる思いを語り出す。

「どうしても克人に勝ちたかった。最初はそれだけだったんだ。でも、何をやってもこいつはヘラヘラ笑いながら俺の上を行く。どれだけ練習したって、どれだけ鍛えたって駄目だった。身体能力は持って生まれたものなんだ、勝てないものは勝てないんだって割り切るようにしていた。けど俺は、全部があべこべだったことを知ってしまった。……去年の暮れ、婆ちゃんが亡くなる直前に俺に言ったんだ。すまなかった智大、あんたの体は本当は克人君のものなんだって」

太一翁が深いため息をついた。

「そういうことだったか。克人君、孫が迷惑をかけて申し訳なかった。身内の恥を晒すことになるが……孫がこんなことをしでかしたのも、元をたどれば長部家に因がある」

太一翁は身内の恥を詳《つまび》らかにしてくれた。

俺と智大の体を入れ替えたのは、智大の祖母だった。智大は本土の大病院で生を受け、生後すぐに両親と共に島に戻った。初孫を楽しみにしていた祖父母は、智大の体を見て愕然とした。智大は生まれつき、足の指が六本あったのだ。迷信深い祖母はこの体を凶兆と考え、産院に忍び込んでほぼ同時期に島で生まれた俺と智大の体を入れ替えるという暴挙に走った。

祖母にしてみれば孫を思ってのことだったのだろうが、こちらとしてはたまったものではない。長部家の人々はすぐに入れ替えに気付いたそうだが、その頃俺は両親と共に本土に一時的に移住しており、本土の医院で指の手術を受けていた。両親は俺の足の指を見て、出産時は気付かなかったが最初から多指症だったのだと思い込んで手術を受けさせたらしい。そのことを知った長部家の人々は永久に口を閉ざすことにした。そのため、俺の両親は今でも体の交換を知らないのだという。人の親としては恐るべき杜撰《ずさん》さだが、悲しいかな、この世には呆《あき》れるほど適当な人間がいるものだ。

一方、長部家の人々は決して適当ではなかった。長年自責の念に駆られていた祖母は、死を目前にしてついに智大に自らの所業を懺悔《ざんげ》した。だが話の途中で容態《ようだい》が悪化したため、入れ替えの理由までは伝えることができなかった。こっちはこっちで間の悪い婆さんだ。

「それから一年近く、俺はずっと悶々《もんもん》としていた。寝ている間に体を交換してやろうかとさえ思ったよ。でも多少似てるとはいえ他人の体だ、ばれるに決まってる。けど、あの体がどうしても欲しい……祭りの晩はその考えがピークに達していた。そんなとき、ふらっと立ち寄った休憩所で、お前が襲われている現場に行き合わせてしまったんだ。襲撃犯がすぐに逃げ出したのは、俺の気配に気付いたからだと思う。だから俺は、犯人の姿をほとんど見ていない。俺が駆け寄ったとき、お前は既に首から上がなかった。魔が差して……いや、そんな言葉はごまかしか。でも本当に、なんであんな馬鹿なことをしたのか自分でもわからないんだ。けど、どうしても衝動を抑えられなかった。克人、本当にすまなかった」

智大は俺に深々と土下座した。メトロノームが鳴ったため智大は公に体を譲ったが、何故か公も土下座を続けた。

「その体は克人が使ってくれ。自分で自分の体を焼き捨てた俺は、もう体を持つ資格がない。今は公に体を借りているが、公が首交換を続けたくなければ俺は潔《いさぎよ》く――」

「いいよ、つーか頭上げろよ。公といい智大といい、簡単に命を諦めやがって。まぁ俺も人のことは言えないけどさ。そりゃ何てことしてくれたんだとは思ったけど、なんだかんだお前は本気で俺のことを助けようとしてくれた。お前が慌てて天蓋を盗んだのは、いずれ俺が警察に襲撃犯について証言することを想定していたからだ。自分の犯行の事後工作と並行して、どうにかして俺を生還させようとお前は奔走《ほんそう》してくれてただろ。俺の首をほっぽって殺したほうが早かったのに」

「そんなことするわけないだろう！」

「あぁ、だから俺はお前を責める気はない。あとは司直の判断に任せるよ。まぁお前がどんな罪に問われるのかよくわからないけど。死体遺棄っつってもまだ誰も死んでないし。とりあえず天蓋を盗んだ件は普通に犯罪か。……そういや、お前が天蓋を盗みに入ったとき天蓋は全部揃ってたか？」

「あぁ。予備は三つあったんだが、どれも持ち出された形跡はなかったな。棚の外側はきれいに掃除されていたが、棚の内側には埃が積もっていたから」

なるほど。それはいいことを聞いた。

「さて」

聴衆に向き直り、一息入れる。

「これで死体遺棄犯については一件落着とします。次は本命の襲撃犯ですが――」

俺の言葉は先輩によって遮られた。

「ちょいちょいちょい、待てい！　まだ俺は納得してないぞ！」

「もういいじゃないっすか。先輩が納得してなくても犯人が自白したんだから。あとは警察に任せましょうよ」

「いやいや、まだでっかい矛盾が残ってるだろ！　指紋だよ！　天蓋を盗んだ奴が残してった指紋は、関係者の誰のもんでもなかったんだろ？　それって当然、智大や克人の指紋とも合わなかったってことじゃんか」

なかなか痛いところを突いてくる。できればそこには触れずに済ませたかったのだが。

「さぁ。俺らは姿をくらましていたんですから、指紋は照合しようがなかったんじゃないですかね」

「いーや、警察はお前らん家から指紋を採っていったって聞いたぞ」

「う……」

俺は言葉に詰まる。その指紋の持ち主には見当がついている。だが、それをこの場で明らかにしていいのだろうか。事件の本質とは全くもって無関係だというのに。

「へへっ、論破してやったぜ」

先輩はへらへらと勝ち誇った笑みを浮かべている。俺はだんだんと腹が立ってきた。襲撃犯の正体まで後一歩だというのに、この先輩は自分の好奇心のためだけに流れを阻害し、無自覚ながら人の重大な秘密を暴こうとしている。

「すみません城戸先輩、それだけは……」

智大はなんとか流そうとしていたが、俺は「もういい」と智大を遮る。

「そんなに知りたきゃ教えてあげますよ。さっき言っていませんでしたが、俺は襲撃犯に襲われたとき、足首を強く捻ってしまったんです。智大は体を神社に運ぶのに苦労したと思いますよ。かなり痛かったはずなので。ところで、洞穴の生活で智大が最も気を付けていたのは、自分の体が実は水藤克人の体だとばれないようにすることです。でも、俺や公が眠るときはどうしても体を貸す必要があります。そのとき足首に痛みが残っていたら、俺が自分の体だと気付くかもしれない。だから智大は身代わりを用意したんです。公が眠っている間、俺と智大が使っていた体は、俺のでも智大のでもない第三者の体だったんです」

「ええ？　でも、首交換は年齢差が一歳未満の人としかできないはずじゃ」

「そう。だから必然的に、この島にはもう一人、智大の誕生日から一年以内に生まれた人間がいるということになります」

「なっ⁉」

驚愕の声を上げたのは公でも先輩でもなく……先輩の父親、城戸院長だった。院長には申し訳ないが、ここまで喋ってはもう後に引けない。

「断っておくと、この辺の推理は全部逆算です。俺は智大の小指を確認して、俺の体がまだ生きていることを知っていました。そこからさかのぼって考えると、俺たちと首交換しているときの智大の体は別の誰かのものを拝借しているとしか思えない。そういえば思い当たる節があります。二日目の夜、町から戻ってきた智大の体からは石鹸の匂いがしていました。あのとき智大が洞穴を離れたのはほんの一時間ほどです。風呂に入ることができたかどうかはかなり疑わしい。それに、最初に智大に体を貸してもらったときに俺は智大の体が非常に酒臭いことに気付きました。智大は無理やり酒を勧められたとごまかしていましたが、実はあのときの体は、俺たちと年の差がほぼないにもかかわらず祭りの晩に酒をそこそこ飲んだ人物のものだったんです。そんな奴を俺は一人知っていました」

俺は城戸先輩に相対し、その顔をずいと指さす。

「先輩。あんたです」

「……は?」

先輩はたっぷり十秒は呆気にとられていた。

「い、いや。俺、酒なんか飲んでないぞ?」

「んなこたぁ今はどうだっていいんですよ。問題は先輩の年齢です」

「俺は十八だけど……」

「いいえ」俺は先輩の弁明を一刀両断する。「先輩は先日の誕生日で十七歳になったばかりですよ。学年でいうと高校二年生です。つまり先輩の年齢は、ちょうど一歳ごまかされてるんです。俺や智大は六月生まれですから、先輩との年齢差は実際は八か月しかありません。だから智大は先輩の体を拝借できたんです。それ以外に智大が俺の目を欺く方法はないんですから、間違いありません」

「え、なっ、えっ？　いや、間違い……あるよな？」

先輩はあたふたして俺と父親の顔を交互に見る。城戸院長は口を真一文字に結んだまま俯いている。

「死体遺棄後の智大の行動を詳しく振り返ってみますか。智大は死体遺棄後、遊歩道にやってきます。その辺りに落ちた俺の首を探しに来たんでしょう。智大は海の家で俺と公が首交換しているのを発見し、慌てて引き返します。俺を救い、かつ自らの犯行が暴かれないようにしないといけないと思った智大は、先輩の体を借りることを思いつきます。智大は先輩の家に忍び込み、座敷で眠っていた先輩と体を交換したんです。それはそれで危険な賭けですが、酒を飲んでいた先輩は爆睡していたでしょうから、俺の体と入れ替えられても気付かないと踏んだんでしょう。智大は先輩の体で海の家に戻って俺たちを救いました。その後俺たちは順番に睡眠を取ることになりましたが、公が寝ている最中に智大は突然公を起こし、俺の首を公の体に押し付けて一人下山してしまいます。あのときは裏切られたと思って憤慨しましたが、今思えば智大は先輩に体を返しに行ってたんです。先輩は異常なほど長時間眠る人ですが、万が一にも俺の体のまま目覚めさせるわけにはいかなかった。そういえば天蓋の棚に残っていた指紋の件ですが、あれは先輩の指紋です。関係者の誰とも一致しないわけですよ、だって天蓋を盗んだとき、智大はまだ先輩の体を借りていたんですから。先輩は祭りの前に倉庫を掃除していましたから、倉庫の窓枠の指紋はそのとき付着したものでしょう。智大は祭りの翌朝、先輩が目覚める前に下山して天蓋を盗み、その後先輩に体を返しに行ったんです。二日目の夜、つまり昨晩も同様です。智大は何かと理由をつけて二回下山しましたが、夜中近くに先輩の体を借り、夜明け前に返すためだったんです。もっとも足首は既にかなり治っていたので、もしかしたら必要なかったかもしれませんが」

「い、いや、そんなことどうでもよくて……。だから、俺の年齢が……どういうこと？」

先輩は狼狽《ろうばい》し続ける。

「先輩が十七歳だとすると、先輩が生まれたのは城戸院長が渡米していた時期に重なりますね。多分、その辺りに先輩の年齢をごまかした理由があるんじゃないかと。これ以上は城戸家の個人的な領域なので、憶測だけで物を言うわけにはいきませんが」

大方、院長が渡米した後に島に残った院長夫人が不倫して先輩を妊娠し、時期的に院長の実子でないことが確定してしまったのではないだろうか。醜聞を恐れたために、先輩は実際より一年早く生まれたことにした——つまり、院長がまだ島にいる間に作った子ということにした、とか。不義の子供である以外に年齢をごまかさないといけない理由も思いつかないし。ひょっとすると、先輩が同学年のクラスになかなか馴染めないのは、年齢差による微妙な発育の違いにも原因があったのかもしれない。

「どういうことだよ！　説明してくれよ、なぁ！」

激しかけた先輩を、城戸院長が押しとどめる。

「もういい。この話は、家に帰って母さんも交えてじっくりしよう。だが、一つだけ言っておきたいことがある。どんな真実が明かされても、お前が俺の息子であることに変わりはない」

「え……？　おいおい、何だよそれ……」

先輩は茫然自失の体《てい》でへたりこむ。だから触れずにすませたかったのに。ともあれあとは城戸家の問題だ。城戸夫妻がどこまで先輩に事情を明かすかは、部外者の俺が深入りすべきではないだろう。

「それじゃ、今度こそ襲撃犯の正体に迫りますよ」

城戸父子が部屋の隅で何か話しているのを尻目に、俺は改めて聴衆に向き直る。

「まずは俺を襲った動機について。これはさっき触れた、公が大人に見つかりたくなかった理由とも関係しています」

香奈さんの事故の真相、俺が公と間違われて襲われたこと、そして公が自殺を企てていたことについて語る。公のプライベートな部分を晒してしまうことになるが、事件を解明するためには避けて通れない道だ。

事故の真相について触れると、聴衆は驚いて顔を上げる者と気まずそうに視線を逸らす者に分かれた。驚くのは若者ばかりで、年配者は皆事故の真相を知っていたようだ。

「そうか、知ってしまったのか……」

太一翁は深くため息をついた。

「公君。儂らは六年前、事故の真相を若い世代には伝えないようにすると固く誓ったのだ。この真相は君らにとってつらすぎると考えてのことだ。だが、君が真相を知ってしまったときのことを誰一人考えておらなんだ。すまなかった、公君。しかし、香奈さんが最後まで君のことを案じていたというのなら、どうか死のうなどと思わず生きてほしい」

「あの、僕ならもう大丈夫ですから」

公は少し早口で言った。平静を装っているが、公が本当に立ち直ることができたか俺にはわからない。六年前に棚上げにされた問題にようやく向き合うときがきたのだと思えば、今日ここから時間をかけて乗り越えていくしかないのだろう。

「公の話はここまでです。けど、俺にとってはここからが重要です」

俺は道場に集まった天蓋衆の顔をぐるりと見まわした。「犯人はこの中にいる」と言いかけたが、恥ずかしかったのでやめた。

「俺はまだ襲撃犯の名前を知りません。ですが、どうすれば襲撃犯にたどり着けるかはもう見当がついています。智大の自白によって、犯人が天蓋衆の中にいることが判明しました。智大が天蓋を盗み出すまで予備の天蓋が持ち出された形跡がないってことは、犯人が被っていた天蓋は天蓋衆に一つずつ支給された天蓋ってことですからね。犯人は神楽殿での出番が終わった後、神社を抜け出して休憩所で俺を襲撃、すぐに神社へ戻って閉幕式までその場にいたんです」

「なるほど。容疑者が天蓋衆に狭められるだけでも、解決へはぐんと近づいたと言える」

自らも容疑者圏内にいると知りながら、太一翁は悠揚迫らぬ態度を崩さなかった。

「だが、首芸の出番が終わった後は各人、自由に祭りを楽しんでいいことになっている。誰が神社を抜け出したかまでは、儂らは把握しておらん」

「そうですか。まぁそれでもいいです。俺が皆さんに聞きたいのは祭りの間のことではなく、閉幕式についてです」

俺は智大が持ち出したビデオカメラを取り出し、小さな画面に閉幕式の映像を流して見せた。

「警察にも提出された、倉庫の出火の場面です。よく見てください。『倉庫から煙が』という声が上がったとき、天蓋衆の中で一人だけ逆向きに振り向いた男がいます。最前列の向かって右から四番目、ずっと腕を組んでいる男です」

「それは私も気付きました」とビデオを編集した長部智一氏が答える。「変だなとは思いましたが、何かしら勘違いしたんでしょう。それが何か……?」

「勘違い？　観客は思いっきり倉庫を指さしているのにですか。違います、これは勘違いなんかじゃない。ビデオを見ていると、皆さんは閉幕式の間も隣り合った者同士で雑談をしているようですね。つまり顔は見えなくても声で相手が誰かわかるはずです。この男が誰だったか、どなたか覚えていませんか？」

「それは、席順が決まっているから簡単にわかりますが……。あそこは館林君だったか？」

智一氏に水を向けられた中年の天蓋衆が頷く。

「あぁ。俺はその隣だった。一言二言は口をきいたから間違いない」

全員の視線が道場の入り口近くにいた青年に集まる。青い顔をして正座している館林氏は、おどおどして縮こまった。

「あの……ぼ、僕が何か……？」

館林一成《かずなり》――確か、村役場に勤めている男だ。中肉中背だが血色が悪い二十代半ばの青年。恐らくは香奈さんと同世代だろう。

俺はつかつかと館林の前に歩み出て、じっと見下ろした。ようやくご対面できたか。

「俺は、この人が犯人だと思います」

道場にいた誰もが絶句した。そのうちの何人か――館林と齢の近い者の顔に、驚愕と共に微かな得心の色が浮かんだ気がした。

「煙が、という声に犯人は驚いたはずです。放火は犯人の計画にはなかったんですから。天蓋衆は全員咄嗟に向かって右奥の倉庫の方を見ましたが、あんただけは左向きに振り返った。そうすることで右後ろの倉庫を見ることができたからです。つまりあのとき、あなたの顔は真正面を向いていなかった。……ですよね？」

館林は答えない。代わりに先輩が「どういうこと？」と疑問を口にした。もう立ち直ったようだ。

「首芸の中に『司馬懿』という芸がありますね。頭部を回転させたまま固定する技。要はそれと同じです。首脱の奇妙な特徴の一つですが、首が横を向いた状態であっても体にくっつければ内部組織は問題なく接続されます。あのとき、あんたはその状態にあったんじゃないですか？　あんたの首はずっと司馬懿していて――向かって左後ろを向いて体に乗っていたんです。その状態で倉庫を見ようとしたら、体を通常とは逆に捻ることになる。そういえば俺は、襲撃されたときに犯人の天蓋に一発くれてやりました。大した牽制《けんせい》にもなりませんでしたが、ひょっとしてあのとき犯人の首は天蓋の中でぐるっと司馬懿になったんじゃないか？　天蓋は外から見ただけじゃどちらが正面なのかわからないので、その可能性は十分にありえると思いました。でも、首が回ったのなら直せばいいじゃないか。俺は自問自答しました。ということは、首を元に戻せない理由があったんじゃないか……と。例えば、手が使えなかったとか。この男は映像の中で終始腕を組んでいます。この腕組みにも意味があるんだろうか。手を怪我《けが》していたのでは？　そういえば、あの休憩所にはいくつかペンキの缶が置いてありました。犯人と格闘したとき、どちらかの足が缶を蹴り倒す音がして、その後犯人がバランスを崩して地面に倒れました。これだ。犯人は、地面にこぼれたペンキに手をついてしまって、手のひらや指の背にべっとりペンキが付着してしまったんじゃないか？　だから犯人は最後に俺の首を飛ばすとき手の甲で――つまり裏拳で殴ったんじゃないか？　そこだけが綺麗だったから。後々発見されるであろう俺の顔にペンキがついていたら、犯人の手にペンキが付着していることが判明します。犯人が首の向きを直せなかった理由も同様です。手を使わずに首を元の向きに戻すことはできない、でも天蓋に触れてちょっとでもペンキが天蓋に付着したら、その天蓋の持ち主である自分が犯行現場に立ち寄ったことが露見する危険がある。天蓋は祭りの後で神社に返却しなくてはいけませんから。だから犯人は……あんたは閉幕式の間中、ずっと腕を組んでいたんじゃないですか？　神社で手を洗えば人目に触れる危険があったから」

　館林は尚も黙りこくったままだった。彼を弁護しようとする者もいない。

「……まぁ、全部憶測ですけどね。でも確認するのは簡単です。両角さん、館林さんを取り調べて貰えませんか。手にペンキの微粒子が残っていればそれで決着ですし、それが無理なら当日の浴衣なり草履なり、身に着けていたものに何らかの痕跡が残っている可能性は十分――」

　俺の言葉が終わらないうちに、館林が弾かれたように立ち上がった。一瞬反応が遅れた俺は、館林の当て身を喰らい畳に腰を打ち付ける。

「んのやろっ……！」

　俺が起き上がるよりも早く、館林は傍らの猟銃をひっ摑んだ。慣れた手つきで銃口を公に向けて構え、

「お前のせいでっ……！」

　憎悪の言葉と共に引き金を引いた。至近距離で爆音が鳴り響き、俺は無様にもひっくり返った。慌てて顔を上げ、公の名を叫ぶ。

　公は尻もちをついてがくがくと口を震わせていた。弾丸は公の耳のすぐ横を掠め、背後の壁を穿《うが》っていた。

　視線を戻すと、館林は煙の立ち上る猟銃を構えたまま呆然と突っ立っていた。その銃身を両角巡査の太い手が摑んで射線を上へ反らせている。さっきまで道場の隅にいたはずの巡査が、

いつの間に館林へ詰め寄ったのか、全く気付かなかった。

「たわけが！」

太一翁の鋭い声が空気を切り裂いた。老人はつかつかと館林に歩み寄ると、猟銃を取り上げて館林を突き飛ばした。

「何が公君のせいか。お前は何もわかっとらん。香奈君が何故死ななければならなかったのか、一度でも考えたことはあるのか！」

ん？　なんだその妙な言い回しは。

館林と同年代の若者たちの間にも当惑が広がった。そのうちの一人が恐る恐る太一翁に質問する。

「あの、それってまさか……あの噂は本当だったんですか？　香奈さんの遺書が見つかったって」

「は？　遺書？」

俺も困惑したが、館林のそれは俺の比ではなかった。

「な、何ですか……？　遺書ぉ……？　だって、香奈は弟のせいで、事故で……」

「それは結果に過ぎん。あの日、香奈君はどうしてあんな危険な崖際に立っていたと思う。あの子はな、当初自ら命を絶つつもりであの場に出向いたのだ」

太一翁は口角泡を飛ばして真実を暴露した。

当時、姫路香奈は島の同世代の男たちを虜《とりこ》にしていた。中には過激なファンもおり、とりわけ館林には香奈さんに対するストーカー疑惑が囁かれていた。

事故の発生を知った大人たちは香奈がその場にいた理由を調べ、彼女の自宅で遺書と思《おぼ》しき文書を発見した。文書には新里夫妻や弟への謝罪が切々と認《したた》められていたが、言外に死を決意した原因がストーカー被害にあることが窺えた。彼女はある人物に脅迫めいたやり方で自分と付き合うよう強要されていたらしく、それを苦にして自らの命を絶とうと考えた。同級生への聞き込みでその人物と彼が用いた卑劣な手段の特定に至ったが、当人にも将来があることを鑑《かんが》みて、遺書の存在を含む真相を隠蔽《いんぺい》しようと大人たちは決断した。

「その人物が誰か、お前はよく知っておるはずだ。悲しいことだが、公君の事故がなくとも香奈君は命を絶っておった。遺書には公君に対する謝罪が長々と綴《つづ》ってあったよ。あれほど家族を大事にしていた香奈君が、弟を残し一人で先立たなければならなかったのだ。それほど彼女を追いつめたのは誰だ？　彼女の真の仇《かたき》は誰だ？　え？　館林!!」

おっかなそうな爺さんだとは思っていたが、怒るとこれほど迫力があるとは。当の館林も老人の叱咤《しった》に圧倒されて言葉を失っていた。その上、彼の眼前には凄惨《せいさん》で皮肉な真実が突きつけられている。香奈の死の原因をたどれば、館林本人に帰着するのだ。

館林はがっくりと項垂《うなだ》れていた。肩が小刻みに震えている。真に責められるべきが誰か悟ったようだ。

俺は公に駆け寄り、体を助け起こした。

「ほれ、大丈夫か？」

銃弾が耳を掠めて腰を抜かしていたが、公たちはしっかりと首交換を続けていた。手慣れたものだ。

「う、うん……」

「僕たち、ものすごくラッキーだったんだね」

館林の腑抜けた姿を眺めながら、公がぽつりと呟いた。

「僕が克人を見つけたことも、智大が僕らを見つけたことも。それに、克人がお姉ちゃんの最後の言葉を聞いていたことも、本当にラッキーだった。……あんな馬鹿なことをした僕を、克人が見放さなかったことも」

「最後のはラッキーじゃねぇだろ。俺が頑張ったんだよ」

「うん。本当に、ありがとう。あと、両角さんがこの場にいたことも」

「確かにな」

そのとき、背後で再び銃声が鳴り響いた。

「なっ⁉」

俺が慌てて振り向くと同時に、誰かがどさっと畳に倒れ伏した。

館林だった。その体から頭部が吹き飛び、道場の壁に激突して赤い染みを作っている。猟銃はもう一丁あったらしく、館林はそれで自分の頭を打ち抜いたようだ。これは最早首脱ではない。紛うかたなく、観念した犯人による自害だった。

突然のことに誰もが呆気に取られ、その場を動けなかった。だが俺は心のどこかで納得もしていた。香奈さんの死を償わせるため公を殺そうとした館林に、真の原因を作ったのが彼自身であるという真実が突きつけられた今、その絶望がどれほどのものかは想像すらできない。館林の頭部は激しく損壊しており、目も当てられない死に顔だった。そういえば、俺はもともと犯人を殺そうとしていたんだっけ。「犯人が死んでもそんなに溜飲は下がらないぞ」と過去の自分に教えてやりたい。

「ギャーッ!!」

突如、けたたましい絶叫が上がった。振り向いた俺の目に飛び込んできたのは、恐るべき光景だった。

「もっ、両角巡査!?」

両角巡査の大きな手が、誰かの頭部を摑んで掲げていた。あれは、消防団の一員として同席していた青年、沢口《さわぐち》だ。沢口の首を両角巡査がもぎ取った……という状況なのか？　頭部を失った沢口の胴体がどさりと畳に倒れる。巡査に摑まれた頭部は、顔面蒼白となってがちがちと歯を鳴らしていた。

両角巡査が不意にこちらに顔を向け、俺と目が合った。彼の両目が赤く光ったように見えたのは気のせいだろうか。俺は本能的に飛び退り、よろめきながら道場の反対側へ逃げた。

背後で更なる悲鳴が上がる。振り返ると、巡査は別の青年の首を引っこ抜いていた。腰を抜かす者、パニックになって逃げ惑う者、果敢にも巡査に摑みかかろうとする者——巡査による突然の暴挙に対する反応は人それぞれで、道場は地獄絵図の様相を呈していた。

「かっ、克人ぉっ……。どうなっちゃってるの?」

公は道場の上座で涙目になって震えていた。

「わからん。いきなりトチ狂ったとしか……」

「逃げようよ、ここにいたら殺されちゃうって!」

「待て。逃げなくても大丈夫だ」

公と首交換した智大が冷静にそう言った。体の震えも止まっている。

「よく見ろ。巡査は交換してるだけだ」

「えっ?」

言われて巡査の方へ視線を向ける。巡査より先に、館林がむっくりと起き上がっているのが目に入った。いや、館林ではない。体は館林だが、その肩の上に乗っているのは先ほど巡査に首を引っこ抜かれた沢口の首だった。沢口は何が起きたのかわからないといった顔で辺りをきょろきょろしている。

また悲鳴が上がった。巡査は二十歳ほどの青年の首を右手で引っこ抜くと、左腕に抱えていた首なしの胴体に首を押し付けた。

はっとする。

「そうか、交換だ……!」

「どういうこと? 克人」

未だに巡査の意図を理解できていない公に、俺は早口に説明する。

「巡査は首をずらしてるんだ。今館林の体に乗ってるのは沢口さんの首だ。多分、沢口さんは館林より一つ年下なんだよ。だから館林の体に首を接続することができるんだ。ほらあれ、沢口さんの体には更にちょっと年下の人の首がくっついてるだろ。巡査はそうやって少し若い奴の首を抜いては年上の体に挿げ替えてるんだよ。順々にな」

「で、でも、何のために……？」

「決まってんだろ。俺たちを救うためだ」

天蓋衆の父親と共に同席していた三年の宮田《みやた》先輩が、激しく道場の玄関扉を叩いている。だが、施錠されている扉は開かない。その背後に両角巡査の太い腕が伸びた。

「ギャーッ！」

渾身の絶叫と共に宮田先輩の首が引き抜かれ、高校ＯＢの先輩の体に乗せられた。

「さっき館林の野郎が頭を吹き飛ばして自殺したから、今この道場には胴体が一つ余分にある。年下の相手との首交換を繰り返せば、余分な胴体の年齢を下げることができるんだ」

そうか、城戸先輩が十七歳だと判明したことで、館林から俺たちまでの年齢階段が繋がったのだ。

城戸先輩は道場中を元気よく逃げ回っていたが、ついに両角巡査に捕らわれ、汚い悲鳴と共に首を奪われた。その首を宮田先輩の体にくっつけると、巡査は俺たちを手招きした。

「克人君。智大君の首をこちらへ」

「はいっ」

智大の首が城戸先輩の体に乗り、俺たち三人は三日ぶりに揃って自分の足で立った。まぁ、最早誰の体が誰のものかよくわからなかったが。少なくとも智大の体は城戸先輩のものだが、他に接合できる体がないので仕方がない。

十五秒をカウントしなくていいという安心感を、今は存分に味わいたい。

パニックは次第に収まったが、そこからが長かった。

巡査の凶行は、最終的には仕方のないものとして理解された。俺たちを救うには、館林の体を起点として体と首をずらしていくしかない。だが悠長に話し合っていては間に合わない。十五秒経てば首のない体は死んでしまうのだから。いや、話し合う時間があったとしても俺たちのために体の交換を承諾してくれる人がどれだけいるだろう。

しかし一度こうして体の交換が成立してしまえば、無理に体を返せとは言えないだろう。それは死ねと言っているのと同義だ。誰かが強引に体を組み替えるしか方法はなかったのだ。それを断行できる豪腕の持ち主がこの場に同席していたことは、俺たちにとって最大のラッキーだった。

市民の首を引っこ抜いたことを道場内だけの話にするという確約と引き換えに、首の秘密を漏らさずに事件を処理するという取引が巡査と島民の間に交わされた。どうやって事件をごまかすか長い話し合いが開かれ、会議がお開きになったのは空が暗くなってからだった。

翌日には、事件の解決を報じたニュースがテレビで流れていた。殺人事件などなく、全ては館林の自殺によるものということになっていた。遺体に首がなかったのは、館林が猟銃で額を打ち抜いた際に頭部が倉庫の窓から外へ飛び出して海に落ちたため……らしい。

だが事件はこれで決着というわけにはいかなかった。館林は香奈さんより二つ先輩で、死んだときは二十六歳だった。そこから十六歳の智大に体を繋ぐために、両角巡査は十三人もの若者の体を交換した。彼らのほとんどが他人の体で生きていくことに難色を示した。無理もない。その後、島の若者が集められて体の采配が話し合われ、何人かは自分の体を取り戻した。だが智大に体を渡してしまった先輩のように、どう工夫しても自分の体が戻らない者もいる。彼らには長部家から多額の謝礼金が支払われたそうだが、長年連れ添った自分の体を手放すのだから金で解決できる問題ではない。事件の中心にいながら結局自分の体を取り戻した俺は、少し後ろめたい気持ちになった。

波止場に波が打ち付け、潮臭い水飛沫《みずしぶき》が顔に降りかかる。山や町にはもう春が訪れていたが、この島の港は年中肌寒い。

隣で太一翁が咳《せ》き込んだ。老体なんだから家にいればいいのにと智大が小声でぼやき、祖父に肩を叩かれる。友人の体を盗もうとした智大は、下手したら長部家から勘当《かんどう》されるのではないかと俺は恐れていた。もちろん事件直後は相当な叱責を受けて謹慎していたが、あれから半年経ち、外を出歩ける程度には許されたらしい。

「早いものですね。あれからもう半年とは」

島を振り返り、両角巡査がしみじみと呟いた。

事件を丸く収めた最大の功労者は間違いなく巡査だ。捜査本部にどこまで真実が伝えられたのか俺は知らないが、少なくとも公式には首の秘密は守られた。

両角巡査はその後もお巡りさんとしての職務を全うし、二年の任期を立派に勤め上げた。彼は今日、島を去る。

「では、そろそろ時間ですので」

巡査はそう言い、トランクケースを抱えてタラップに足をかけた。タラップの先の漁船もトランクケースも、巡査の体軀《たいく》と比べるとずいぶん小さく見える。

「次の赴任先でも、この島での経験を生かして勤め上げる所存です。無論、島の秘密は墓場まで持っていきますのでご安心を」

太一翁は「お願いします」と深く頭を下げた。

「でも、見送りがこれだけなんて寂しいよね」

公の言うように、両角巡査の船出に集まったのは事件の関係者数名だけだった。あの場に居合わせた者は、未だに巡査に対するトラウマを抱えている。事件以後、島民の間に巡査を疎外する動きが広がったのは、彼に救われた俺にとっては何とも歯がゆい。

「仕方がありません。地元の方に溶け込むことができなかった——駐在所員としての力不足の結果です」

「いやいや、ちょっと謙遜《けんそん》しすぎなんじゃないですか？」

俺は心の底からそう言った。

「両角さん、あの場にいた全員の年齢まできっちり把握してたじゃないですか。いや、誕生日まで知ってたはずです。そうでなきゃ首交換はできなかったんですから。そんなお巡りさんいませんよ」

「それが私の仕事ですから」

にこりともせず返された。

「でも普段から親しまれていたら、あそこまでパニックにならなかったかもしれません」と智大が恐れを知らないのか提言する。「年齢階段に沿って首をずらす方法は俺も思いついていましたけど、それを忘れるくらい両角さんは迫力がありました」

「それは俺も思った。両角さんが若者の首をちぎっては投げ、ちぎっては投げ……いや投げてはないけど、まさに阿鼻叫喚だった。いやもう、獄卒の鬼か何かかと」

「それは仕方がありませんよ」

と巡査は言い、俺が知る限り初めてその顔に笑みが浮かんだ。

「私は鬼の末裔ですからね」

「またまたご冗談を」

巡査を乗せた漁船が本土の島影に消えていくのを眺めながら、俺は心の中で訝《いぶか》った。

果たして、両角巡査は冗談を言うような人だっただろうか。まぁいいか。

あとがき

本書の初めの方で、このような台詞《せりふ》がある。

「人は生命の危機に晒《さら》されると脳の思考速度が極限まで高められて、まるで世界が止まったかのような感覚を抱く。そして、通常であれば考えられないほど思考力が高まる。確か、昔の偉い役者さんがそんなようなことを仰《おつしや》っておりましたな」

これは全くフィクションの話で、現実にそんな役者は存在しないし、息絶える前に殺人者の名前を伝えんとして角砂糖を握りしめる被害者も多分実在しない。

普段は、ダイイングメッセージはミステリーのお約束、という寛容な心境で推理小説を読んでいる。普通に考えたら捻《ひね》った暗号を考えるほどの時間が被害者に残されてるはずはないけど、面白いからいいか、と。だが、時間知覚に関する本を読んだり、自身の体内時計が誤作動した体験を想起したりすると、人は時間というものをそれほど正確に知覚できていないと気付かされる。

ある朝、カセットデッキで好きな音楽を流したら、曲のテンポが異様に早く感じられた。かなり昔の出来事だが、あのとき覚えた不気味な違和感は何故だかよく覚えている。

当時はカセットデッキが壊れているのかと思ったが、その後に買ったMDウォークマンでもMP3プレイヤーでも、同じように音楽のテンポが異様に早まることがあった。スマートフォンでも同じ現象を体験した頃、ようやく「寝起きに音楽を聞くとテンポが早く感じられる」という錯覚の存在を知ることになる。

人は時間の長さをどのように感じているのか。その答えを探るため、心理学の分野では様々な実験が行われているらしい。例えば、楽曲の再生速度を少しずつ変えて好きなテンポを探すという課題を与えると、人は自分の心拍数かその整数倍のテンポを好むという結果が出たそうだ。運動して心拍数を上げた後に六十秒をカウントさせると、多くの人は平静な時より早く数えてしまうという実験もある。こういった例を知ると、心拍数や代謝は体内時計のクロック数に影響を与えている、と言ってもよさそうだ。寝起きで心拍数が低いときに音楽が早く聞こえる現象にも、これで説明がつく。

体内時計の進み方は、心の状態にも影響を受ける。恐怖や緊張を感じているとき、体内時計は早く進む——つまり時間がゆっくり流れるように感じるという。交通事故を起こしたドライバーが、事故の瞬間、スローモーションのごとく時間がゆっくり流れるように感じる（らしい）のは、極度の緊張から体内時計が狂うためだという。場数を踏んでいないバンドマンが、客前で緊張のあまり演奏が早くなってしまうのも、同じ原因かもしれない。違うかもしれない。

だから、死の間際に走馬灯《そうまとう》が流れるのは科学的根拠のある話なんですよ、などと言いたいわけではなくて、時間の流れ方が変化する感覚は簡単に体験することができるという話だ。その体験は奇妙で不気味で、そして面白い。昔感じたあの面白さは、きっとデビュー短編「十五秒」の誕生につながっている。

錯覚の面白さから出発しただけあって、「十五秒」には謎解き要素があまりない。その後は「このあと衝撃の結末が」を筆頭に、謎解きを主眼に置いた作品が並んでいる。このラインナップを眺めると、デビュー作は異能バトル小説だけど本当は推理小説も書きたいです読んでください、と作者が言い訳《ようしゃ》しているように思えるかもしれない。

実際そうなので、ご容赦いただけますと幸いです。

解説

千街晶之

　同じミステリ作家でも、既に何十冊も著書があるようなヴェテランの売れっ子作家が、例えばグルメサイトで口コミの上位に来るような老舗《しにせ》の人気レストランだとすれば、まだデビューしたばかりの新人作家は、そうしたサイトに登録されたばかりの、ネットで検索しても評判がヒットしない生まれたてのレストランということになるだろう。読者＝客からすれば、支払った金額に釣り合うほど美味《おい》しいものを食べさせてくれるかどうかはある種の賭けに近い。

　そんなわけで、新人の一冊目の著書である本書についても、手を出すかどうか躊躇《ためら》っている読者もいるかも知れない。そんな読者の背中を押すのが解説の役目である。そこで私は、声を大にして（といっても文章なので、実際に声を出すわけではないが）お薦めしたい――本書『あと十五秒で死ぬ』（単行本版は二〇二一年一月、東京創元社刊）は、これまで読んだことがないような奇抜な設定、ロジカルな頭脳対決、意外な結末――と、本格ミステリファンが期待する要素がすべて詰め込まれているだけでなく、それらが極めて高い水準で達成されている、稀有《けう》な短篇集なのだ、と。

といってもこれが初の著書なので、榊林《さかきばやし》 銘《めい》という著者名を聞いたことがない読者も多い筈《はず》である。では、どういう経歴の作家なのかというと——著者は一九八九年、愛知県生まれ。名《な》古屋《ごや》大学卒。二〇一五年、会社勤めの傍《かたわ》ら執筆した「十五秒」が第十二回ミステリーズ！新人賞の佳作に入選し、それを収録した本書で二〇二一年にデビューした——と書いてみても単行本版の巻末の著者略歴と大差ないことになったが、他に明らかになっている情報が乏しいのだから仕方がない。しかし、著者について他に記すべきことがないわけではなく、それについてはこの解説の最後のあたりで触れることにしよう。

ここで各作品の紹介に移るが、内容的には互いに独立している四篇の収録作には、十五秒という時間が物語上極めて重要であるという共通点が存在している。こういうタイプの連作短篇集はあまり類例がない。

まず、「十五秒」（初出《ミステリーズ！》vol. 74、二〇一五年十二月）は、薬剤師の「私」が、何者かに背後から銃撃されたところから始まる。その瞬間、時間が停止して、「私」の前に猫の姿をした怪しい者が出現する。それは死神であり、時間が停まったように思えるのは、死を迎える人間への特別サービスとしての「走馬灯《そうまとう》タイム」なのだという。だが、死神の勘違いにより、「私」には絶命までにあと十五秒の時間が残されていることが判明する。「私」は時間を停められる死神の力を借り、自分を撃った犯人を告発するメッセージを十五秒間で残そうとするのだが……。

第二十五回鮎川哲也賞・第十二回ミステリーズ！新人賞の合同授賞式で配布された小冊子に

掲載された著者の「入選のことば」には、「この作品の原型を思いついたのはかなり前になります。確か某推理小説で、銃殺される被害者が、銃を向けられて死ぬまでの数秒の間に犯人を示すメッセージを残した、というのを読んだときでした。この最期の数秒間、さぞかし万感の思いが被害者の脳裏を高速で駆け巡っただろう、と当時の私は感じ入ったのでした」と記されている。本作の「私」の場合、走馬灯タイムがあるぶんその小説の被害者より有利とはいえ、たった十五秒を利用して、銃創の激痛を堪《こら》えながら犯人に一矢報いるべく知恵を振り絞る根性は被害者の鑑《かがみ》とも言える。だが、その目論見《もくろみ》に気づいた犯人側もさるもので、咄嗟《とっさ》の機転をもとに両者が繰り広げる頭脳戦はミステリ史に残る名勝負だ。死神の介入という特殊設定を用いつつ、ともに超能力者ではない一般人である被害者と犯人の頭脳戦を描いた点が、近年の国産ミステリにおける異能バトル×頭脳バトルの流行の中では目新しく映る。

なお、本作は日本推理作家協会編のアンソロジー『ザ・ベストミステリーズ２０１６　推理小説年鑑』（文庫版は『ベスト８ミステリーズ２０１５』）に収録された。また、二〇二一年六月二十六日、フジテレビ系列の土曜プレミアム枠『世にも奇妙な物語’21 夏の特別編』の第一話としてドラマ化され（タイトルは「あと15秒で死ぬ」）、主人公の「私」（役名は三上《みかみ》恵《めぐみ》）を吉瀬《きちせ》美智子《みちこ》、死神を梶《かじ》裕貴《ゆうき》がそれぞれ演じた。

「このあと衝撃の結末が」（初出《ミステリーズ！》vol. 103、二〇二〇年十月）の主人公「俺」は、姉と一緒に犯人当てドラマ『クイズ時空探偵』の最終回を見ていた。ところがラスト直前、ほんの十五秒ほど中座してから戻ってくると、番組では主要登場人物が前触れもなく死亡した。「俺」がテレビの前を離れていたあいだに、一体何があったのか？

ここから「俺」は、何故そんな展開になったかを考える「頭の体操」を姉から挑まれ、『クイズ時空探偵』のこれまでのエピソードを手掛かりに推理することになる。「俺」と姉が登場する枠の部分とは異なり、作中のドラマ部分はタイムトラベルを取り入れた特殊設定ミステリとなっている。また、ドラマの幾《いく》つかのシーンが再生され、その内容が紹介されるので、作中作ミステリの一種と言っても良さそうだ。終盤、決着がついたかに見えて別種の謎解きが始まる構成も凝っており、とにかく一筋縄ではいかない本格ミステリに仕上がっている。

「不眠症」（単行本書き下ろし）には、広い屋敷で暮らす少女・茉莉《まつり》とその「母様」である葉《よう》が登場する。茉莉はこのところ、車の助手席で目覚めた自分に葉が語りかけた後、その車に大型トラックが突っ込んでくる……という十五秒間の悪夢を見るようになっていた。葉は夢の中で何を伝えようとしているのか、そしてこの夢の正体は何なのか？

茉莉と葉は一見仲むつまじい間柄だが、娘が母の年齢すら知らないなど、読んでいて不可解な点が次々と出てくる。どうも普通の母子《おやこ》関係ではなさそうなのだが、そのあたりは靄《もや》に包まれたように説明が伏せられている。ミステリには犯人当てを主眼とする「フーダニット」や犯行手段の解明が主眼の「ハウダニット」などの用語があるけれども、この作品は何が起こっているかが謎である「ホワットダニット」に分類されそうだ。読者まで醒《さ》めない夢に巻き込まれたかのようなニューロティックな展開の中、巻頭の「十五秒」に勝るとも劣らぬ十五秒間の切《せつ》羽《ぱっ》詰まった事情が浮かび上がってくる。皮肉な結末も印象的な、本書の中では異色の物哀しい作品だが、一作ごとに雰囲気やミステリとしての読みどころを変えようとする著者の意欲が窺《うかが》える。

さて、最後を飾る「首が取れても死なない僕らの首無殺人事件」（単行本書き下ろし）、これが（タイトルの異様さからも窺える通り）本書最大の問題作だ。日本海の北に浮かぶ人口二千人強の離島・赤兎島《せきとじま》には、十五秒間だけ首が取れても死なないという特殊体質を持つ人々が住んでいる。この島で毎年行われる祭の翌日、黒焦げ状態の首なし死体が発見された。服装から見て被害者は島の男子高校生らしいが、一年生の男子三人の所在が確認できない。被害者は誰なのか、そして犯人は？

黒焦げ首なし死体という陰惨な事件を扱っているにもかかわらず、本作はシュールな光景の連続によって強烈なブラックユーモアを漂わせている。あまりにも異様な設定をフルに活かした本格ミステリとしての妙味も抜群で、世界観の不条理さと対蹠的《たいしょてき》な謎解きのロジカルさもさることながら、事態を収めるためにある人物が取る手段には呆気に取られること必至だ。

それにしても、著者はこんな奇抜なアイディアをどこから思いついたのだろうか。首を斬られても喋《しゃべ》ったり動いたり――といった伝承は珍しいわけではなく、日本では平将門《たいらのまさかど》、海外ではフランスの聖ドニ（ディオニュシウス）などの例が思い浮かぶし、創作なら落語の「首提灯《くびちょうちん》」や、オーギュスト・ヴィリエ・ド・リラダンの短篇小説「断頭台の秘密」などが有名だ。本作もそのあたりから着想したのかと思いきや、著者はエッセイ「ダイイング・メッセージとろくろ首」（《別冊文藝春秋》電子版37号掲載、二〇二一年五月）で、パソコン用シューティングゲーム『東方輝針城《とうほうきしんじょう》』（正式タイトルは『東方輝針城～Double Dealing Character.』）に登場するろくろ首の少女・赤蛮奇《せきばんき》（自分の首を外して飛ばしたり、複製したりする特殊能力を持つ）が元ネタだと明かしている。赤蛮奇のモデルは、夜になると首が胴から離れて飛び回るという中国の妖怪・飛頭蛮《ひとうばん》だろうか。著者は『東方輝針城』をプレイ中、「首が取れても死なないのかぁ、ミステリーに登場したらどんな話になるんだろう」と空想しているうちに、次第にさまざまなアイディアが浮かんできたのだという。

この『東方輝針城』というゲームは、『東方Project』（通称『東方』。同人サークル「上海《しゃんはい》アリス幻樂団《げんがくだん》」による、弾幕系シューティングを中心とするゲーム、書籍、音楽CDの総称）のひとつである。実は著者は、銘宮《めいみや》というペンネームを使って『東方』の二次創作を行っており、そうした漫画・小説は同人誌としてまとめられたり、pixiv（ピクシブ株式会社が運営している、イラスト・漫画・小説の投稿や閲覧サービスを提供する会員制ウェブサイト）に発表されたりしている。そしてそれらは、ミステリの要素を含むものが大部分を占める。

といっても二次創作なので、『東方』の世界観や登場人物に通じていなければわかりづらいものもある（本書のタイトルとよく似た「あと40秒で死ぬ」という短篇漫画もあるが、これなどは特にそうである）。しかし、『東方』の予備知識が乏しくてもミステリとして楽しめるものも多く、それらの漫画や小説には、例えば燃え盛る家の中で少女が即効性の毒を盛られたという不可能犯罪を扱った作品、犯人が歴史改変能力を持つため被害者の存在自体が関係者の記憶から消されていて誰が殺されたのかわからない作品、蘇我《そが》氏と物部《もののべ》氏の戦いを背景とする記憶喪失ミステリ、エラリー・クイーンの『九尾の猫』を意識したミッシング・リンクもの、問題篇だけしか存在しない謎解き小説の真相を推理する作品等々、一作ごとにミステリとしてのヴァラエティに富んだ趣向が凝らされている。多彩な妖怪や半人半妖が登場する『東方』の世界を舞台にしているだけあって、キャラクターの持つ異能力が謎解きの前提となる特殊設定ミステリが多いのも特色で、本書の作風との共通性が感じられる。

また、集英社の漫画投稿サービス「ジャンプルーキー!」には、銘宮名義の二篇の短篇漫画が掲載されており、こちらは『東方』とは無関係なオリジナル・ストーリーのミステリ漫画である。こうした銘宮名義による同人活動で腕を磨《みが》いていることが、榊林銘というプロ作家としての活躍の土台となっているのは想像に難くない。

たかが十五秒、されど十五秒。ひとつの共通設定から、全くテイストが異なる上に高水準な四つの物語を編み上げた著者の才気はただならぬものだ。それだけに、本書以降まだ新刊が出ていない状況が気になるけれども、それについてはご安心を。「たのしい学習麻雀《マージャン》」（《ミステリーズ!》vol. 86、二〇一七年十二月）、「自殺相談」（《紙魚《しみ》の手帖《てちょう》》vol. 03、二〇二二年二月）、「『昭和ふしぎ探訪』愛蔵版に寄せて」（《紙魚の手帖》vol. 07、二〇二二年十月）など単行本未収録の短篇が数作あるし、二〇二二年から光文社の電子雑誌《ジャーロ》に不定期連載していた、アントニイ・バークリーとジョン・ディクスン・カーを掛け合わせたようなタイトルの初長篇『毒入り火刑法廷』は本書が店頭に並ぶ頃には完結している。ミステリの楽しさを知悉《ちしつ》している著者が送り出す新たな作品が、本書とともに店頭に並ぶ日はそう遠くないだろう。

（本稿を執筆するにあたり、銘宮名義の作品については浅木原忍《あさぎはらしのぶ》氏のご教示を参考にしました）

初出一覧

「十五秒」　〈ミステリーズ！〉vol. 74（二〇一五年十二月）
「このあと衝撃の結末が」　〈ミステリーズ！〉vol. 103（二〇二〇年十月）
「不眠症」　単行本書き下ろし
「首が取れても死なない僕らの首無殺人事件」　単行本書き下ろし

本書は二〇二一年、小社より刊行された作品の文庫化です。

著者紹介　1989年愛知県生まれ。名古屋大学卒。2015年「十五秒」が第12回ミステリーズ！新人賞佳作となる。被害者と犯人の一風変わった攻防を描いた同作は高く評価され、日本推理作家協会の年刊アンソロジーに収録された。2021年、同作を含む短編集『あと十五秒で死ぬ』でデビュー。

検印
廃止

あと十五秒で死ぬ

2023年8月31日　初版
2024年9月20日　再版

著者　榊《さかき》林《ばやし》銘《めい》

発行所　(株)東京創元社
代表者　渋谷健太郎

162-0814/東京都新宿区新小川町1-5
電話　03・3268・8231-営業部
　　　03・3268・8204-編集部
URL　http://www.tsogen.co.jp
DTP　キャップス
暁印刷・本間製本

ISBN978-4-488-45521-7　C0193

第27回鮎川哲也賞受賞作

Murders At The House Of Death◆Masahiro Imamura

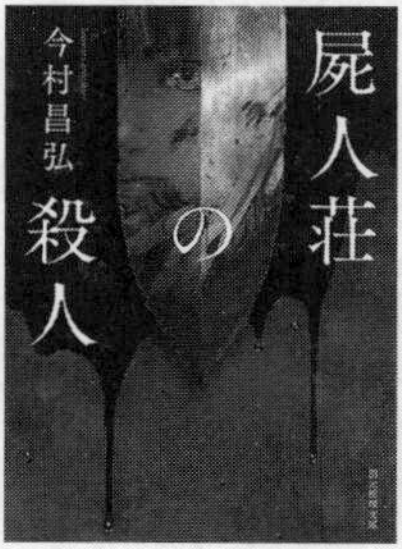

屍人荘の殺人

今村昌弘

創元推理文庫

◆

神紅大学ミステリ愛好会の葉村譲と会長の明智恭介は、
曰《いわ》くつきの映画研究部の夏合宿に参加するため、
同じ大学の探偵少女、剣崎比留子と共に紫湛荘を訪ねた。
初日の夜、彼らは想像だにしなかった事態に見舞われ、
一同は紫湛荘に立て籠もりを余儀なくされる。
緊張と混乱の夜が明け、全員死ぬか生きるかの
極限状況下で起きる密室殺人。
しかしそれは連続殺人の幕開けに過ぎなかった――。

＊第1位『このミステリーがすごい！ 2018年版』国内編
＊第1位〈週刊文春〉2017年ミステリーベスト10／国内部門
＊第1位『2018本格ミステリ・ベスト10』国内篇
＊第18回 本格ミステリ大賞〔小説部門〕受賞作